1953年秋，作者战地留影

尹鲁（作者丈夫）日本留学时留照

东北人民政府文化部艺术处领导与全体女同志留影

总后勤曲艺学习班毕业合影

宣传小分队合影

1953年8月，后勤一部宣传队全体队员合影留念

齐齐哈尔市文工团全体合影

齐齐哈尔市文工团演出留影

战地山洞演出“高炮击落美机”留影

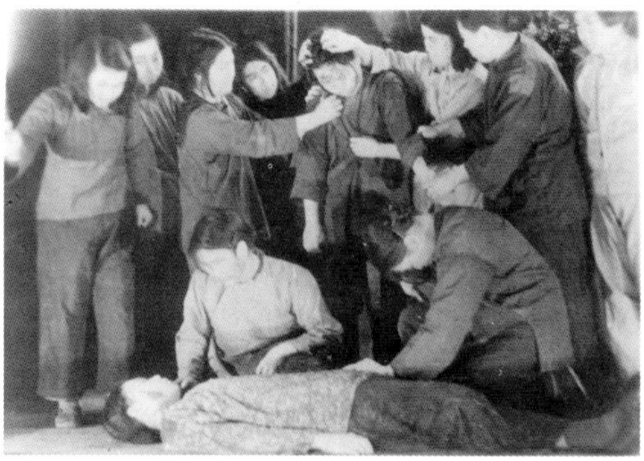

1948年1月，齐齐哈尔市文工团演出大型歌剧《火》现场剧照

2010年5月26日，王芳、成艳霞和作者摄于周村二中

烽火硝烟中的英雄乐章

苏文琴　著

山东大学出版社

图书在版编目(CIP)数据

烽火硝烟中的英雄乐章/苏文琴著.
—济南:山东大学出版社,2014.6
ISBN 978-7-5607-5056-9

Ⅰ.①烽…　Ⅱ.①苏…　Ⅲ.①回忆录－作品集－中国－当代
Ⅳ.①I251

中国版本图书馆CIP数据核字(2014)第138199号

责任策划:李孝德
责任编辑:李孝德
封面设计:牛　钧

出版发行:山东大学出版社
　社　址　山东省济南市山大南路20号
　邮　编　250100
　电　话　市场部(0531)88364466
经　　销:山东省新华书店
印　　刷:济南景升印业有限公司印刷
规　　格:720毫米×1000毫米　1/16
　　　　14.75印张　239千字
版　　次:2014年6月第1版
印　　次:2014年6月第1次印刷
定　　价:36.00元

谁的青春不奋斗（代序）

昔日的战火已远去，满载着欢笑和泪水、大爱与深恨的旧影长留心底，青春的足迹、奋斗的激情永留人间。那是在党的领导下，可歌可泣的英勇奋斗史，是一代人艰苦卓绝的创业史，是值得自豪和骄傲的光荣史，值得我们永远铭记。

抗美援朝、保家卫国乃是我一生中一段永远不可磨灭并值得珍存的记忆，是我一生中最兴奋和值得骄傲的经历。每当流金岁月、英雄豪杰传奇的故事袭上心头，这些富于梦幻色彩的画面在我的头脑里闪回时，我好像又回到那热血疆场，又看到那弥漫着硝烟的原野和天空。这些似一幕幕的电影，迅速地在眼前浮现：在硝烟弥漫战场上，志愿军同志们道义压双肩，气贯长虹。同一个目的，同一个梦想，生不同生，誓必同死。

“故人入我梦，明我长相忆。”“历历开元事，分明在眼前。”梦依然，情如故，杀敌立功，中华儿女英伟不凡。明月残，扬起烈烈风。地冻天寒里，那些花一样的少男少女，那些可爱的面孔、率真的举止和报国的忠心令人感佩。天高地远，豪气荡其胸，有欢笑，有感动，有泪水，也有赞叹。铮铮硬骨花绽开，一路芬芳满山崖。点点红颜成旧忆，史诗一曲传千古。正如《三国演义》主题曲所唱的那样：“暗淡了刀光剑影，远去了鼓角铮鸣，眼前飞扬着一个个鲜活的面容……岁月啊，你带不走那一串串熟悉的姓名……”

时光留不住，春去已无踪。当年战友，足迹何觅，我无法“留云借月”，却能“杨柳青史忆故人”。这里抒写了生死英雄感人的故事，这里展示了民族精神的丰碑，这里烛照着民族不屈的脊梁，这里凝聚着永恒感人的诗篇……总之，它是镌刻无数人心底的永恒记忆，既蕴藏着大历史，也包含着惊心动魄的小故事，可谓用执著的爱写无悔的青春。

卡莱尔说：“书中横卧着整个过去的灵魂。书中也是一个时代的精神，一段鲜活跳动的生命。”在党的领导下，可歌可泣的英勇奋斗，是一代英雄艰苦卓绝的贡献。我下决心把他们写下来。抗美援朝英雄战绩，耳闻者多，睹目者少。我希望能让读者更深入地了解当时的情况，让活生生的人和事展现在世人的面前。我希望能宣传志愿军的英雄事迹，记录英雄儿女的足迹，哪怕是有如“通过密叶投射在莓苔上面的月光，只看到点点的碎影”，也算留下点史实于后人。即使文笔艰涩，书不能悉意，但情之所至，乐在其中，一起铭记，一起回味，也了却了我沉积的激情和心愿，慰藉了我的心灵。

“世事沧桑心事定，胸中海岳梦中飞。”想起当年为了保家卫国、出征赴朝所有我认识和不认识的志愿军，在这个世上活着的越来越少了，怎不叫人惆怅?“陌上花开蝴蝶飞，江山犹是昔人非。”可叹人生苦短，最可叹的是历史不会重演。它永远随着历史的长河越走越远，但历史长河永不会干涸断流。史书自古称司马，铁笔如今颂英豪。千秋莫道无金鉴，野史稗官话正长。沥血清贫一支笔，谱写心田万卷诗。

写到这，我禁不住在内心高呼：“世界和平万岁!”正是：

烽火硝烟已远去，
战地情趣意无穷。
年迈更亲当年志，
再为祖国歌与呼。

苏文琴

2014 年元月

目　录

第一篇　峥嵘岁月　吟啸徐行/1

1. 出　征
——我的光荣与梦想/3
2. 过江，生与死的考验/6
3. 江桥上的空战/9
4. 战火中的新义州/11
5. 宣传队的驻地/15
6. 万里江河作浴盆/19
7. 战地书信（一）/23
8. 我成了一名独唱演员/25
9. 从窘迫到从容/28
10. 战地书信（二）/31
11. 战地澎湃爱国情/34
12. 一年四季露餐/37
13. 风雪万里盘山路/38
14. 宣传队的演出服/41
15. 我回国要文艺兵/43
16. 东北人民政府文化部/45
17. 朝鲜战场需要文艺兵/49
18. 沈阳东北旅社与安东客栈/52
19. 演出途中历险情/55
20. 山路漫谈异乡俗/57

21. 半路惊魂/59
22. 避嫌疑窘苦赛木兰/62
23. 朝鲜秋集买“打糕”/65
24. 随连队夜奔卸车/67
25. 小山洞痛悼好兄弟/72
26. 参加追悼大会有感/74

第二篇　激情岁月　挥斥方遒/77

27. 冬雪露营/79
28. 雨季夜宿山洞/81
29. 烽火硝烟中的英雄乐章/84
30. 后勤驻地潜伏着特务/93
31. 国际红十字会的战俘营/94
32. 情义可嘉的女护士长/96
33. 回国学西河大鼓/98
34. 回家探亲，短暂相聚/99
35. 祖国来了慰问团/102
36. 慰问途中遇敌轰炸/105
37. 夜半穿越生死线/110
38. 凉秋冷水对我们的考验/115
39. 代慰问团执行慰问任务/118
40. 坑道司令部的休息室/121
41. 上甘岭英雄事迹座谈会/124
42. 战地钟声/126
43. 欢乐温暖的寒冬/129
44. 朝鲜战地迎国庆/131
45. 舞动青春，激情四射/134
46. 长途演出归来/136
47. 同朝鲜人民军文工团联合演出/138

第三篇　青春岁月　血荐轩辕/141

48. 烽火岁月中的情与歌/143

49. “最可爱的人”的诞生/153
50. 被虱虮骚扰的那段日子/157
51. 火辣辣的青春/162
52. 学朝鲜话趣味横生/169
53. 干干净净过春节/171
54. 战地书信（三）/173
55. 军事训练时我出了笑话/176
56. 不是亲人胜似亲人/177
57. 风狂雨骤争饭局/179
58. 姚厚臣的吃米饭表演/182
59. 一碗病号饭的尴尬 /184
60. 全队训练紧急集合/186
61. 我和张小群一个被窝/188
62. 朝鲜政府颁发军功章/189
63. 祝大捷乐极生悲/191
64. 我回国的经过/192
65. 官兵情深/195
66. 战地书信（四）/197
67. 抗美援朝给我的洗礼/200
68. 漫谈宣传队演出节目/203
69. 无字碑歌/206
70. 走出校园/216
71. 从电影迷成为文艺爱好者/223

后 记/226

第一篇　峥嵘岁月　吟啸徐行

1. 出　征

——我的光荣与梦想

1952 年 6 月初，我和其他爱国青年被编入当时中国人民志愿军第二副司令兼志愿军后勤防务司令洪学智领导的总后勤部。我们在一分部，时刻准备着奔赴抗美援朝前线。

在等待和准备的过程中，我想到了好多好多。“壮志未酬誓不休”，带上我们的梦想，带着我们的才艺，让歌声唱响抗美援朝的伟大进程。我们年纪相若，志同道合，意气飞扬，生死两忘，气魄冲霄而撼北辰。

1952 年 6 月 19 日的早晨，突然接到第二天入朝的通知。气氛顿时热烈起来，先是欣喜若狂地跳了起来，接着一窝蜂似的嬉笑成一团……热烈的场面，兴奋地笑闹，连平素不苟言笑的带队干部也忍俊不禁，歪头看着疯狂的这群年轻人闹成一锅粥。

继而，大家青春壮盛的情绪略平定后相互握手，神目如炷。同一个目的，同一个梦想，我辈都是小人物，却都有一颗爱国心。志相同，情相依，同志之间彼此坦诚相见，肝胆相照，有如雁行。

大家兴奋地摩拳擦掌，激情难抑，恨不得马上就过江。这时有一个男同志（当时不熟悉，忘记是谁了）提出：“一些人提到为国牺牲时慷慨激昂，然而真面临死的威胁时往往退缩，我们中是否也有这种人?”大家听后，先是沉默静思，之后都斩钉截铁地说：“生命是宝贵的，而国家的利益至高无上。没有国，哪有家；国家没有尊严安宁，哪来个人的尊严和安宁。作为新中国的热血青年，应该为有机会为保家卫国出力而庆幸。在这场伟大的战争中，我们要为同一个目标而共同奋斗，为国为民，同心同德，赴汤蹈火，患难与共，九死一生也在所不惜。”如果我们的死，能给世界带来和平，那是值得的。后来我听参加过抗美援朝且在上甘岭战斗过的人说，当时他们接到火急参战命令，集结在鸭绿江边做紧急准备，然而后勤运输困难，没有子弹填满士兵背的弹囊，便用树枝和高粱秸芯填充以掩敌耳目，但我们的战士没有一个人犹豫或退缩。

同志之间，素昧平生，却一见如故。青春、善意、决心、理念是万能的钥匙，它打得开每一扇生活或人的大门。今后在保家卫国战斗中我们要同声相应，同仇敌忾，风雨同舟，生死与共。我们中间充满着友爱和真情，充满了浓浓的无产阶级感情，充满着人性美的崇高境界。

第二天5点就要起床打点自己的行装，匆匆忙忙地吃完早饭，从总站坐上军用十轮大卡车就出发了。同志们意气风发，正所谓“今我在戎行，慷慨每难免，豪情满胸怀，视死已如归”。

当汽车行驶到鸭绿江桥附近时，我们全车青年那种从来没有体验过的期待与渴望、追求与兴奋、激情与豪情塞满了胸膛。

眼前的江桥，横跨鸭绿江两岸，桥身很长，桥墩坚固，泱泱大风，高大雄伟。桥下流淌着清澈的江水，浩浩荡荡一泻千里。中朝两国在地理上一江之隔，历史上邦交友好。从古到今，两岸文明就是这样用两岸人民的热情浇灌、用几代人的智慧凝结起来的。

当汽车来到渡桥指挥站，就见桥口右边不远处有几间平房，房前和桥口站着全副武装、荷枪实弹的解放军同志，有的持枪站岗，有的来回巡逻，每人都佩戴着红袖标。这时从平房走出来两个年龄稍大点的军人，他们看了看车上的人，点了点数，在通行证上盖了印，开始放行。大家希望司机开慢一点，好多看一眼大桥，同时也以依依不舍的心情告别祖国。来到桥头，有个戴着红袖标、上面写着“指挥”字样的军官为我们验了证，而后大桥入口处持枪站岗的军人把铁蒺藜护栏拉开，我们的汽车缓缓地上了桥。这时全车所有的人都站在车上，不约而同地站起向祖国告别——祖国，我们的母亲，再见了！我们的离别，是为了您的平安。祖国母亲，祝福您一片赤诚的儿女吧！

全车的人激情难抑地高喊着，喊声此起彼伏，许多人都眼含热泪。战争风云起边关，百万雄师过大江。英雄儿女出兵迎敌保我河山。激动之情，排山倒海；赤子之心，凝结汇聚。这种情境，铭感五内，我的眼泪也止不住流了下来。

“秦关汉月总依旧，大江东去浪不休。多情自古伤别离，总使儿女泪沾襟。”我们全车人都很年轻，活泼可爱，充满青春的活力，大家凭着对祖国的热爱，以及对人生的美好憧憬，来此寻找人生的价值和意义。这种为国尽忠的真挚情感，激励着每一个人，同时也感动了守桥的全体官兵。

他们看到我们振臂高呼，对祖国、对亲人的呼唤，都采取持枪立正的姿势，庄严地望着，目送我们这一群文艺兵奔赴朝鲜战场。

迎着从东方升起的光芒万丈的红日，我们携手誓把抗美援朝进行到底，为保卫我们伟大的祖国而共同奋斗！当时的我们，有着雄赳赳气昂昂的气度，可说是气冲霄汉。这种情景我一辈子都忘不了。我想：假如我在战场将要献出生命时，我的脑海里会出现入朝时的这幅画面。然后，安然地闭上双眼。我相信我的同行者也都有军人战死沙场、死得其所这样的念头吧。

写到这里，我想起了方志敏《可爱的中国》中的一段：

> 假如我还能生存，那我生存一天就要为中国呼喊一天；假如我不能生存——死了，我流血的地方，或者我瘗骨的地方，或许会长出一条可爱的花来，这朵花你们就看作是我的精诚的寄托吧！在微风的吹拂中，如果那朵花是上下点头，那就可视为我对于为中国民族解放奋斗的爱国志士们在致以热诚的敬礼；如果那朵花是左右摇摆，那就可视为我在提劲儿唱着革命之歌，鼓励战士们前进啦！
>
> 亲爱的朋友们，不要悲观，不要畏馁，要奋斗！要持久地艰苦地奋斗！把各人所有的智慧才能，都提供于民族的拯救吧！无论如何，我们决不能让伟大的可爱的中国，灭亡于帝国主义的肮脏的手里！

忠肝义胆，不是一个人的，而是我们民族的精魂，尤其是当时处在那么单纯到透明的时代的感情里。祝福我们吧，祖国母亲！当我从战场上凯旋回来再来看你，亲爱的妈妈。假如我在战斗中光荣牺牲，你会看到盛开的鲜花。

2. 过江，生与死的考验

当满载我们的汽车缓缓行驶在鸭绿江桥面时，大家激情难抑，呼喊声此起彼伏。这时，只听一个女同志说："别喊了！我们是上战场，而不是上刑场！"然后又小声嘟囔着说："小资产阶级情调！"因我们相聚的时间短，谁的声音还分辨不确切。话刚说完，有几个男同志七嘴八舌地反驳说："我们这些同志谁能保证一定再从这条路活着回国？"此言一出，举座皆惊。一些人平时能言善辩，但此时却相顾默然。的确，谁也不敢说，也不会知道。在硝烟弥漫的战场，牺牲是不可避免的，都是"仗剑去国，辞亲远行"。

"战场上人死是正常的，但不能都死吧，都死就没有战争了！"带队的同志这时笑着插话了。说到这儿，他哈哈哈地笑了笑，慢条斯理地说道："当然，你必须凭自己的智慧和见识，面对千奇百怪的敌人，适应重重凶险，才能够体会战事的哀愁与欢乐。等你老了，绿树成荫，瓜果满枝了，再也不能有所作为了，而你却有辉煌的往事伴你度过快乐或困苦的晚年。雄风壮迹毫无怨言，即使德薄能浅，也不至于白活了一生。"说者眉飞色舞，听者心痒难抓，此情此景便是用尽言语也难以形容。

"打仗有死也有活，但毕竟幸存者多，战死者少，我们要有信心活着胜利回国。退一步说，如果战场上受伤了，残废了，祖国也不会抛弃我们的，会考虑让我们的后半生有一个幸福的生活。如果牺牲了，父母家人也会得到国家的照顾。"听他侃侃而谈，带着一种奔放的活力与飞扬的热情。他的话一遍又一遍在我身边荡漾着……这些豪情万丈、神往飞扬得意的往事，留下你昔日的光彩。这些雄心豪情虽已俱成往事，却说得义正词严，掷地有声！

车在桥上行驶，带队的杨连仲站起来指着说："江桥一半是中国建造的，一半是朝鲜建造的。中间有一洞活桥，可以随时拉开。"同时，还指点着给我们看。他口才极佳，说起话来有理有据，让人听了佩服忘倦。令人鼓舞的话随风飘荡，让我们的理想充满了阳光。一个个也都被激发出满腔豪气，脸上满是神勇与豪情。车上的气氛飞扬热烈起来了，有人在唱：

我们祖国多么辽阔广大，她有无数田野和森林……

当汽车在桥上缓缓地向前行驶，好奇的我左顾右盼，简直目不暇接，先看桥，后看江。桥很宽，有往来双道火车铁轨，也有上下对开的汽车车道。我们坐的车往东开，正好有列火车呼啸着从对面开来，就觉得桥身颤动，大桥在发抖。两边的桥架又黑又亮，这算是新桥。江水辽阔宽广，浩浩荡荡，碧绿碧绿的水面迎着朝阳波光闪闪，发着耀眼的光芒……

整个过桥时间用了 20 分钟，大家带着中国人特有的隆情厚意，带着对战争给予的摧残的诅咒，踏上了朝鲜的国土。

桥口就是关口，就是朝鲜边防军的哨卡。有几个朝鲜人民军持枪站岗，人不多，也就三五个。汽车停下，带队的下车，把通行证递给关卡的朝鲜人民军。他接过去看也不看就还回来了，看了看我们也不验证就放行。我们车上的男同志向他们笑着招招手，点头致意，他们也笑笑就走开了。在下桥口处我们见到有苏联炮兵，一列列的战车上的火箭炮，都在昂头向天，确是神态可畏，火炮利器，想来威力非常。他们倚着大炮坐着或站着，有的光着脊梁，袒胸露臂，有的没戴帽子，也有的上衣解开，露着胸脯，他们满身灰尘神情粗犷之中又有些疲倦。

当我们的汽车下桥，上了朝鲜新义州的大路，司机和领队嘱咐我们，朝鲜这边是战地，处处都隐藏着危机，大家要注意敌机。话音刚落，就听到有清脆响亮的枪声响起，随后巨大的回声在山谷中回荡。大家矍然一惊，一阵骚动，每个人都竖起耳朵、睁大眼睛，惊慌的满脸都是问号，无不相顾骇然。但领队镇定地告诉大家，这是防空兵打枪，示意敌机在上空。他要大家坐好，稍安毋躁，不要慌，千万注意有情况也不要跳车。他这番话说得极诚恳而坚定。大家都沉静下来，惊怖之念稍减。

此时，大家都紧张而好奇地左顾右盼，只见从东南方向飞来机群，霎时掠过头顶，直奔江桥，随之就听见飞机轰炸声、大炮声、机枪扫射声混成一片。抬头望江桥上空，浓烟滚滚，火光满天，高射炮在天空中织成火力网……

司机说，趁敌机没注意，我们得快跑。看来这位司机经验非常丰富，为防意外，在弯曲且不平的路上也能把车开得飞快。大家顾不了许多，紧紧抓住车身，希望赶快离开这危险而自已无用武之处的地带。多年后，遇上比我们早两年参加抗美援朝的老兵说，美国欺负我们武器装备落后，在鸭绿江桥一带昼夜严防我们过年。我们一般趁天黑过车，他们便接连不断地打照明弹，而且白天飞机超低空飞行，威慑力很大。随着我们战备力量的逐渐增强，敌机才不再肆无忌惮。轰轰的炮火挡不住英雄儿女奔赴战场的脚步，敌机的嚣张激起我豪迈的战斗激情，不由想起影视《远东先遣队》的主题曲：

不要等待我回来

残阳已褪色　回望虏尘沙场
有信仰的人们曾驰骋在这里
那些消逝的年华　刹那顿成永恒
我选择为战斗而活
我们早已失去　初日瞳曈大地
为夺回它而浴血
我愿意　即使付出　青春已永不再返
不要等待　我回来　不要等待　我回来

残云消隐在　英雄的征途中
血红色的曙光在地平线上跳动
没有目的的风　驱不散的悲恸
没有人会忘记英雄
我们早已重获战争而来的自由
为保卫它而死去
我愿意　即使付出　所有生命如雪般消融
不要等待　我回来　不要等待　我回来

3. 江桥上的空战

当我们的车刚通过鸭绿江，正要开上朝鲜国土新义州的土公路时，江桥上就发生了激烈的空战……人们的心情开始由松懈而又紧张起来。看着天上往来奔击的飞机，车上的大部分人都抱着头，有的缩成一团，有的要往车下跳。幸亏我们的司机非常沉稳而机灵，他嘱咐车上的同志们不要跳车，抓好车身。而后，他脚踏油门，把汽车开得飞快。车在凹凸不平的土路上疯狂地颠簸，险些把全车人甩出车外。司机一心保护全车人的生命安全，他深知肩上的担子有多重，最终我们终于逃脱险境。后来我们相处久了，大家都很尊敬他。

我在电影中看过许多激烈而又惊险的空战场面，诸如《中途岛之战》、《山本五十六》等。那些空战场面惊险的让人透不过气来，同时也给人激情和勇敢。影片总是有些艺术加工，如机群的特技表演、故事情节的集中等等。

这次到朝鲜，我目睹了一场没有任何人为加工的空战实景，它让我看得悚然惊惧，终生难忘。事情的经过是这样的：

我们入朝的汽车刚驶下鸭绿江大桥，抬头遥望，恰在此时，就见东方的天空中出现了美国机群。第一批五六架，第二批七八架，第三批有十几架，后来又来了好几批，都成群结队，呼啸而至。我们入朝第一天就见了这个阵势，不免有些慌张和愁闷。说时迟，那时快，一刹那飞机来到我们近前，而且刷的一声从头顶一掠而过，只见它们直奔江桥。这时大家明白了，它们的目的是炸桥。一时间，江桥上空战云密布，飞机疯狂地投弹、扫射。刚才还是宁静的天空，一会儿变成飞机呼啸、炸弹频落的混乱的天空。同时，地面上守卫江桥的苏联高炮部队，用大炮朝天空猛烈开火射击。砰！砰！砰！响声大作，炮弹横空掠起，如空中利剑，或如半空惊雷。瞬间，如海腾云起，半空已成火海。美军飞行员一边驾机翻滚，左躲右闪，躲避着地面炮火组成的火力网，一边继续投放炸弹。无数的炸弹落在水中，立即掀起冲天的水柱，像从江中跃起无数条白龙直冲蓝天。地面炮火射出的炮弹在天空中先是黑点，紧接着是爆炸的火龙，然后是白色的蘑菇云冲向云天。战酣尘雾遮天，弹火横空。这种天空地面组成的立体作战景象格外壮观。激战之际，就见一架飞机屁股起火，拉着黑烟逃跑了，浓烟却直冲霄汉；接着又是一架飞机在空中中弹爆炸，碎片带火落入江中；还有一架机身起火，头朝下栽入江中，葬身海底，断送了生命；其余的不敢恋战，仓皇逃窜。

再向前望，平原似乎无穷无尽，颠簸激烈，用力跳跃。我们的汽车急速前进，江水莹莹净净，碧波荡漾金光。战火凌空硝烟漫，炮火锁太空。虽然这样，江桥上空的激战仍看得一清二楚。虽然是意料中的事，却又感到非常意外，木愣愣地望着，静静地听着，眺望那腾腾升起的蘑菇云。我很挂念江桥，不知它是否安好。

我们的汽车躲避过敌机的视线，在两山之间隐蔽处停了下来。司机让大家休息一下。大家伸伸胳膊，揉揉腿，舒展一下紧绷的身体。这已是晌午时分了，带队的杨连仲同志说："大家吃午饭吧。"于是大家开始吃各自带的压缩饼干，喝自己壶里的水。我拿出压缩饼干——一块黑不溜秋、硬邦邦的小方砖，用牙一咬，不但硌得牙痛，还一点没吃到。看看别人，都像冬天啃冻梨一样，显得十分吃力。

听说战争刚开始时入朝的战士受运输困难的限制，每人必须带够自己每天二斤给养，加上枪支弹药，每人要背八九十斤。这样棉被就只能等后来运输队陆续运上来。

当我们休息得差不多了，后面从江桥上过来的车也赶上来了，大家七嘴八舌地问："江桥如何？"他们说："桥被炸塌了一段，现在工兵正在修复，很快就会修好。"……

这是我第一次接受战火的洗礼，亲历这种场面确实深感震撼。

远方不断传来隆隆炮声和格格的机枪声。"旗开云影飘，炮响雷霆噪。弓开秋月圆，箭发流星落。""奔腾急，万马战犹酣"，冒着纷飞的战火，汽车奔赴前线而去。正所谓：

东来烽火连江浊，鸭绿江水血染丹。
保卫国土是责任，不朽还须立功勋。

4. 战火中的新义州

与我国交界的新义州，当时是一座举世皆知的富饶繁华的大城市。但如今，我看到的是战争洗礼的新义州，一片“浩瀚战火万里烟，忍听悲歌衣袖湿，荒村午夜惊心梦，家园离散恨绵绵”的景象。

当我们乘坐的汽车开过鸭绿江大桥，踏上朝鲜疮痍满目的国土的时候，展现在眼前的是往日只是在收音机中才听到的景象：烽火硝烟四处迭起，火光冲天，狼烟四起，焦土残垣，弹坑垒垒。火恣意向林中蔓延，高山燃烽火，此灭彼起，高风悲旋，岁无宁日。我们好像经过时空的隧道坠入一个活地狱，大家目中满是惊骇之色，确实被一种无以言喻的气势所统摄。扑面而来的灰尘，令人窒息的火药烟气味，和空气一样无所不在，使人喉头发痒，即使用手捂住口鼻也阻挡不住来自四面八方的侵袭。我们被呛得不断咳嗽，流泪不止。炸弹不定时从天而降，犹如天崩地裂一般，轰隆之声，震耳欲聋。

远处不断传来敌机投弹的爆炸声和地面我军反击的隆隆炮声，震得大地不断地颤抖。炮声充斥周际，一阵轰鸣过后，接着就是可怕的沉静。除此以外，一切都好似静止了。也看不到什么有生命的东西，偶尔石堆中绽出一些野草。就连最有坚韧生命力的野草，也已经是枯萎焦黄。纵有风来，它也不会迎风起舞了。而灰色的铁青的碎石永远绷着绝对无情的脸呆望着。没有静止的只有硝烟。一阵狂风过后，硝烟四散，严若惊涛，烟跟着风移动，就像水在地面上流过一样。硝烟起处，阳光也被染成了一片黄。硝烟漫天的迷离烟雾之中，略带着一些淡紫的轻蓝色。远远望去，总好像那遥远的地方是一个浩瀚的海洋一样。可任是眼睛再好的人，也分不清楚哪儿是天地相接的地方！整个蜿蜒起伏的山峦、绿色的田园和清澈的河流披上了一层浓浓的硝烟，乌烟瘴气，瘴雨蛮烟。入其城，则四顾萧条，巷陌凄凉寒恻恻，真是“过春风十里，尽荠麦青青。废池乔木，犹厌言兵”。

战争破坏了环境，本是泉水丰盈、景致卓然，然因连年战火，庄稼绝收，遍地凄凉。村庄间简陋的道路上行驶着东去的军车，在那么一片荒凉广袤的土地上前进……大地塞满了凄风苦雨，全是荒凉。昔年杨柳依依，今看摇落，凄怆江潭。黄茂百草，它们生长得坚硬、不规则、枯干、疙里疙瘩，伤疤斑痕，多棱多刺。它们绝无我国江南植物的柔润多汁、婀娜妩媚，只能以旱抗旱，以枯御枯，以歪就歪，以稀而瘦减风，以绝不艳丽柔媚而和光同尘，知白守黑。它们是置之死地而后活，置之不毛而成为战火洗劫后稀疏的植物。

汽车穿行于荒凉的山川，视野茫茫。时候一长，大家初时的兴趣早已变成了朦胧的睡意。所谓的公路，凹凸不平，车身甩来甩去，犹如波涛翻涌，看着已不成风景的风景。作为一种古老植物，给人们带来的总是美好的向往。而在战火中的新义州，它们一群群相拥相携地在风中凄凄起舞。野草、树木显得这般瘦削，不成气势，就像初生婴儿的头发，稀稀落落地表明生命的再生；或像耄耋老者，以几许羊胡迎风，扬头看着不多的时日。人跟着车摆来摆去，不知尽在何处。我们的汽车仿佛那么弱小的一叶扁舟在大地的海洋中冲锋破波。

燃烧过的小村庄，没有人烟的旷野，荒凉寂寞。走在那些颓屋残墙间，已经荒废日久，空屋凄凉，惊恐莫名的气氛叫人难以消受，而那愤懑之情溢于言表。恻隐之心，仁之端也；羞恶之心，义之端也。人心所向，天必应之。

许多朝鲜妇女抱着两三岁的孩子，坐在燃烧余烬房屋前蓬头垢面地呆望着，涕泪横流，不时用衣袖擦脸。面对山河破碎，灾民流离，国将不国，哀鸿遍野的现实，这如何不让人心酸？杜甫《兵车行》诗中曰：“车辚辚，马萧萧，行人弓箭各在腰……牵衣顿足拦道哭，哭声直上干云霄……”正如屈原《离骚》中所云：“长太息以掩涕兮，哀民生之多艰。”

一路上几乎看不到一个男人，只见田间地头妇女们背着孩子在劳作，一些背着书包的儿童在帮助母亲干活。当时我有点纳闷，为什么见不到男人？随后一想才明白过来，男人们都参军上前线了，他们必须为保家卫国而战！

汽车在快速地行驶着，车子颠簸得厉害，我只好用双手握住车厢板，不让身子剧烈地晃动。我的眼睛始终观察着周围的环境，脑子不断地思索着。从早晨入朝一直乘车到日落，沿途行程几百里，地广人稀，荒无人烟。义州城下草萋萋，涧水东流复向西。芳树无人花自落，春山一路鸟空啼。土地撂荒，涧水流淌无人灌溉，花开无人赏，鸟鸣无人听。山房日暮乱飞鸦，极目萧条，死的死、逃的逃，坏垣破屋两三家。庭树不知人去尽，春来还发旧时花。这几百里稀稀落落的只有三五户农舍，而且破落不堪。荒村萧疏，也看不见人来人往。大部分人家已弃屋而去，人去楼空，已是举家搬迁，颠沛流离。千山鸟飞绝，人烟何处找？

一路上看到的新义州已成为一片瓦砾。在入朝前两天就听说新义州已夷为平地，我当时想象不出是什么情景，现在亲眼所见，真让我惊心动魄。同志们个个心情激动又沉重，携手人道，无不义愤填膺、同仇敌忾、悲天悯人。灾难只能摧毁他们的房屋，却摧不毁他们的坚强意志和信念。

正如冰心在《繁星》中引用的突尼斯的爱国诗人奥马尔·赛义德·夏里比的一首诗：

> 我们沉湎于无法实现的梦想，
> 用泪水将痛苦灌进愁肠。
> 日复一日，年复一年，
> 虚掷了如许韶光……
> 风啊，你驱散乌云吧！
> 雷啊，你击破长空吧！
> 我们甩掉了镣铐，
> 正向着胜利迅跑！
> 人类呵，相爱罢！
> 我们都是长行的旅客，向着同一的归宿。

几百里的平原，白天不能行车，因美机经常到这里轰炸扫射，车辆没有隐蔽之处。后勤运输既要躲避空中的打击又要防止地上美机投放的定时炸弹，危险程度可想而知。铁路和公路是运输的大动脉。他们阴谋割断从中国通往朝鲜新义州的联系，断绝祖国大地通过新义州到达朝鲜前线供应志愿军的武器弹药和生活用品。敌人以为已经切断了中国运输的大动脉，但中国人民经得起任何残酷的打击。美机可以炸毁许许多多的建筑和房屋，但是炸不毁朝鲜人民军和中国人民志愿军的抗敌热情，炸不毁誓死不屈的战斗到底的坚强决心！军需供应畅通，源源不绝。庄子曰：“汝不知螳螂乎，怒其臂以挡车辙，不知其不胜任也。”总有一天，他们会望风披靡，如螳臂挡车，落得可悲的下场。

严酷的生活，强力的时代，有多少人鸿燕东西，有多人亲人天各一方，有多少家庭破裂，有多少家庭妻离子散……汽车在两山之间行驶着，突然听见远处传来飞机的“嗡嗡”声，大家抬头仰望天空，带队的杨连仲同志喊道：“大家不要惊慌！不许跳车！”

正说着，就听见哨兵鸣枪报警，司机忙将车靠山边的隐蔽地方停了下来。一个臂戴袖章的志愿军战士跑来，满脸不高兴且有愠色地对司机说：“你没听见飞机的声音吗？大白天要出事的。”说完他用眼瞟了一下车上的人。不等司机搭话，宣传队的男同志们耐不住寂寞，既感激又抱歉地面露微笑，马上接过来说：“对不起，我们今天才入朝，不知这里的情况，谢谢你提醒我们，下次一定注意。”大家也七嘴八舌地连声道歉。哨兵们似乎看出我们是一群没有战斗经验的文艺兵，不予计较，就对司机说：“你要注意，要对全车人负责。”他正眼看看大家，不再说了，然后转身走了，很快就躲到隐蔽处去了。

这时，美机飞来了，在我们的头顶上盘旋着。因我们的车停在靠山边突出的部位下面，又在两山之间，美机盘旋了一会儿，没有发现什么目标就飞走了。这时司机马上发动汽车继续前进。杨连仲在车上对大家说：“要是我们的车在这个哨兵的管辖区出事，这个哨兵是要负责任的。要是敌机来了，一般情况下司机是听不见的，因为汽车马达声太大。因此，我们要注意观察，及时把情况告诉他。”我们都表示赞同。

车轮溅起一路尘土，数里不歇，天色开始渐渐昏暗。我们到达宣传队的驻地时，宣传队的同志们都外出执行任务去了，只留下小杨同志留守。虽然大家的脸上带着风尘之色，但我们的眸子仍然和平时般明亮。由于过了晚饭时间，又来了这么多人，炊事员有难处，所以晚饭只好吃压缩饼干。一路尘沙扬起，全车人土头土脸，无处洗擦。每人从祖国带的一壶水也全喝完了，晚上吃饼干连水也没有，但大家谁也没有怨言。我吃了几口饼干，觉得渴了，但对周围的环境不熟悉，不敢随便行动，只好不吃了。

天渐渐晚了，大家准备休息，站在院中东望望、西瞧瞧，然后把屋子打扫一番。屋子好久无人住了，弄了半天才弄干净。每人解开自己的背包，就地一个挨一个地铺开行李，安顿下来。在车上风尘仆仆颠簸了一天，人困马乏，身体像散了架似的，哪里还有兴趣干别的事。我就地伸铺，倒下开始呼呼大睡，很快就鼾声微闻。我没有什么值得骄傲的，就是睡觉这件事，说睡就睡。由头至脚，自里至外，都能够完全松弛，什么心事都能够暂时丢开。有人说这是一种福气。

5. 宣传队的驻地

碧水蓝天不是梦，黄昏古道看夕阳。

在朝鲜的日子，我们的驻地往往背山面水，因而天天的生活充满诗情画意。门前绿水声声笑，屋后青山步步春。冬去犹留诗意在，春来宛如画图中。绿阴茅屋两三间，院后溪流门外山，风物熙、丽日迟，连天芳草正萋萋。一切都令人赞叹、惊奇、服膺而又有些恐惧。到了这里才知道什么叫大自然啊！

对于一个只知道城市大街、商场机关、灯光车流，加上点东北平原和郊外山谷的人来说，宣传队的驻地当然完全是别样的经验。

我像一块海绵，尽情地吸收着新的环境、特殊生活的汁液，丢掉了大城市百货大楼与餐馆、剧场与电影院、会堂与办公处所、沙发与写字台。什么熙熙攘攘，什么车水马龙，什么鳞次栉比，这次是大变样。

我们一分部宣传队驻地是安顺郡附近一个山沟里。这里既不超前也不落后，僻处穷乡，一切俱甚粗简。四五座土墙大屋依着山坡或高或低地构筑。它小巧舒适，随意自然。松柏常青，天朗气清，兴之所至，山间闲游。墓生三径绿，山拥万峰青。青色的山脉，蜿蜒伸展进后山。丘陵起伏，道路曲折。沟里有几户人家，错落有致地散布在山腰间绿林里。道路是自然踩踏出来的，弯弯曲曲，高低不平。小小的村庄常年掩映在青山绿水之中，更有那翠屏般的山色对着柴门，又有流水绕着这偏远的孤村，丹青妙手也难以把眼前的美景描尽。乱分春色到人家，山村入画中。我喜欢这里乡村的礼乐、人家的纯朴、朴实天真的生活气氛，喜欢这纯真、忠厚、慢节奏，喜欢村落稀疏、房舍土朴、环境洁净、空气新鲜、饮水清澈。举颈遥相望，小径原是通幽处。茅舍竹林，青山绿水。乳燕穿庭户，绿水绕人家。想起曾几一首诗：

梅子黄时日日晴，小溪泛尽却山行。
绿阴不减来时路，添得黄鹂四五声。

古人云：“仁者乐山，知者乐水。”乐山之挺拔峻秀，乐水之轻盈灵动。无怪乎一条青溪会引来诸如李白、杜甫的驻足凝视，会令众多得志或不得志的文人骚客甘愿在此了却一生，不愿再“误入尘网中”。我们宣传队所住人家和别的户有五六里路之遥，垂杨绕宅，平时很少碰到外人。房屋建造得十分粗糙简陋。房东主妇一人，庄户人家装束朴素。男主人正服兵役，已到退休年龄，据说不久就会回来。

破屋茅檐，茅椽蓬牖。年深月久，被烟熏成漆黑。低矮古旧，墙皮脱落，四壁萧然。黑糊糊的土墙满是窟窿，墙体倾斜，靠那些虽然古老却还结实的檩子木支撑着才没垮掉。门框的穹窿与两根支柱质地松软，经寒暑的酷烈，把柱头、门洞、门顶都磨出无数古怪的洞眼。门窗木框全无，土墙泥地。屋内尘封蛛结，简陋得很，显然许久没人住了。断裂残破的墙壁上，一场雨过后，留下了蜗牛爬过有如文字的痕迹。这间小房的门楣歪歪斜斜，门楣处露着一处三角形的大缝子。我在这里住了三天，便发现了金三角空隙的重要性——两只燕子在里做窝，叽叽喳喳地表示友爱。破旧的房子无人居住，却被燕子拿来当作家，可谓“断墙着雨蜗成字，老屋无僧燕作家”。门迎春夏秋冬日，户纳东西南北风。室有山林乐，人同天地春。这里夏天是小蚊子的游乐园，无名昆虫自由地飞来又飞去，畅行无阻。

这就是我们宣传队队员蜗居之地，屋内空空，一目了然，只有四壁。月射光辉窗透影，庭留芳馥桂生香。一虫鸣叫，百虫鸣声。茅舍竹林，青山绿水，映日辉生室，华屋出辉壁。众鸟欣有托，飞来自做窝。铁肩担重任，门低志向高。酒不醉人，人自醉。吾亦爱吾庐。

正应三副对联：

一

身居陋室，心忧天下。

二

两间东倒西歪屋，一个千锤百炼人。

三

中华妇女立壮志，当代巾帼谱新篇。

因陋就简，就地伸铺，因地面潮湿、阴森，所以睡觉时常常在被子下面铺上雨衣。同志们彼此紧挨着，若是写什么就坐在自己的行李上，伏膝而书，在膝盖上专心致志地写。每当活动时难免发生碰撞，就是碰着了也不会计较，两人会意地笑笑了事，都心照不宣地知道就是这个条件。条件虽然简陋却井然有序。日食三餐，夜眠七尺，茅茨不修剪，饮水有山泉，生活无他求却其乐融融。

在生活的常态下，屋子本身就有门和窗，但窗比门代表更高的人类进化阶段。门是住屋子者的需要，窗多少是一种奢侈。有了门，我们可以进出；有了窗，打通大自然和人的隔膜，把风和太阳引进来，让我们安坐享受。

古代诗人陶渊明《归去来兮辞》两句："倚南窗以寄傲，审容膝之易安。"这不等于说，只要有窗可以凭眺，就是小屋子也可住得吗？他又说："夏月虚闲，高卧北窗之下，轻风渐至，自谓是羲皇上人。"意思是只要窗子透风，小屋子可成极乐世界。战争时期，屋子本身已保不住，还讲什么门和窗！屋子的本意是为了避风雨，人回来过夜时把门关上，算是保护。

现在我们住的屋子，门和窗就是一大一小两个口，彻夜都是洞开着的。我们进出无碍，风雨更是随意进入，更有蝇、蚊、蝶等各种昆虫飞来飞去。陋屋寒窗，听蚊、蝇喧噪。在那清凉如水的秋夜里，四野的虫声欢鸣，如夜潮般此起彼落。侧耳细听，有的似乎远在天边，令人如梦如幻；有的听起来虽近在咫尺，却又无法觅其踪迹；有的鸣声清脆婉转，有的凄婉哀怨，有的则热烈奔放；更有的如同一对"式相好，毋相疑"的恋人，你一言我一语，一问一答，一酬一唱。这秋夜真的竟是那蟋蟀的王国、蛩音的天下。有生以来第一次感受如此奇特而又新鲜。我想起《诗经·七月》"七月在野，八月在宇，九月在户，十月蟋蟀入我床下"，蟋蟀活动随季节变冷和人类的距离越来越近，而这里的昆虫则是随时陪伴着我们并让我们免受寂寞之苦的伙伴。

有一天，一位女同志发现铺上有一只大蜈蚣。大家吓得惊叫不已，慌张得不知所措。我上前一看，这只大蜈蚣正爬着，长有四寸，身上有一圈圈的甲皮，全身发出黑黝黝的亮光，毛茸茸的，头上、爪上还有点红，样子非常好看。大家舍不得弄死它，用树枝把它挑到了山上。

每当想起山上的生活，就想起 20 世纪 30 年代的影片《花木兰》的歌词所写：

> 月亮在哪里？月亮在哪里？它照着我的房，照着我的床，照着那破碎的战场，照着那可爱的家乡。

仰面向天，长长吸口气，这里有清风，有明月，还有如此清澈的流水。虽然条件艰苦，但这些情景美事围绕着这心中满溢着爱、浑身弥散着旺盛生命力的年轻的一群，至今想来犹为人间至景。人到老年，更常常怀念那景、那事，更有那无论在多么简陋、恶劣的环境中都乐观向上、求真尚美、引人心生敬意的生命。这种美的感觉犹如陈年老酒，历久弥新，成为我心幕上不可删除的情景。

6. 万里江河作浴盆

宣传队的驻地，门前有条川流不息的小河。当雨季来临，它就变成了名副其实的“一条大河”。

每逢这时，队员们都孩子似的跳起来，互相招呼着：“快来呀，快来洗头、洗衣裳啊！”端着脸盆的、拿着衣裳的边跑边应和着跳进水里，边洗边尖叫，吵嚷声被涛声湮没，随着波浪而消失。

大自然不分国界，给予朝鲜人民的幸福和欢乐的同时，也同样给予我们这些异国他乡的青年们无穷的快乐和情趣。它激发了我们青春的活力，使我们一时忘掉了战争，忘掉了硝烟弥漫的异乡。周围的山峰倾泻的洪水聚成波涛汹涌的激流。只见一条白龙也似的瀑布，从山壁上倾泻下来，挟着巨大的涛声带着漩涡奔流而下。泉声天半落，满涧溅桃花。举头红日尽，回首白云低。

流水唱春，小溪、小水都成了一条河。那穿过山洼甚至是顽强地穿过石缝的流水，宛若千百条水银道道，发出美妙的响声：淙淙沥沥的如夜晚悠长的箫笛合奏，叮叮咚咚的像遥远清脆的铜铃声。泉水叮咚响，跳过了山岗，走过了草地，来到我身旁。唱着歌儿，弹着琴弦，流向远方。

寒风凛冽，小河变了样，昔日活泼的身影不见了。它安详地卧在大地上，像一条玉带，又细又长，弯弯曲曲地伸向远方。

河面上结成了一层闪光透明的薄冰，薄冰下面清澈的水依然流淌着，多顽强的生命力啊！

早上跑步完毕，照例拿着毛巾、肥皂到小河洗脸。

当我们洗脸时，得用石头砸开冰层。用凉水刷牙的时候感到牙根很痛，所以有些同志不经常刷牙。在三九天的时候，早晨我不去洗脸，等午间吃完午饭才跑到河边去洗。

思乡情不是朝鲜的小河甚至大河所能冲淡的。两年多的时间里，走过多少朝鲜的山山水水，歌颂过多少祖国英雄的儿女的英勇事迹，正如下面这首诗所写：

群山小河听我歌

群山环抱小村庄，小河弯弯流远方。
青山绿水多幽静，引来姑娘唱山歌。
大雁声声头上过，引我激情上九霄。
鸿雁传书古来有，捎个信儿给祖国。
孩儿决心要立功，回报母恩三春晖。

朝鲜的夏季也是很炎热的，我们身上的衣服虽然常换洗，但长时间不洗澡也是很难受的。我们驻地附近有一条河，日夜不停地流淌着，水深只没过脚脖，洗脸、洗脚还可以，洗澡却不行。男同志可以光着膀子，穿着裤头，站在水中向身上撩水洗浴，而女同志则不能（尤其是北方女子）。因而，洗澡对战士特别是女同志来说，简直是奢侈的期盼。

7月的一天，透蓝的天空悬着火球般的太阳。云彩好似被太阳烧化了，也躲得无影无踪。大地像蒸笼一样，闷热得使人喘不过气来。三伏天气，骄阳似火，人人都挥汗如雨。领导通知全队到一条较深的河里去洗澡。从入朝以来，大家很少有机会痛痛快快地洗个澡，所以同志们都高兴得不得了，拍手称赞。其实这条河离我们驻地并不是太远，只是有命令不允许单独行动，因而我们平时没有机会去洗。将抵山麓，忽感天地一新，苍翠满目，超然不群。笼罩在一片青碧的光影中，绿杨夹道，幽静绝俗。骤眼望去，除了青碧的山色外，似乎便再也瞧不见别的。

大家来到树丛中，只见繁花夹道，泉水淙淙，树木长得郁郁葱葱。茂密的枝叶，挡住了来人的视线，遮住了天空。太阳的万道金光穿过树梢，照射着鹅卵石弯曲的小道。草地上生机勃勃，红的、白的、黄的、紫的，五彩缤纷的山野花，争奇斗艳。潺潺小溪的流水，弹奏着美妙动听的歌曲，奔向远方。

带队的已经探好了地势水深，并分配了地域，让大家快洗。男同志分到河的下游，水深没腰，他们不等招呼，就都穿着裤头跳入水中，嬉笑打闹。我们女同志分在上游，男同志一听就不高兴了，都叫喊着说，洗女同志的剩水，太不公平、太不合理了。我们不理他们，嘻嘻哈哈地笑着走了。来到指定地点一看，已是到了水源的尽头。地方确实不错，远处有多姿的绿色山峰，近处是激流而下的瀑布。瀑布如百丈白练，倒挂而下。一股清泉自山峰上流泻下来，明亮如镜，宛如彩带般的长河。岸上盘绕着弯弓式的榆柳、密密麻麻的灌木丛，羊肠小道夹在其中，弯弯曲曲地伸向远方。看到的是翠绿的山色，听到的是潺潺的水声，面对如此美景，有人早已按捺不住，跳入水中叫喊着："快下来，好极了。"我也跳到水中，但马上感到水太凉，全身起了一层鸡皮疙瘩，人在颤抖。我赶紧跑上岸，坐在灌木旁晒太阳，看着她们洗澡，再也没敢下到水里去。

大家在水中自由自在地游来游去，笑着、闹着……有的还打水仗，我冲她们喊道："你们还玩这样的游戏吗?"但她们的兴趣正浓，加上流水的声音，我的话被湮没了，她们也听不见。烟波不动影沉沉，碧色全无翠色深。疑是水仙梳洗处，一螺青黛镜中心（碧是湖色，翠是山色）。就这样，她们洗了整整一个半小时，我在岸上一直坐着，张小群曾对我喊："小队长，快下来，好玩极了。"邹智华多了个心眼，说别叫她了，可能有"特殊情况"不能见凉水。她说对了，我只是看着她们没有搭腔。看她们把洗的衣服晾在一种密结矮生植物的小树上，想起"千年老树为衣架，万里长江做澡盆"的一句古诗。鸭母无鞋空洗脚，鸡公有鬓不梳头。

就这样，我坐在茂密的灌木丛旁。微风带来湿润的芳香气息轻轻地吹过树梢，送来鸟语花香。清凉的风吹过绿色的大地，阳光碎影在地上跳跃，鸟儿鸣声更似音乐。我时而仰望着蓝天白云，时而欣赏着青山绿水，又时而观看着瑶池中的仙女们游来游去。"涧水无声绕竹流，竹西花草弄香柔。茅檐相对坐终日，一鸟不鸣山更幽。"落日映余霞，傲然影独立，闭目静听。云雀婉转的鸣声，蟋蟀柔情的歌唱，一幅世外桃源美景，悠然雅趣，情韵无限。心随河水共悠悠。用心去聆听天籁之音，诚心感悟自然物语，体验生命的无穷乐趣。

美景悦目心情爽，信笔寄语同道裳。但战事频仍，间间断断，成信寄出时已是秋天。正是：

（一）

和风从南到，柳榆随风摇。
男士河中浴，不胜乐陶陶。
瑶池一群女，游泳列嬉戏。
我来看衣裳，不叫牛哥取。

（二）

头上鸟儿叫喳喳，泉水淙淙哗啦啦。
清泉涤去常年垢，乐得姑娘开心花。
扬眉泼水笑生风，戏水仙女闹龙宫，
感叹江山美如画，岂容他人任践踏。

7. 战地书信（一）

枫叶寄情

尹鲁老师：

您好！

我们这些学生都这样称呼您，今天我又这样称呼您，可能同志们会惊讶和不理解。

您曾经在哈尔滨鲁迅文艺学院给我们授过课。这是事实，是无法改变的。无论以后彼此之间关系如何改变，这段历史都改变不了。

先生折节下交，使人惶恐。信中所叙之事，言之有理，算得上神交已久。今天给您写信，如何称呼您却犯了难。想了好久，决定还是按老样子称呼，不过稍改一下，就称“先生”吧。不知您如何感想，请来信说说，我想知道。

想起1951年的冬天，先生去北京人民大学学习，路过沈阳来看文化部一批从鲁艺毕业的学生。当时先生还特意到女生宿舍看我，使我深受感动。

您的来信说：从此一去，烟波千里。暮霭是那样的深沉，蓝天是那样的广阔，什么时候才能再度相聚？天涯海角，不知何时才能相会？面对千里烟波，沉沉暮霭……

在离别之后，一切的记忆更加清晰，所以在相聚时被忽略了的细节也都一一想起。当所说的每一句话在回溯时都有了一层更深的含意，每一段景物的变化在回首之时也都有了一层更温柔的光泽，那么离别又有什么不好呢？

先生，今天随信寄去山中枫叶一束。它是战地生长的树木的叶片，很是宝贵，望您喜欢。此叶形状美丽，红得可爱。我采下几片留下，其他送给先生欣赏。

虽然战地自然被破坏得很厉害，但山中自然幸存的枫树依然顽强地生长着，山中还有一片片盛开的红花。大家都不知道是什么花草，彼此都在询问。它点缀着山谷平原，美丽壮观，和远山白云交相呼应。“人间四月芳菲尽，山中红花始盛开。长恨春归无觅处，不知转入此中来。”我把白居易《大林寺桃花》中“山寺桃花始盛开”一句的“寺”改为“中”、“桃花”改为“红花”。真是多姿多彩，诗以“物象为骨，意格为髓”，细寻诗意，语短意长，含意隽永，殊为蕴藉。凡物都有感应性，欣赏其丰神韵致，使人惊讶与屏息于生命的美丽，感叹造物者给大自然的美妙。

保家卫国与君别，征夫怀远路，去去从此辞。行役在战场，烽火连绵万余里。相见未有期，生当复来归，死当长相思！

红日微风吹拂面，四季似歌有冷暖。

苏寄

1952 年 8 月 4 日

8. 我成了一名独唱演员

经过长时间的训练与摸索，我觉得歌是一种语言，是一种让人驰骋想象、让生活变得多姿多彩的语言。在此过程中我体会到了艺术创新和生活的密切关系。艺术中的小发明，可以带来生活的大变化。创新中有无穷的乐趣。创新让我的理想与生活更贴近，让我的梦想之花盛开在舞台。有这样的创新，这样的体会，我犹如鸿鹄得志，也可称作“皮格马利翁效应”。

时光与梦想

在东北鲁迅文艺学院，我学的是戏剧导演。在这样的战争环境中，不可能有大的戏院、舞台或宽敞的场地供演出使用。所有的演出都是在山洞里或坑道里进行的，有天然山洞，也有人工开凿的山洞，大多数都很小，这就限制了节目的规模。大节目用人多，台上站不下，只有组织短小节目，这个现实问题摆在了我们宣传队员的面前。有的时候需要看场地安排节目，碰到最小的场地时，只能演两个人的舞蹈、独唱、乐器独奏和快板节目。

集聚短小节目是全队当前刻不容缓的事情。大家纷纷出谋划策，集思广益。外行变内行，行行出状元；后浪追前浪，浪浪有奇峰。有一天，队里领导宣布，除乐队外，每人自报一个节目，在队内演出。于是，我报了独唱，从此成了一名独唱演员。当时我也意识到要适应环境，找出路，非在独唱上下工夫不可。有时，一时难以索解，闭目凝思，潜心思索，有空就琢磨，把在齐齐哈尔市文工团学的发声课明其精要，加以实际运用。在循序渐进中，我萌发了另辟蹊径的想法：应推陈出新，不落窠臼，改变光站着不动的演唱形式，打破演唱中历来拙于人体外形的美和形象的美。歌可以充满爱与尊敬、忠心与勇敢、思念与深情、诚实与亲切、勇敢与激情。歌的感染力与号召力是无穷的，歌的感召力胜过集团军。歌是人心灵的体现，是心中的意念表现在外的神形心貌的精髓所在，故而我心中要达到那样一种境界：声情为我成之，收放自如，唱出神韵，让听者跟着演唱者的感情走，进而获得心灵上的享受。

无心求羽毛，有意学鹰扬。在实践中要想创造自己的独特风格并非易事，需要注重每首歌中的每一个环节，需要随着歌词的变化一节一节地详加剖析情感。功夫不负有心人，我慢慢地领会了所演角色的精神，演艺水平也随之提高了。过去我都是囫囵吞枣，涉猎不精，不求甚解，也就是东风过耳，不得其门了。比如品画先神韵，论诗重性情。文艺是娱乐，给人长精神。积少成多，聚沙成丘，读书百遍，奇义自见。演唱功夫不是一朝一夕的功课，更不是一劳永逸的事，因为每一首歌的内容、歌词不一样，随之演唱的方法、表情、动作也都不雷同。他点头赞同我的见解。

磨难练就成功

“潜心攀绝顶，得志步青云。”学得高低的关键，不仅在于多练，还要多想。可惜我的脑筋实在不大灵光，难有太大进境，初试登台演出，诚惶诚恐。成功时，光风霁月，心中略宽；失败时，阴霾蔽天，心中愁苦。我是最爱哭的人，小时当着人流泪，大了背着人流泪。我时刻提醒自己，要有蚂蚁搬泰山、啃骨头般苦干钻研的精神，所谓“锲而不舍，金石可镂”。

“知之者不如好之者，好之者不如乐之者。”仰之弥高，钻之弥坚。演唱练习的过程如寻路如觅光如登山，那是一个不断选择、不断分析的过程，又是一个不断寻找、不断舍弃、不断靠近，不断开辟的过程。当我慢慢走对了路的时候，似乎听到了光明的合唱，似乎看到了朝霞的绚烂，似乎服膺了智慧的千姿百态，似乎亲手造就了自身的成长。演出成功时，领导表扬鼓励，演砸了却从不批评。练习表演中，有峰回路转、春风得意时，也有云深迷离不知所处时。

记得有一次演出，我随兴之所至，临场发挥，使歌唱进行得更戏剧化一些。这样，表现形式原声态，显得活泼大方，又打破矜持拘谨的形态，再加上有情感的表演，有声有色地把歌唱活了，赢得了台下一片掌声。大家感到活泼、新鲜，情绪也十分高涨。对我来说，这还是第一次。几个月来的郁积，至此方一扫而空，激动的心情是难以用语言来表达的。额上汗珠，有如叶上朝露，一粒粒迸发而出。当我走下舞台时，范林善笑着迎上来，带着喜悦的目光对我说："你这次唱得真好，很成功！"名声能带给人荣耀和自尊，我脸上神采焕发，目不转睛地望着，不知所措地冲他莞尔一笑。这时心中畅美难言，虽脸上不动声色，心下却已大喜若狂。此时我激动得心乱蹦，疲劳而致得双膝发软，腿在抖，遍体冰凉。演唱成功的喜悦与疲惫交织，这是多少光阴与汗水浸出来的啊！"长袖善舞，一展平生抱负。"兴之所至比天更高，飞向云霄，在山之巅微笑。

就像一个人迎着晨曦前进，等到红日东升，它的灿烂光辉会使此人不由自主地感到惊讶。

戏剧大师梅兰芳先生说过："世间最大者莫过于舞台。我们可以在这里见到日常所经历不到的喜怒哀乐，在这里可以领略到梦幻和美的意境。"功夫是没有运气的，一丝一毫都是日月累计的结果。我的嘴角不觉地漾起了一丝深沉的笑意。

9. 从窘迫到从容

我从小喜欢唱歌，20 世纪三四十年代影片上的流行歌曲我会唱得比较多。听别人唱，自己就学，尤其是爱一边跳一边唱，这样才觉得过瘾。当时严华的《扁舟情侣》、周旋的《渔家女》插曲、龚秋霞的《蔷薇处处开》等等，也都是一边舞一边唱的。

新中国成立后，我开始接触革命歌曲、苏联歌曲、东北民歌、陕北民歌，尤其热衷于那优美、动听的民歌，因为这些歌曲中充满了对生活的热爱，对恋情的真挚，对未来的憧憬。陕北民歌中有《宝塔山》、《信天游》、《三十星铺》、《山丹丹开花红艳艳》等等。东北民歌中有《东北风》、《月芽五更》、《宝贝》等等。这些歌曲纯朴，富有激情，也很受人们的喜爱。

在鲁迅艺术学院念书时，每周末院部都组织一次晚会。全院的各个单位都参加，有文工团、音工团、舞蹈队、美术部，还有我们学习班的学员。晚会非常热闹，除了跳交谊舞，还插些小节目。有一次，我代表学习班出了一个独唱节目。虽然不是正式演出，但我仍然感到有些紧张，因为在场的都是些行家。

说起唱歌，确切地说，我是合唱队出身，是有一定基础的。齐市文工团的几位团长都是搞音乐的，对业务要求都很严格，平时授课有乐理、作曲、练耳、发声等音乐方面的课程。文工团虽然也演戏，但合唱的次数比演戏多得多，大部分都是举办音乐晚会，合唱、轮唱、四部混声、对唱，还有乐器合奏等等。当时没有独唱，顶多出个男女声对唱，这也很少出台。我们齐市文工团当时合唱出了名的，在东北的文艺团体中可谓是独占鳌头。我们的合唱曾在电台播出过并灌了唱片，到处播放。

自己练唱或是跟乐队合排都没问题，就是我一人站在台上，看到全场观众的眼光都集中在自己身上，成了万众瞩目的焦点，不由得心跳加速，很不自在。脚因要站立还有点依靠，手就不行了，前也不是后也不是，放在胸前不是，放在身体两侧也不是。在前奏开始时显得很恐慌，手足无措的心理也带给我举止神态的慌乱，小腿肚子开始抽筋，颤抖与痉挛同时发作。只好硬着头皮撑下去，就见台下观众有的咬耳朵，有的偷着掩嘴窃笑，“台儿底下，听人笑语”。当下得台来已是满头大汗，涔涔而落，以后好长时间打不破这种局面。“艺不如人兮，脸面无光。事不如人兮，吃尽当光。”多亏有点功底，虽败不乱，不能轻言放弃。我独坐在半山的石头上，自是愁眉不能尽展，歇一歇，想一想，看白云蒸腾，听鸟声呖呖。一只不知名的小雀，嘲讽着我迷惘的神魂……一位成功者曾说过，不要想第一步就踏上人生的金砖，哪怕是坎坷、荆棘、泥淖，只管大胆地向前走，回首过去，步步都是金砖。

淡蓝的雾舒展在山峦和田野之间，细微的雾丝带着金色的光芒，在空间悠闲地游动，奇瑰而又飘逸，让朝来的旷野笼上一层宁静的神秘。神清目爽，我歌唱了，我的歌声回荡在旷野的晨雾里。那小河的流水，也应和着，哗啦哗啦地扬起微波。在那小山坡的羊肠小道上不知流下了多少泪水，气在丹田，吐气扬声，又留下了多少歌声。高山顶上唱一曲，四面八方起歌声，音也北呼南应，随风飘荡。唱累了，便松弛一下神经，瞬吸芬芳，看那绿茸茸的草地。野草、野花含着昨夜的雨珠，柳枝碧绿带着早晨的雾烟。薄雾把嫩绿的小山坡披上了一层轻纱，隐约可见它那秀丽的黛色。远山、近树都被蒙上了一种朦胧的神秘感。

僻静和优雅，一缕缕的花香，夹带着潮湿的草丛的气息和泥土的滋味，这些虽非甜美，却能强烈地刺激我的鼻息，使我愉快。我用耳、眼、鼻、舌、身感受着，也用心唱着，歌声回荡，回声相应。我终于被一种健康的豪放的歌声袭取了，为歌所为，为歌独自唱着。春风过耳，绝不萦怀。经过摸索研究，懂得了每个歌曲的风格和演唱者的台风如何处理。这一点从来没学过，也没听说过。它指导我每一首歌和每一场演出如何能够成功，对现场演出有指导意义。前方战士个个喜欢听歌，只要唱得好，他们就爱听。独唱时声情并茂，能给人以舒服愉快的感觉，进而鼓舞志愿军的斗志，坚定必胜信心，去克服种种困难，夺取战斗的胜利，这也是我们文艺工作者最大的愿望。正如《轻风》歌词所写：

> 飞翔呀飞翔，飞在蓝天上，让白云靠近我的肩膀，让轻风贴紧我的胸膛。歌唱呀歌唱，歌唱在海洋，让浪花带我去到远方；歌唱呀歌唱，歌唱在山岗，让森林陪我不断生长。我请你，请你听我歌唱，生命乐意。

山，我赞美你的壮健；河，我歌颂你的阔大；风，我夸赞你威力无边。我的歌声在空中飘荡，天外的云彩为我架起虹桥，指点着我那永恒的快乐。

10. 战地书信（二）

漫谈压力与创造力

先生：

您好！

近来身体可好，长时间不得消息，使人甚是牵挂。

想写信也得抽空，所以时间是零零碎碎的。信马由缰，随笔写来，事情比较零乱，一封信要写好几气。

方才我们驻地的东南，美机投了一枚燃烧弹。我们都跑出去看，隔了几座山看到火苗蹿出多高，半个天空都通红。这种杀人武器真是可怕，太残酷。有些人在龇牙咧嘴，大概是无言感叹吧。不过战争环境中谁死谁活都难说，我把生命交给命运。不过，我死不了，有您给我祝福，我心里总是踏实。

五二年的朝鲜战场，正是战火纷飞、双方交战最激烈的时刻。美机的炸弹频繁地落在朝鲜的国土上，火光四起，到处在燃烧，使朝鲜人民经历了历史性的空前大灾难，农舍倒塌，田园被毁，到处硝烟弥漫，使人喘不过气来。

朝鲜人民对战斗环境逐渐习惯了，都能够坦然地安排生产和生活，春天抢种，秋天抢收，那种勤劳勇敢的精神让人佩服。

秋天的一个下午，接到上级命令，让我们宣传队到某阵地演出。来接我们的是开车英雄刘班长，他来得特别早，5 点就到了宣传队驻地。大家见面后都热情地相互问候。宣传队员们打趣地问："刘班长，今天来得这样早，要带我们逛新城吗？"刘班长一听笑着说："不是逛新城，是让大家看一看朝鲜秋天的风景。"大家都笑了起来。其实大家都明白，5 点至 7 点天空敌机稀少，再加上今天的演出路程很远，所以必须早点动身。

风和日丽，万里无云。大家坐着装满道具和乐器的汽车奔向演出目的地。一路上，远望则宇宙空旷，浮云与群山相连，近看则小溪弯弯，河水清澈如蓝，老牛的蹄声在山花中回荡。“九华山前云遮寺，清戈江村柳拂桥。”转过一个山脚，只觉得眼前一片火红。有人说是杜鹃花，有人说是红牡丹，还有人说是朝鲜国花金达莱……当走近一看，大家才恍然大悟，啊！原来那是几百几千棵树木的红叶，红艳如玫瑰。那红叶连成一片，像从天而降的晚霞。万叶交坠，枫叶千枝复万枝，分不出哪一枝哪一杈，只见到红彤彤的一片。秋风轻拂，万木萧条，枝枝红叶摇曳，像一片跳动的火焰。这火焰映红了山，映红了长空，天上地下红成了一片。朝鲜秋天的景色太美丽了。辽阔的大地上，湾湾流水，青山连绵，尤其是半山腰中一片又一片的枫林，深红色的枫叶让人陶醉。大有“遥看一处攒云树，近入千家散花竹”仙境般的美丽。日暮秋风起，萧萧枫树林。“莫道阳春风景过，更有红枫染秋山。”“撩乱野云飞，微茫江树杳。遥望千山表，是谁将粉黛扫?”

行车之中不断回首遥望，由望生想，愈想愈美，愈美而又不能去，故加惋惜。别路绕山川，此会在何年？人之探幽寻胜却能冥搜而有无穷乐趣。我忽然决定在休息时给您写信，寄去朝鲜枫叶一束，并以“枫叶寄情思”。一首“战地一束枫，一叶情思深。深秋枫叶红，片片都是情”。朝鲜的枫叶红了，我爱美丽的秋天，更爱枫叶一片片，落红不是无情物。要在片片的枫叶上写下我的心愿，带给您奋进的力量。枫叶红了的时候，摘下一片随风飘向你的窗前，问候您的安康。海上生明月，天涯共此时，情人怨遥夜，竟夕起相思。云渺渺，水茫茫，征人归路许多长，相思本是无凭语，莫向花笺费泪行。人生世事难预料，也许明年此时又逢君。

“思君如满月，夜夜减清辉。”我看了一首盖嘉运的《伊州歌》诗，不觉失声笑了起来，很新鲜也有趣，现将它抄于您：“打起黄莺儿，莫教枝上啼。啼时惊妾梦，不得到辽西。”白居易诗有“新教小玉唱伊州”的句子，词曲中有“贪与萧郎眉语，不知错舞伊州”的句子，都写得形象生动。诗情婉转缠绵，不言征妇想夫而“想”字自见，不言战争给人民造成的痛苦而痛苦自见。

一位作家说过：“也许文学这东西，生于忧患，死于逸乐？活得太自在，太快乐了，即使才高八斗，学富五车，一年到头忙于玩，屁股粘不住座椅，大概也就写不出来什么精彩的作品。”我想他说的有一定道理。想起俄国作家索尔任尼琴，倒是一个眼前现成的、为大家所熟知的例证。作为囚徒，他被流放到古拉格群岛，挣扎在死亡的边缘多年。然而，他不仅活了下来，而且以常人想象不到的毅力写出了那部关于集中营的皇皇巨著，这着实令人敬佩。后来，他获得了诺贝尔奖，并定居美国。但始料不及的是，在他向纽约港口那尊女神雕像礼拜的同时，有了自由，从此却没了文学。这真是欲哭无泪、无可奈何之事。

正如《庄子·秋水》中所说："井蛙不可以语于海者，拘于虚也；夏虫不可以语于冰者，笃于时也；曲士不可以语于道者，束于教也。"

生命有限，知识无限。中国古代诗文寓意深远，境界雄阔，以意蕴深厚语言精妙著称，有多么丰富的内心，就有多么丰富的表达。关于诗文，我全自学，免不了盲人摸象，末学肤受。其中败笔缺失，在于何处？何处当增，希来信指教。

苏寄

1952 年 9 月 15 日

11. 战地澎湃爱国情

万里长城万里情，长城外面是故乡。祖国啊祖国，您永驻在我们心中！心相印，骨相连，信心、勇气和力量，源远流长。锦绣中华，我爱你！长江流，黄河流，滔滔岁月无尽头，天下兴亡多少事，莽莽我神州。情悠悠，思悠悠，炎黄子孙志未酬，中华自有雄魂在，江河万古流。

苍茫大地永远是我们的母亲，我们所赖以生存的一切，无不取自大地母亲。大地在人类的面前还是一个智慧家与魔术师，给我们演示着四季的变化和风霜雪雨的降临，昭示着文化的传承与演变。如果说文化是一个国家的面孔，那么回首五千年历史，中国称得上世界闻名的礼仪之邦。在中国文化对外传播的历史道路上，丝绸、瓷器、茶叶、造纸、火药、罗盘、印刷术，远渡重洋，传播到欧洲。直到18世纪，欧洲造纸技术的提高还必须依赖中国。科技发明这些物质文明符号，带动了世界的进步。“四书”、“五经”等典籍所倡导的守信、谦和和求索精神，则在世界上树立了中国的精神符号……

我们的祖国，有着奔流的黄河、长江，耸立着五岳和万里长城；五湖荡漾，北海波摇，佳气葱郁，风光淡爽。关于祖国江山的可爱，先人有诗为证：

五湖之妙云：

> 五湖湖水碧浮烟，不是花围便柳牵。
> 常恐君王过湖去，玉箫金管满龙船。

北海之妙云：

> 北海涵虚混太空，跳波逐浪遍鱼龙。
> 三山日暮祥云合，疑有仙人咫尺逢。

三山之妙云：

三山万叠海中浮，云雾纵横十二楼。
莫讶移来人世里，若无仙骨亦难游。

长渠之妙云：

逶迤碧水绕长渠，院院临渠花压居。
不是宫人争斗丽，要留天子夜回车。

楼台亭榭之妙云：

十步楼台五步亭，柳遮花映锦围屏。
传宣半夜烧银烛，远近高低灿若星。

北海层峦，五湖新柳，天涯遥望真无际。我们的祖国有着五千年悠久的历史；还有着光辉灿烂的文化。古迹建筑辉煌、宫殿华丽，飞横、斗拱、玻璃瓦、白石阶、红墙壁画……这是一个激发人们思古幽情的国度，有使人微醉的去处：你可以到泰山观日出，在八达岭长城顶看日落；你可以在西湖画舫或南京鸡鸣寺听钟声；你可以在华北平原跑马，在西北戈壁滩上骑骆驼；你可以访寻古代宫殿遗迹，听一听燕子的呢喃，有江南的温柔，有北方的苍凉；或者到南方的海神庙旁看浪涛拍岸……

文以人传，人以文传。中国千古名篇，光焰万丈文化沃土。

一个民族能够昂首屹立在人类文明之林，她的脚下必定有奔流不息、万世不竭的民族文化的滋养。这条文化长河，从远古奔向未来，从洪荒奔向文明，带着一路欢歌，也带着一路血泪，留下了诸多硕果和丰碑，也记下了诸多辛酸和遗恨。

浩浩五千年文明，摇曳多姿，辉煌巍峨，浸润和滋养着中华民族。千古名篇，字字珠玑，章章锦绣。捧读它，欣赏它，我们清晰地感觉到了先贤哲人的深邃博大、志士仁人的报国壮志、游子商旅的亲情乡愁、旷男怨女的追求呐喊。

李白“天子呼来不上船”，笑傲红尘；杜甫眼望“国破山河在”，老泪纵横；白居易听一曲琵琶，泪洒青衫；范仲淹登楼远望，心忧天下；苏东坡月下把酒，声声向苍天发问；辛弃疾挑灯看剑，夜夜梦里沙场秋点兵；柳永为“有三秋桂子，十里荷花”吟咏歌唱；李清照则为“梧桐更兼细雨”黯然神伤……

中国人就是这样，无论隔着山、隔着海还是隔着岁月，中国人的血液总是绵绵不断地流动着一条黄河、一条长江！

为什么一提到祖国就会有人热泪盈眶？在战场上，生与死的考验，战争的残酷，每个人都强烈地感受着。志愿军战士都是有血有肉、有着崇高的爱国主义思想的人，他们为了保卫国家而出征。

在战地上，一年四季在外边吃饭，睡在土地上，住的是无门无窗的房子；连开水都不能满足供应，就不要说洗头洗澡了；冬天棉衣常常穿在身上，白天黑夜都不脱，身上虱子满处爬，满头痒痒。生活条件这样困苦，工作环境这样艰难，同志们都咬牙忍受着，这是需要有坚强的意志的。这些血气方刚的爱国青年，爱祖国胜过爱自己的生命。他们严格要求自己，努力工作，乐观地克服一切困难，让人十分感动。无论前线作战的勇士，还是后勤各条战线上的同志，都对祖国有着深厚的感情，是祖国给了他们力量和勇气，给了他们战胜困难的信心，由此可见祖国在他们心中的地位和分量。

大家都志在奉献，情系国土。每当独唱演员李勤同志唱到“同志们真辛苦，我代表祖国人民向你们问好”时，台下的同志总是有掉泪的。关汉卿诗曰：“纵有相思泪痕，索把拳头温。”当他听到熟悉的歌声或亲切的呼唤时，即使当着别人的面，也会忍不住内心的激动而泪流满腮的。当祖国慰问他们时，他们能不心动吗？他们是有血有肉、感情丰富的热血男儿。他们为祖国、为人民付出了最高的代价。他们的心灵是那么的纯真，是那么的高尚。他们真是一代最可爱的人。

祖先的历史像黄河万古奔流，载着多少辛酸、多少愤怒、多少苦难。黄河向我呼唤，怎能愧对祖先。中华的风骨像泰山千秋耸立，铭刻多少功绩、多少荣耀、多少尊严。泰山向我呼唤，要做中华好汉。悲欢离合总是情，何人不起故国情？或许一首《梦驼铃》歌词更能诠释我们的爱国情：

> 攀登高峰望故乡，黄沙万里长。何处传为驼铃声？声声敲心坎。盼望踏上思念路，飞纵千里山。天边归雁披残霞，乡关在何方？黄沙吹老了岁月，吹不老我的思念。曾经多少个今夜，梦回秦关。

12. 一年四季露餐

有草长莺飞的春，有百花争艳的夏，有硕果累累的秋，有肃穆萧索的冬，这都是太阳在演绎着四季。

在朝鲜的战争环境中，生活条件十分艰苦。天多大，地多宽，我们的饭堂就有多大多宽。春秋时节在外露餐反而成了一种享受。当风和日丽的时候，阳光照在我们身上，到处暖洋洋的，还可以欣赏大自然的风光。这时的心情特别好，吃起饭来也觉得格外香甜，大家笑道："今日方知山居野外，尤胜于宫殿琼楼。"但是春天的风沙特别大，并且来时很突然，让你防不胜防，经常给你的饭碗里加点"胡椒粉"、"花椒粒"之类的"佐料"。因为当时我们吃的粮食都是从祖国运来的，后勤部门千辛万苦把粮食送到前线很不容易，我们必须倍加珍惜。每当风沙来的时候，大家只好用手捂着饭碗，但是也难免刮进沙土，吃起来准要硌牙。

夏季蚊虫、苍蝇围着叮咬，饭碗里不断有小虫飞进。冬天的西北风很厉害，不等吃上几口就被风吹凉了，所以吃时应加快速度。宣传队的女兵们吃饭时像是在数饭粒，一是吃得少，二是速度快；可我正和她们相反，一是吃得多，饭量大，二是吃得慢，细嚼慢咽，快了我就咽不下去。就这样我每次都是吃凉饭，吃饭时挨的风霜雨露的确不少……

大山里日出时间很短。在大山深沟生活的这段日子里，看到彩云、霁月、流星、旋涡星云、月圆月沟、行云翻滚、雷电在山峰间滚动。炸雷把大地劈开，把生物动物震死。火辣辣的太阳把人烤成人肉干……过去不曾看到或看得不这样真切，感觉也不如这样强烈。长此以往，寒来暑往，云里去、风里来，带着一身尘埃，热血在心中沸腾。俗话说："老来疾病都是壮时招得，衰时罪孽都是盛时做得。"年轻时不知露餐时间长了对胃不好，年纪大了有了深刻的体会，现在吃饭如果一见风就会有呕吐的毛病。

13. 风雪万里盘山路

飞雪填满了小村庄，地上积雪盈尺，白皑皑一片。大雪封路，飘飘洒洒漫天遍野，出门走路只听自己的脚探入深深的积雪中，时时发出咯吱咯吱的响声，要一步步地试探着走，一不小心就会掉到沟里去。梅雨纷飞是江南，劲风嘶鸣是塞北。原以为我老家黑龙江的雪就够大的了，没想到在这里也遇到了这样大的雪，气温甚至比我老家还要低。三九寒风挟着飞雪劲风，在阴沉的天空中鞭打着大地。急躁的北风发起脾气，嗷嗷地狂叫着，光秃秃的树木在风中抖瑟，发出惊人的撕裂声。同时，在操场上、大路上、房顶上呼啸，使人觉得寒风已经钻进了心房，心脏仿佛立即就要被冻僵。扑面而来的劲风，刀一般刮入衣襟，刮着赤裸胸膛，寒风刺骨透心凉。

虽然是正午，天色却阴沉得有如黄昏。久雪初晴，严寒使得山路上的积雪都结成了冰。崖檐下的水柱如狼牙交错，仿佛正等待着择人而噬。狂风突起，从远方吹过来，风中还带着远山上的冰碴子。密云低压，天地间竟似充满了一种足以冰结一切生命的杀气。

入冬的山川，特别空旷辽阔。山风吹来，一无阻拦地呼啸而过，把身上仅有的一点温度也带走了。大伙都把大棉袄紧紧裹好，两手缩在袖子里。野草随风俯仰，树木枝叶纷披。风骤然而来，悄然而去，不详其所以，亦不知其所终。来无踪，去无影，这就是寒风。

雪片撒将开来，霎时空气凝结，气体瞬息便自凝结成冰。几个小时后，我们的脚冻得如同猫咬似的。腿和手都麻木了，只有不停地跺脚、搓手，身上也冷得不行。很多同志都反复地伸出双手，用嘴对手掌哈气，却冷得不住发抖，牙齿相击，咯咯作响。冰天雪地，寒风刺骨。流下了鼻涕就势一抹，棉手套上立刻就多了一小片薄冰。在我家乡东北的黑龙江，传说冬季北大荒会冻掉鼻子和耳朵，看来并非是耸人听闻的荒诞奇谈了。在这冰天雪地之中，似乎脑子也结成了冰，身上虽然冷得发慌，但白雪飘飘，也颇有些诗意：

瑞雪飘飘

白的还是那冷翩翩的雪花，
在半空中漂浮潇洒，
那冷漠的幽谷、清凉的山麓，
鹅毛飞扬，飞扬——
盈盈的、晶晶的，粘住了我们的衣裳，
贴近我们火热的胸膛，
消融，消融，消融——
融入了我们火热的胸膛。

山中簌簌的响，是风。隔夜里的冰雹，晚上又结成了冰。风刮在脸上，已不像是风，而像是刀。

路自中峰上，盘回越山涧。汽车在铺满皑皑白雪的盘山路上像蜗牛似地爬行着，轮胎上的防滑链哗哗作响。与对面驰来的车相让时，汽车几乎要掉进深不可测的悬崖下，只见深谷中云雾弥漫，兀自不见尽头。我憋住气，闭上眼，或仰头望天，屏住呼吸，不敢再看这惊心动魄的一幕。而司机同志却还那么沉着和稳定。汽车走得很慢，车轮陷在雪里，整个车身发着低沉的咯吱咯吱响声。夹雪的车轮在冰冷的北风里蜗行……有时车轮卷起银色纷飞的粉末，只觉得凉风扑面，路边的树木迅速倒退，汽车载着我们飞奔，飞奔……

汽车有时奔到一处笔直耸立的山峰之下，那里有犬牙交错的山石。车子有时突然一歪，陷入了一个大雪坑里。那往往是个未来得及填平、已被雪盖住了的大炸弹坑。在防空哨兵的帮助下，费了很大的劲，才把它拖出来。风雪依旧，阳光既没，风更寒。我们静静地坐在车里，目光遥望远方，没有说话，盼望车能快点开，早一点到达目的地。

在严冬酷寒的冬雪盘山路上，汽车的速度和人们行走的速度一样。上山时吃力地往上爬，虽然有防滑链，但还是要不断地加大油门。好不容易爬上了顶峰，又要往下行驶。由于坡度大，路上积雪都结了冰，滑溜不堪，汽车只能一滑一滑地行走。屏气凝息，半点声音也不敢出。有防滑铁链，倒也不至于一溜而下。一停一顿，慢慢溜下，像人们在冰上打滑一样。大家坐在车上感到很滑稽，很有意思，女同志都忍不住被逗得大笑起来。队长忙摆手不禁嘘道："大家不要笑，让司机专心开车，别出事故。"大家这才安静下来。车子在山坡中起伏，一次次地陷入困境，一会儿撞上高崖，一会儿跃入低坑，即使最有经验的司机也会紧张。开始时，大家都觉得快乐好玩，但是次数多了就乐不起来了，笑声和表情在风雪中渐渐冰冻起来……

天渐渐黑下来，车速越来越慢，领导命令所有车辆一律不准开灯，因为这里就是敌人的空中封锁线。此时敌机在头顶上盘旋，无目标地扔下一枚枚炸弹。有时炸弹在路边爆炸，借着耀眼的光亮可以看到路边被炸毁的树木。汽车摸黑缓缓地开动着，司机对这里的地形特别熟，对敌机的轰炸根本没放在眼里。一路行若无事，只觉这时间过得缓慢无比，众人手脚冰冷，呼吸渐渐沉重，也不知过了多久……

今夜未知何处宿，雪海莽莽绝人烟。

午夜，我们终于顺利地到达了指定地点。这才如释重负，一块石头落了地。

14. 宣传队的演出服

新服俏式添风采，人穿俏俊风韵扬，亦诗亦韵亦端庄。气韵天成，可心可意更新潮。谈笑而来谈笑去，“所居户限为之穿穴”。

我们的生活充满阳光，充满友情，充满理想。青年人富有朝气、热情，爱激动。而他们的情绪很富于戏剧化，尤其是搞文艺的人。从锦州文工团来的队员王某又斯文又温柔，被美国飞机投的定时炸弹炸死，队员们都很悲痛，都绷着脸不说话……王番当着大家的面就抽泣流泪，我是见不得这种场面的，也陪着她流泪。《真娘墓》曰：“霜摧桃李风折莲，真娘死时犹少年。脂肤荑手不坚固，世间尤物难留连。难留连，易销歇，塞北花，江南雪。”另一是《简简吟》，诗中写了“二月繁霜杀桃李，明年欲嫁今年死”，“大都好物不坚牢，彩云易散琉璃碎”。

这之后好几天队里的气氛相当低沉，都默默地沉浸在失去战友那种悲痛之中。平日里的活泼快乐景象全不见了。突然传来小道消息，说上级要给宣传队每人做一套演出服。这一下给大家提起了精神，一些人开始兴奋起来。

过了几天，政治部王主任果然来了，对大家嘘寒问暖。然后，他立即召集全队大会，正式宣布了这一消息。他说要用缴获的美国黄色人字呢给全队每人做一套演出服，并且每人发一双皮鞋。大家一听真有这事，一个个喜不自禁，真是从心里乐开了花。这大概是领导有意给我们打气，让我们尽快从悲痛中解脱出来吧。王主任带兵很有办法，队员的干劲如日中天，互相协作如埙如篪。对我们这些女孩子，也关怀备至，体贴入微，隔三差五叫干事来问生活上的需要，有人回国好捎来。

不久，上级从国内请来了裁缝和鞋匠，先给每人量了衣服尺寸，然后又量了鞋的号码。量完之后，大家都关切地问什么时候能做好，回答是一个月。大家心里有了数，谁也不再言语。也不知过了多少天，有人从政治部回来说衣服和鞋送来了，叫队里派人到政治部去取。这一下队里炸开了锅，搞文艺的人最容易激动，像孩子一样喜得纵声号叫，又蹦又跳，乱吵乱叫。

衣服取来后，大家急忙穿上，都认为很好看，设计得很有水平。女同志的演出服，圆顶镶着红边的帽子，下身是直裙，有五六个折，套头上衣，翻领卡袖，还有武装带。高跟棕色皮靴，高筒到膝盖。女同志都在一面穿着演出服，一面嘈嘈嚷嚷地互相欣赏，一面七嘴八舌地互相评论。可是高跟皮靴叫人犯了难，乍一穿上都不敢走路，你看我，我看你，满屋乱匝匝地乱窜乱转，谁也不敢迈步。大家试着走，有的身体前倾，有的身体后仰，也有的弯腰弓背、身体歪斜……我站着不动，细细观察大家各式各样的走路姿势，后来慢慢扶着墙试探着走，终于找到了门路。男同志们听到说笑声，赶来都趴在窗台前观看，看到这一情景自然也是咻咻气咻咻，甚至哈哈大笑。甚至有人还说俏皮话："一条腿的裤子——成了群（裙）。""刮大风穿丝绸——抖起来了。""钢珠落玉盘——响当当。"我们一看来了这么多男同志都不好意思起来，大家一起把他们一哄而散地都撵走了。他们嚷嚷说："狗熊请客——没人上门。"开始穿高跟鞋真不容易，有很多人晃了脚脖子，崴了脚。我也是又晃又崴，痛了好几天，老是站不住。但走了一段时间就好多了，挺起腰杆，腰肢扭摆，可以大大方方地走路了。要知道，我们过去都穿军用五眼黄胶鞋，现在改穿高跟鞋，总要有个适应过程。

男同志的演出服更好看，也更有气魄。上衣和女同志一样，配有武装带，下身是马裤，像苏联军人一样的款式。黑色高筒皮靴，圆顶硬壳大盖帽，穿在身上很得体，更显威武潇洒，设计得很帅气。

又过了几天，政治部首长来队里看望大家。我们把演出服全穿上了，接受检阅。首长们都表示满意，并鼓励了大家一番。从那时起，每周六舞会，全队都穿着演出服参加并表演节目。现在我依然保存着那时的照片。

新衣俏，丽人矣。这套演出服，使我们宣传队员精神焕然一新，无形中对我们思想和行为都起了推动与鞭策的作用，如演出、行军、生活都能严格要求自己，做个真正的"军人"。

15. 我回国要文艺兵

有一天，我突然接到通知，让我到政治部去。我有点丈二和尚摸不着头脑，心想：政治部很少找我的，一定有什么重要事情。我怀着兴奋和期待的心情，赶到政治部见到王主任。他对我很客气，一边招待我，一边对我说："组织上知道你是从东北文化部来的，打算派你回国一趟，要一些文艺兵来充实宣传队的力量。正巧明天有车回国，你就跟着去吧。"听到让我回国，心中窃喜，我马上高兴地点头同意。心里在想：领导能这样重视我，是对我的信任，我一定想尽办法完成任务。我肩负如此重任，真是"春风得意马蹄疾"啊！回队后我向队长说明了情况，赶紧收拾好东西，穿上一身新军装，带上军用挎包。第二天早上，我就带着喜忧参半的心情跟着汽车启程回国。回到沈阳已是半夜，就在志愿军后勤招待所住了下来。

第二天，东北文化部艺术处的同事们一见到我都很惊奇："你什么时候回来的？回来干什么？"我说："这次回来有事情找你们办。"她们赶紧给我让座、倒水。我把回来的任务告诉她们，让她们帮助解决。大家听了都哈哈大笑，有人说："你们领导真会办事，派你来，这个忙我们是非帮不行了。"我说："那当然，我若是领导也会这样做的。"这时，林茉莉和李金兰忙笑着说："先别着急，把你在朝鲜战场的情况讲给她们听听。"于是我把入朝后所见到的情况简要地讲给她们听。她们不断地问，我就如实地回答，一个上午就这样不知不觉地过去了。在交谈中，我发现自己的棉衣非常脏，就用湿布擦洗，李金兰看到后说："别擦了，那是你的光荣，是最可爱的人的标志啊！"我特别注意自己的衣着，就像小鸟爱护自己的羽毛一样爱自己的仪表。我认为那是女人的尊严，也是社会文明的重要标尺。

第二天，刘雅然就打长途电话与各省市联系，然后告诉我说："你快去吉林文化局，他们那里有个林业宣传队要解散，肯定有你需要的人。”我一听高兴起来，拉着她的手说：“谢谢，太谢谢你了。”她卖乖地说：“别人帮不帮忙我不知道，我是非帮不可。”我急忙告辞，连夜坐火车直奔吉林，来到吉林文化局，找到办事人员说明来意。他笑着说：“文化部通过电话介绍过了，欢迎你来。”他领着我来到宣传队，看了看每个队员的履历表，把够标准的做了记号。他说：“我先给他们开个会，说明情况，让他们自愿报名，看看报名人员是不是我们所需要的。”开会时我在场，他会上宣布：“经过整编，决定解散林业局宣传队，不过对大家的工作安排还没有作出决定。现在朝鲜战场志愿军宣传队需要艺术人员，要求的条件是：（1）如果愿意去必须写申请书；（2）必须是未结婚的男女青年；（3）在艺术上要有专长，能独当一面。”宣布完条件后，一些符合条件的人立刻报了名。

回到沈阳后，我感到人数还不够，又问文化部能否找几个曲艺人员，因为这个剧种很适应战场演出。我找到专管曲艺方面的负责人，让他快给我想想办法。艺术处的同志见我办事急呼呼的样子都笑我，我对他们说：“军人，军令高于一切，任务在身哪敢懈怠？战争环境教会了我办事要干净麻利，时间就是胜利。”大家听了都连连点头。

又过了几天艺术处通知我说，招来了一男一女。男的 18 岁，是弹三弦的；女的 20 岁，是唱西河大鼓的。我一听高兴极了，文化部真是帮了大忙了。说实在的，如果没有他们的帮助，我就不会这么快完成任务。

我回到朝鲜后，向王主任汇报了情况，他非常高兴，也非常满意，对我在较短的时间内完成了任务大加赞赏。

感念这段经历，我信笔写了一首词：

> 一马奔腾，风沙万里路，天地在我心中。故地拜访，感怀万千，同志相见惊喜非凡。千挑万选，一举可成。招艺兵奉命回故地，忆旧情从戎赴异邦。

16. 东北人民政府文化部

文化部是我工作过的地方，我正是从这儿到了朝鲜前线。今天到此向他们求援要文艺兵，使我想起申请入朝参战时的经过。

东北文化部坐落在沈阳市的小西门，是一个临街的黄色二层小楼。据说曾是伪满时期的珠宝店。此楼的建筑风格独特，全玻璃的旋转大门，宽敞明亮的门庭，两侧木板楼梯通向二楼。四方天井，用两寸见方的小方石铺地，平坦而又坚固。四面楼房对称分布，楼房和走廊都是用木板铺地。整个楼显得既庄重又幽雅，透出一种古色古香的古典美。楼上楼下都排满了办公室，还设有收发室，负责来往客人登记、收发文件报纸及来往信件等。对着天井和大门厅有个会议室，我所在的艺术处就在二楼南面东侧。

文化部是东北行政区驻沈阳最大的文化行政机构，也是文学艺术最高行政机关。有文学艺术联合会、作家协会、出版、电影发行、戏曲协会、艺术处等，另外还有党办、人事、财务、总务等部门。整个小楼塞得满满当当的，楼内的工作人员自然也比较多。

我们艺术处共有三个科室，即艺术指导科、艺术教育科和电影放映管理科，每周在一楼大会议室举办一两次电影观摩，并进行探讨和评论。

文化部的部长刘芝明、罗峰，艺术处处长张东川，艺术教育科科长文戎都是延安鲁艺毕业的高材生，系出名门，是我们的老前辈。东北鲁迅文艺学院的前身是延安鲁迅文艺学院。新中国成立后，延安鲁迅文艺学院搬迁到沈阳，随之改名为“东北鲁迅文艺学院”（简称“鲁艺”）。当时它是全国唯一享有最高声誉的艺术学院，人才济济，如塞克、马可、谢晋、劫夫，还有西部歌王王洛宾、洛汀等杰出艺术人才。我是东北鲁艺毕业后分配到东北文化部艺术处教育科的，专管东北地区各省、市、区、县艺术方面的工作（包括业余），观摩演出、审查节目等，并具有审批权。艺术处人员有十几个，除科长是党员外，处里就我一个党员，我和全处的科长们在一个小组参加党组织生活。

从东北鲁艺毕业一起分配来的有：吕音（搞文学创作的）、许宁远（搞美术的）、李金兰（搞音乐的）、蒋志明和我（搞戏剧的）。大家都各有各的任务，有时开会讨论，有时分头下基层，工作既紧张又愉快。我们搞艺术工作活动范围广，接触业务多，如文艺理论研究、评论报道、艺术交流等等。

每天上班我们都要看东北各省市的上报材料、报表等，都是有关文艺活动开展情况的，如演出剧本、演出目录、演出反映出的种种问题。若是发现问题，就及时向领导汇报，以便得到纠正。

平日下班吃完晚饭，我们几个人一起在沈阳市各影剧院观看演出。这样可以深入生活，开阔视野，不断充实自己。我们佩戴着文化部的胸章，可以随时出入各影剧院。每到一处，大家对我们都很客气。他们提出的一些专业问题，我们都能给予圆满的答复。这样的学习和生活，既辛苦又愉快。

有一次，全处除秘书外，都下到各省、市去检查工作了。我和处里的一个同志受命到吉林，任务是了解一下当地文艺活动的情况。到了省文化局，同志们都十分热情。听了全省文艺活动的情况汇报后，我们提出要看一看老段子二人转。省文化局很快找来二位老艺人，他们唱了一段《井台合》。看完后，我们对演员的出色表演给予充分肯定。

还有一次，领导安排我单独出差到沈阳南凤凰山县城，代表文化部探望京剧艺术家荀慧生老先生。我年轻识浅，资望能力差得太远，领导即肯垂爱，我当尽力而为。我带着文化部领导的嘱托，前往荀慧生老先生的演出所在地，对他的工作和生活进行了解，把领导的关怀和慰问转告给他，他很受感动。借此机会，我们还交谈了戏剧艺术等问题，使我对京剧艺术有了进一步的了解和认识。

我还代表文化部到辽宁艺术剧院参加了一次文艺演出座谈会，会上遇到了史介锦。她是在鲁艺时文工团合唱队的女指挥，参军入朝后，我们又是一个宣传队的队员。在朝鲜战场上我们有缘再次相遇，彼此都格外激动和亲热。

东北所有影院放映的电影都由文化部先看，待批准上映后才能对外放映，这个批准权的执行者就是我们艺术处。每次看完电影后，张东川处长都召集我们全处开会征求意见。处长这个人和蔼可亲，也很民主。对工作，他总是大力支持，让我们不要缩手缩脚，要放手去做，这样就增强和调动了每个人的责任感和积极性。遇到问题，他主动承担责任，能引咎自责，实为难得的领导者，也是众口皆碑的好干部。

我穿供给制的衣服穿惯了，根本不知道不合体有什么不好。毕业后分配到文化部，每月发的工资除吃饭外，其余的全部存起来。在食堂吃饭每月 7 元钱就足够了，手中只留 1 元零用钱。到了下月发工资时，我手中的 1 元钱还没有花掉。

有一天，我处的那位小秘书田阳同志（无锡人）对我说："你挣钱了，为什么不买几件衣服穿呢？你这供给制的衣服不是蓝的就是黑的，应该换一下。"过了几天，我在街上买了一件小翻领兰上衣穿在身上。田秘书见我穿着上班就大笑起来，说你别买成衣，应买布找裁缝按你的体形做一件，那样才穿着合体，看着也舒服。我又去买布，用一块米黄色带暗竖淡绿色条纹的做裤子，一块乳白色带小蓝圆点的做上衣，并且自己画样，请裁缝照着做。我这个独出心裁的做法，把艺术处的同志惊呆了，大家给这身衣服很高的评价。她们硬让我把衣服脱下来，都穿上试了一遍。因为是按我的体形做的衣服，别人穿上哪能合适，逗得满屋子的人都大笑起来。这时我们的科长来了，她也好奇地穿上试了一下，可惜她太胖了，都扣不上衣扣，笑得大家东倒西歪。其实这件衣服并不奇特，只是我穿着比较好看，显得雅致。这套衣服上衣是套头大翻领，裤子是带前后背心的，后心是齐脖满月，前胸是"V"字形，姑娘穿起来相当好看，穿出去大家都多看我几眼，这叫我又高兴又尴尬。

1951 年的国庆节是建国两周年纪念日，全市准备组织一个盛大的游行队伍好好庆祝一番。文艺界这方面就由文化部来操办，具体任务自然就落在我们艺术处这边。为了完成任务，张东川处长召集全处人员开会，研究具体措施和分工问题。最后，决定由艺术处秘书张逸云同志起草方案，经领导审阅后传达下去；蒋志明负责对下边各单位的联系，落实部里部署的任务；其他同志在游行的当天要担负领队和联络工作。

这次游行非常隆重，规模很壮观。文艺界的队伍整齐有序，神采飞扬，格外引人注目；辽宁艺术剧院的队伍有宫灯，彩妆列队前进，边走边舞；文工团有腰鼓、扇舞、霸王鞭；京剧团有龙灯、旱船、舞狮。各影剧院出的彩车也是各有特色，五彩缤纷。围观的群众齐声叫好，领导也很满意。处里的同志们都很高兴，觉得没白受辛苦。

这使我想起 1949 年 10 月 1 日开国大典时的情景。当时，我在长春电影制片厂。当天下午那顿饭因食堂容不下，大家把桌子摆到大广场上。我也不知摆了多少桌，大概有几十桌吧。所有的人都站着吃饭，大家边吃边谈。满广场上都是一片欢乐气氛，非常热闹。我们当时是东北青年文工团（齐齐哈尔市文工团调沈阳后改名为东北青年文工团），临近的桌子有东北第二文工团、第四文工团，还有铁路文工团、军队的文工团等等。这几个团体在解放战争时期演过很多戏，小型戏剧有《兄妹开荒》、《放下你的鞭子》、《王贵与李香香》，大型歌舞有《白毛女》、《血泪仇》、《火》等等。文工团里有剧作家、音乐家、导演、演员。其中，老前辈不少，延安鲁艺学院来的也不少，各个文工团的同志们工龄都比我们长，再加上伪满时的老艺人，真是人才济济！对此我决定继续深造而不是求职。

当我向人事处提出来的时候，这位女处长满脸不高兴，她板着脸对我说："你要考虑好，我们可不保送，你要考不上，也不能回来了。"我点头答应说："好，我不会回来的。"她不知道我是一头犟牛，从不回头，即使你让我回来我也未必会回来。过了几天，她终于同意我走了。我得到答复后，真是高兴极了，马上告诉我的好朋友潘德民和刘玉蕴。他俩听了非常吃惊，刘玉蕴说："你为什么走？留下来吧，我们在一起不是很好吗？"潘德民也说："你怎么有这种怪思想？"我只是笑而不答，他们眷恋地看着我，急得直叹气。第二天我径自不辞而别，坐上火车直奔沈阳鲁迅文艺学院，经考试我被录取了，就这样我离开了长春电影制片厂，开始了新的学习生活。

17. 朝鲜战场需要文艺兵

1952年5月，东北文化部艺术处来了一位最可爱的人——志愿军同志。他精神饱满，说话热情，是个很可爱的青年人。他从朝鲜战场长途跋涉来到文化部，先找到刘雅然（艺术处指导科工作人员，和这个志愿军同志是哈尔滨工农兵大学的同学）谈了一会儿就走了。我问刘雅然这位同志来干什么。她说朝鲜战场志愿军文工团缺人，想通过文化部向下边（指东北各省市文工团）要文艺兵，要求条件很高，政治上要绝对可靠、思想上要进步、工作能力强、年轻、健康、最好没结婚，必须在各方面都能拿得起来（指演出业务）。她摇摇头说："这样的人，下边不一定肯放，就是放，本人也不一定愿意去，难办啊！"又说："我们只是帮他联系，具体还得他自己办。"听了她的话，我心里想，这个条件是苛刻点，要有几年的文艺工作经验才行。

之后一段时间，这位志愿军同志几次匆匆而来，又匆匆而去，样子十分焦急。大家都很关心，问刘雅然同志事情办得怎样。她摇摇头说："听说不太乐观。"我暗想这位同志不知在各省、市跑了多少地方，还没完成任务，真是太辛苦了！经过几天的考虑，我终于向刘雅然透露说："我想去，你问问看行不行。"她愣了一下说："真的？你们科长会放你走吗？"我说："你先偷偷地问，不要声张。"她笑着点了下头。可是她没有给我保住密，才过了两天，全处的人都知道了，但都不公开挑明罢了。有一天，刘雅然告诉我，已经和那个同志谈过了。他表示，文化部的人能去那是再好不过了，欢迎还来不及呢。只是你别嫌他们的庙小。我一听，便说："庙大庙小我不在乎，只是想在战火中得到锻炼和考验。这也是我一生难得的机会。"可能有人说我傻，放着好日子不过，偏要跟自己过不去。可我就是这种性格的人，愿意自讨苦吃。"击石乃有人，不击元无烟。"青年时光要珍惜，唐诗《金缕衣》云：

劝君莫惜金缕衣，劝君须惜少年时。
有花堪折直须折，莫待无花空折枝。

春光宝贵一分一秒莫虚度，道路艰难万水千山只等闲。

得遇机缘，弃文从戎

我懂得从军的路上风吹雨打，当兵保国又保家。我参加抗美援朝，到朝鲜前线战斗和生活，并不是上级指派和任务需要，而是自己自愿前去的。从学院毕业参加工作后，我的工资待遇和鲁艺毕业分配到文化部的几个同志都是一样的：按大学毕业的工资标准发 46 元 5 角，住单身宿舍，房费及水、电费一切全免；每月除伙食费外可以做衣服和零花，生活上比较富裕。应该说，对于这样的工作和生活环境，我是很满足的，也舍不得离开。之所以参军入朝完全是出于报效国家的一种责任感。为了祖国的安宁，牺牲这点利益又算得了什么。

得知志愿军某部来到文化部联系招收文艺兵赴朝的消息后，我的心情久久不能平静。如今既然已经得了志愿军同志的应允，我决定向领导提出申请。我先找到科长文戎，向她说明了我的想法。她听了有些吃惊，长时间不说话，也不表态，看她的意思是舍不得我去，过了好长时间她才说了一句："我也做不了主，你去问一下处长吧。"我又找到张东川处长，把要求入朝的事提出来。他好像也觉得太突然，考虑了一会儿说："我们没有接到上级的指示，没有这方面的任务。"说完又是一段时间的沉默。我也不开口，静等他的回音。他见我态度很坚决，大有不达目的不罢休的架式，又说："抗美援朝，保家卫国是好事。党员吗，应该在祖国最需要的时刻挺身而出，但是我要请示一下部长，这个事得由部长批示。"又过了几天，张东川处长告诉我说："我已将你参军的事向部长汇报了。部长详细询问了你的情况，并对你的选择给予了肯定和赞扬。"他还让我写一份申请交给部长。回到宿舍，我立即写了一份申请，大体内容是：我是共产党员，在祖国需要的时刻，应为祖国出力；现在志愿军需要文艺兵，我自愿报名赴朝保家卫国，在文艺战线上贡献我的青春和力量。张东川处长第二天见到我说："罗峰同志想见你。"我不明白地望着他，他又说："罗部长想见见你，正在等我们，现在就走。"我不知所措地跟着他来到部长办公室。一进门，看到罗峰部长正在房间里站着，扬起头思索着什么。我们一进门，他并未言语，默然良久，方自缓缓道："听说你要求到朝鲜去？"

我说："是的。"他双手负在背后，在厅中缓步来去，来回走了几趟又站住，向我说："你写的申请我看过了，朝鲜现在是战争环境，你考虑好了吗？"我答："考虑好了。"他在房间里踱着步子，过了好一会儿，站住脚，对我说："东川同志对你的评价很好，看来的确如此。"从罗部长处出来时，他又说了一些勉励的话。

罗部长行事沉稳，人品正直可敬。有时上下班相遇，给我最深的印象是他的眼从不斜视。我好奇地偷望这位首长，一副沉着冷静、不苟言笑的模样，但他却是个热心肠的人。我们都认识他，他却不认识我们，从未打过交道，但他对我入朝十分关心，真出乎我的意料。这样的领导很难得，和蔼可亲，充满了人情味，而又颇有威望。

临行嘱托

申请交上后，很快就批下来了。张东川处长一上班就对我说："部长已批准你入朝了，并让我特别转告你，他很赞赏你的行为，说你是个好党员。到朝鲜后，要努力工作，报效国家。"我忙点头答应着，内心十分激动。这时全处的同志都得到了这一消息，大家纷纷和我握手表示祝贺。在喜气洋洋的气氛中，大家又有些恋恋不舍，毕竟共同相处了很久。我看到有些同志眼圈都红了。最后张处长提出大家一起照个相留念。这时我才知道文戎科长也要调离，大家一起照个相很有必要。这张珍贵的照片至今我还保存着。

就这样，我穿上了军装，离开了专业性强、生活舒适的环境，来到了硝烟弥漫的朝鲜战场。我心里很明白，这样的环境对我来说是一个考验。作为年轻人，就是要奋斗，要体现人生价值，要做出点成绩来。在这种思想支配下，我下定了决心，走上了新的岗位，踏上了新的征途。

我明白，为祖国而牺牲一切，这是值得我一生追求的。人能够如此，这才是真的光荣，是人的价值的实现。我是抱着满腔豪情与幸福的感觉，抱着牺牲自己一切的决心，奔赴抗美援朝战场的。

父母把生命给了我，祖国把使命给了我，而我心中则充满了无限的爱意。我愿为他们付出我的青春，为他们的幸福和安全赴汤蹈火！

18. 沈阳东北旅社与安东客栈

奔腾与梦想，
革命新潮，情热狂溢，
一腔热血，满载热情。
江山风雨情，
真情无限的姐妹，临难舍生取义，
开胸见胆情无限，服务赤诚一颗心。

子民的心愿，强我富国梦，泱泱大国风。
为了国家，为了民族，
轻禄利，重情义，
兄弟姐妹生死同盟。

烽火阵阵起边关，唇亡齿寒责得援，中华儿女保边陲，声势浩大冲云端，感恩思报英雄志，欲了平生事。义本同心，真心相待。

东北旅社是沈阳市条件最好、规模最大的旅社，当时作为东北各地招收志愿军文艺兵的集合点。志愿军招收办公室在此租了几个房间，等候各省、市前来报到的文艺兵。我来此报到时，已经来了几名同志，他们有黑龙江文工团的、长春文工团的、锦州文工团的等等，而我是东北文化部来的。大家素未谋面，彼此作了自我介绍，便热情握手、拥抱，一有空就促膝谈心、相互了解。大家都是年轻人，开诚相见，无拘无束，有什么说什么，再加上异国相遇，友情更浓。

有时上街买点必需品，我把多余的钱、物都寄回家。经别的领导介绍，我们认识了带队的同志叫杨连仲，先我们两年到朝鲜。那时为突出集体智慧和力量，称谓“同志”是最平常、最让人乐于接受的用语。他给大家介绍了朝鲜战场的一些情况：那里的条件很艰苦，天上有飞机轰炸、机枪扫射，地上埋有定时炸弹，任何方面都不能与国内相比；还特别强调说，大家要轻装，不要带多余的东西，生活用品越简单越好，因为后勤工作很繁重，而且处处挨打受气，经常需要白天休息、晚上工作，希望我们发扬吃苦耐劳的精神，甚至做好牺牲自己生命的思想准备；又介绍了朝鲜的风土人情、地方特有的自然环境、土地、山川、气候、物产和风俗习惯等等。

这些日子里，大家不断地向招收文艺兵的同志问朝鲜战地生活环境最需要的是什么，我们可以去购买一些备用。带队的杨连仲同志告诉大家，最需要的是适应战争环境的东西，如手电筒、电池、手表等；有条件的还可以带上指南针和朝鲜地图。这一说，引得大家哈哈大笑。这样不是战斗部队了吗？能不能发给我们枪？大家都兴致勃勃地互相插嘴，七嘴八舌地乱问，引得一阵又一阵哄堂大笑。

虽然知道战场艰苦又危险，但大家还是情绪高涨地相约到中街和太原街购物去。我工作后有了工资，除做两件衣服外，连块手表也没买。那时候手表一般几十元到百元左右，200 元就可以买大罗马等进口表。我舍不得买好的，只花了 9 元钱买了一块旧表，表盘是浅红色，指针带夜光。我想在战场上夜光表很适合，不成想到了朝鲜战场上夜光表却一点不起作用。我又买了一支金星钢笔、一个厚厚的笔记本、一本字典，我觉得这几样都非常重要。总之，我是尽量少花钱，把积攒的钱全部寄给父亲，让他好好安度晚年。这也算是尽了我的一份孝心。

又等了几天，该来的人都到齐了，有十几个人。这时志愿军招兵办公室开始发军装、水壶、挎包、搪瓷缸子、胶鞋、雨衣和压缩饼干等等，同时教我们如何打背包。带队的同志要求我们背包打得越小越好，越快越好。经带队的同志检查，我的背包一次就合格了，但有的同志这也有用，那也舍不得丢，检查了几次总是通不过。在这期间，旅社食堂单独为我们做饭，按伙食标准有馒头、咸菜、炒青菜。这比我们挣工资愿买什么吃就买什么吃，可就差多了。但没人去计较，看得出大家对吃什么都无所谓。每到开饭，大家都相约一起到餐厅用餐。我们又过上吃大锅饭、穿一样衣的供给制生活了。同志们彼此嘻嘻哈哈，非常热闹。

自 1948 年 1 月 3 日参加工作到文工团，穿的都是黑色衣服（冬天黑棉袄，夏天黑单衣）。从现在开始我穿上了草绿色的军装，成了一名志愿军战士。在花样的年华里，我为自己自豪。它让我的梦在春天里萌芽，它让我的心在盛夏中怒放，它让我的理想在秋天里孕育，你让我的信念在冬天里铸造。风，轻轻地吹，吹开我理想的大门，看那缤纷的世界。

等人齐后，我们来到安东（现为丹东）等待志愿军总部联络站关于过江时间的通知。同志们都心神不定，坐立不安，不能做任何事，急不可待地盼望着、等待着，希望带队的人早点带来好消息。在丹东的落脚点是个小旅店，条件真是差得很。破桌椅、破光板床……说是旅店，其实什么都没有。

领队一回来，大家都围上去，七嘴八舌地问什么时候走。他告诉大家，总部接到战地前线司令部的通知，美军在朝鲜战场使用了细菌弹，现在正动员全体军民一齐消灭细菌，下午去总部取药给大家吃，服后七天入朝。一听此话，大家都泄了气，同声说："等着吧。"然后无精打采地散了。拿来的药发给大家，我打开纸包一看，是中草药，全是粉末状，黄灰色；早晚各一包，大概服了两天。令人兴奋的是，第二天，接到入朝通知。我们整理行囊，雄赳赳、气昂昂地跨过鸭绿江。于是，就有了本书开头的一幕，战地生活由此开始了。正是：

我展开一双翅膀，承载着一个希望。
飞向陌生的邻国，到我神往的战场。
让祖国为我骄傲，不负我远大理想。

19. 演出途中历险情

有一天，密云不雨，多云间晴，我们宣传队接到去战场慰问演出的任务，汽车载着我们和演出道具行驶在盘山公路上。我看见一座座山川相连，天灰蒙蒙的，好像要下大雨了。大家心里很着急，因为车上的道具都怕湿。司机加大了油门，车飞快地跑着。

路途漫长，不自然地欣赏着途中风景。路两旁有很多大树，皆挺直端秀，风姿清雅。我第一次见到这样的树，高耸入云，在灿烂的阳光下，显得非常高大，像要把天钻出个窟窿。同志们见我喜欢这种树，就告诉我说这种树叫“五里杨”。我忽然想起苏轼一首诗：“凛然相对敢相欺，直干凌云未要奇。根到九泉无曲处，世间惟有蛰龙知。”当汽车走在大路上，透过一排排树干，可以看到蜿蜒的山峦、碧绿的田园和飘着炊烟的农舍。有时赏景累了，我就忙着背诗词、记歌词、忆台词，忙碌中感觉到很充实。

汽车下山又上山，回眺群峰山谷，岭上千峰秀，云在山顶端。山峰在云中，犹似海中的小岛；山路一边是悬崖峭壁，云雾缭绕；一边是幽幽深谷，谷中万石森森，犹如一把把刀剑向上耸立，如有人掉下去，绝难活命。正在冥思之时，忽听得车上同志一齐大声惊呼。盘山公路拐弯处突然出现了一头棕色的耕牛，后边还跟着一个老汉。这一变故急促，躲闪已经来不及了，眼看汽车就要把耕牛和老汉撞下山去……就在这紧急关头，司机猛地把方向盘向右一转，车头对着山的峭壁撞去，“轰”的一声，戛然而止。我们不禁失口惊叫，接着听到汽车玻璃的粉碎声。耕牛和老汉安然无恙，但车上的人有的撞在铁栏杆上，有的撞在装乐器的箱子上。但谁也没有喊一声疼，更无怨言。我的头上也碰起了鸡蛋大的包。当我们看车头时，汽车司机和他的助手满脸是血，鼻子和眼睛都分不清了。原来他们的头撞破了玻璃，玻璃碴子划在他们脸上。但见他俩龇牙咧嘴，紧皱眉头，一声不吭。大家都慌忙问道：“怎么样？先包扎一下吧？”他们镇静地说：

“没事，我们先到下面的河里洗一下。”这时车上的人谁也顾不上自己的伤了，都七手八脚地忙乱起来。有人取出手帕给司机按住伤口，转瞬之间，一条手帕就被鲜血浸透了。等他们洗了回来，脸上的血液还在慢慢地往外渗流。我想伤口里很可能还残留着玻璃碴，但我们又不会医治，只有先临时包一下，等到了目的地再去医院治疗。汽车司机和他的助手忍着伤痛又开始修汽车，我们被他们的行动深深感动了。

车头瘪了，东歪西扭；车头灯破了，驾驶室的玻璃碎了。司机上了车发动马达，车子纹丝不动；等修理一阵后再次发动，车子像坦克车般鸣叫了起来，然后一阵颤抖，又一阵叹气，再一阵震动……最后却熄了火，害得司机窜上爬下又忙乎了一阵……最后那车子好像很有个性似的，“呼”的一声冲出去，差点又撞到前面的山崖上。吓得大家又一次惊叫。

汽车头部撞瘪了，挡风玻璃全碎了。这些都不要紧，关键是水箱坏了，只剩下很少的水，并且不断地漏水。助手又到河里提水灌满水箱。司机修了一会儿，然后勉强发动了车，车子一动就疯狂颠簸了一阵子。车子一边开，一边漏水，等水箱的水漏光，我们就再找水往里灌。每次停车上水，那车子发动都闹脾气，发抖、喘息、叹气地来上一大串，才心不甘情不愿地往前冲去。好在朝鲜到处是河，不缺水源。就这样，一路上不知灌了多少次水，也不知这车发了多少次脾气，只感觉路程好遥远，一直驶不到尽头。遇到这大煞风景的事，大家都开始困顿起来，谈话的兴致也没有了。经过几番周折，我们终于到了目的地。

战争给老百姓带来的灾难是深重的。朝鲜人民日常的生活变得越来越艰难，青壮年劳力没有了，因为 18 岁到 45 岁的男人都去当兵了，家里只剩下老弱病残和妇女儿童。“昼尔于茅，宵尔索陶”，地里种的粮食、家里的家禽越来越少，耕牛便成了农民的命根子。为了保护耕牛，我们还遭遇到了危险。否则，我们良心难安。

这次遇险，大家都有些害怕。有的同志受了伤，特别是司机和他的助手，头上和脸上缝了好多针。司机手握方向盘，冲力还差点，可怜他的助手，就像电影《夜半歌声》中的宋丹萍，一张“被烈火烧坏满脸结疤的丑脸”。可谓：

为民屈体非为屈，赢得人人爱戴深。
番众亦因仁义感，不缘贪利起戒心。

20. 山路漫谈异乡俗

宣传队除了演出文艺节目外，还得下连队做好文艺辅导工作。因此，全队经常分成几个小组下到重点连队去。

在小队长以上人员参加的队里的会议上，领导先把应去的几个地方排列出来，让大家自己选择。有一个地方大家都不愿意去，你看我，我看你，噤若寒蝉。原来那地方僻处边陲，地广人稀，又远又偏僻，而且非常危险。我慎言慎行，没有表态，让他们先挑好了。他们挑完了，就剩下那个又远又偏僻的装卸队了。队长笑了，但没有作声。我说："剩下的我去，我不怕路远和偏僻，便是龙潭虎穴，也要闯上一闯，党员要做到吃苦在前，享受在后。"疾风知劲草，板荡识忠臣，路遥知马力，日久见人心。在战火硝烟中，在"板荡"的烽火中要经历严峻的考验。

队长点头予以同意了，派了 3 名男同志和我同组，有搞音乐的于空航、何俊琦，搞戏剧的姚杰。我担任组长，目的地是离宣传队最远的装卸连队。我知道东北土改时，地主常夜间偷袭工作队，甚至有人被暗杀。朝鲜也不例外，敌人杀我们的岗哨，夺我们的枪支，这种事经常发生。我想困难和危险总是有，但这些工作总要有人去做，作为党员，应该勇敢地担当起来。

下连队无论多远的路总要徒步前往，有时也免不了爬山。天气正是初秋，走进自然的怀抱，体验那"天苍苍，野茫茫"的感觉。宿雨初晴，碧空如洗，空气新鲜，花香沁入肺腑，洗涤着胸中所有的疲劳和杂念。那巨壑深谷，烟云弥漫，浩瀚无涯，宛如波涛起伏的大海。连绵不断的山脉，山峰像是拔地而起，耸立云端。

翻了好几座山，身上已是大汗淋漓，衣服全湿了。几个人都气喘吁吁的，军裤被汗水湿透贴在腿上，迈不开步。这时才体会到朝鲜人裤裆大的好处了。我们边走边议论，我说："难怪朝鲜人的裤裆大，是因为山多，出门就爬山。要是赶集，不知要爬几座山，过几道河沟，所以说要穿大裤裆的裤子。”提起东北的特点，我说：“东北有三件宝？”他们抢着说人参、貂皮、乌拉草，我又说：“还有三大怪呢？”他们看着我回答不出来，我高兴地给他们说出来：“窗户纸糊在外，养活孩子吊起来，十七八岁的大姑娘叼着旱烟袋。”他们一听又是一阵大笑。我说，我母亲把我放在摇篮里吊起来，有一天绳子断了，摇篮从空中摔到地上，老人家难过地认为我的眼睛一定斜了，可我命中注定眼睛不该斜。他们听完笑得前俯后仰。我心情沉重地说：“我说的可是实话，从我记事起母亲每提起此事都感到不安。”提起母亲，我心里有无限的酸楚：母亲没有美丽的面容，没有丝质的衣服，没有学识，没有地位，甚至没有娱乐，整天只有那无休无止的劳作。他跋涉在人间长路上，艰苦地走着。母亲为了我们兄弟姊妹 5 人，再苦的路也肯走。现在女欲养而母不在，每每忆起总免不了心酸落泪。他们理解我幼年丧母的痛苦，都不言语了。我破涕为笑，自嘲地说：“动不动就掉眼泪，这是我的专长，也是专利。好了，让我们再谈谈朝鲜的民间习俗吧！你们知道朝鲜有哪三多吗？他们马上接着说：“这个我们知道，山多、雨多、河流多。”这是我们经常说的话，难怪他们说得这样准。我说：“还有三大呢？”这些他们也知道，那就是“窗子大、炕大、裤裆大”。朝鲜人睡的炕更大，一进门只有踏脚垫大小的地方是脱鞋处，整个房子都是炕……这时我连忙振作精神说：“老百姓常说：‘站一站，二里半。’我们快点走，早点赶到，新的环境等着我们呢。”新任务、新环境吸引着我们每一个人。于是，我们每个人都手足加劲，加快了步伐。

21. 半路惊魂

多少往事，记忆斑驳。但生死危难中的真情，永生难忘。

——题记

下连队的宣传队员有到基地医院的，有到炮兵连的，有到运输连的，我到的是最远最偏僻视为畏途的装卸连。我们下连队主要是帮助连队开展文艺活动，培养文艺骨干，可是他们很忙，抽不出工夫来，连长和指导员见到我们连说抱歉。

有时开会或有集体活动，连长指导员为了表示礼貌和热情，经常提议让我给他们唱歌。我给他们唱了一个又一个，他们热情地呐喊喝彩，令我非常感动。战士们纯朴热情，我很愿意和他们交朋友，我们彼此都真诚相待。在交往中，我利用他们的点点好奇，引发他们的唱歌兴趣。过了一段时间，有的战士也爱在安闲之时哼歌自乐了。

从下连队之日起，我们就和连长、指导员在一起，总觉得和战士们有点距离。因此，我们提议到班里去，一方面和他们谈谈文艺方面的问题，启发他们对文艺产生爱好；另一方面我们也体验一下生活，寻找素材，这对回去搞创作很有帮助。连长和指导员同意了我们的想法。第二天吃饭时，我向连长、指导员提出"三同"的要求，即同吃、同住、同工作。他俩听了半晌不说话，我再三催问，指导员说："我看就同吃吧，可以到班里吃饭，别的就算了吧。"在我的坚决要求下，他们才答应了。我被安排在一排二班。谈话时间真多了起来，什么都谈，爱文艺的人围着我们问这问那，我也毫无保留地把相关的知识传授给他们。

一天，教导员骑着一匹马来连队检查工作。据说这匹马的特点是擅长走山路。姚杰好奇地把马牵来，在一块场地上试骑。这匹马矫健骏昂，顾视深稳，它油光水滑的棕黄色皮毛每每在肌肉颤动下有如波纹映闪，颇有腾跃之间，立可驭风而去的飘逸之态。只听得蹄声得得，姚杰骑术既精，牲口也久经驯驭，鞍上胯下两皆英健。我惊讶地含笑，赞许地问他："你骑过马吗?"他回答说："也可以说骑过，但骑的次数不多。"然后他勒缰回马，跳下马来说："你也试试。"我从未骑过马，所以慌忙说："我不会骑。"他说："何必气短呢？这马不尥蹶子，不踢人。很老实，不要紧的，快上来吧，我帮你。"我在他的鼓励下，怀着好奇心走向前，抬脚踏进马镫，手扶马鞍上了几次，马高步低，没能上去。姚杰见我几次上不去，就用手托了我一下，我终于骑在马上了。姚杰像教官一样指点着说："身子要坐直，眼向前看。"他牵着马在场地上走了两圈。这时，连队的战士们都跑来看热闹，我感到很不好意思，为避免出丑，忙让马停住。说真的，我很羡慕那些骑士们，他们扬鞭策马奔驰在广阔的大草原与蓝天白云之下，弓马娴熟，勇往直前。在连队我打了枪又骑了马。打枪对我来说是第一次，也是最后一次，骑马更是空前绝后的了。

因为我们去的连队离宣传队驻地有好几十里，需翻几座大山，所以要我们定时回去汇报就十分困难了。异国他乡不说，当时朝鲜特务太多，我们又都不带枪，离开部队单独行动太危险，何况我还是女的。没到过朝鲜的很难了解当时的情况，走路时很难见到行人，就是碰见朝鲜人也不敢贸然接近，因为特务化装成老百姓的事也是有的。

有一次我回队里汇报工作，碰到一件至今难忘的倒霉事。路太远，和我一起下连队的姚杰要陪我同行。他说："一人不敌二人智，两人一道彼此有个照应。"我们就动身了。天黑之前要赶到宣传队，汇报完住一宿，第二天再返回。天已渐晚，一轮落日又圆又大，正迅速地向山坳中沉下去。晚霞烘托着那轮落日，绽放着万道光华。太阳偷渡了西山的青峰。万壑有声合晚籁，数峰无语立斜阳。

天渐入晚，眼看天快黑了，心里不免有些着急。我俩无心看夕阳，拼命赶路。山里看不到人，只听到鸟叫。"夕阳古道无人语，旷野秋风听鸟鸣。"这时，姚杰让我先走，他想方便一下。我不好停留，继续朝前走，但路不熟，只觉得提心吊胆、惶恐不安。

太阳缓缓西下，黑暗渐渐笼罩四野，前面突然出现了四五个身着朝鲜服的男人。我心一惊，正在踌躇，不知如何是好。他们边走边说话，我听不懂他们的语言，不知他们说些什么。土路很宽，我躲开他们靠边走。这几个容貌阴鸷的朝鲜中年人起初很规矩，但当发现我是女的时，耳语一番，满脸变得丑恶而扭曲。突然一人疯狂狞笑着举着双手叫喊着向我扑来。其声吼叫就像是枭之夜啼，面孔狰狞可怖，眼光中流露出野兽般的凶光。事出突然，我吓得张皇失措，慌不迭地后退，边退边大声呵斥道："你们要干什么？混蛋快走开！"我边跑边大声疾呼……

突然，猛听得姚杰用朝鲜语大喊了什么。原来姚杰听到我的喊叫，急忙循声赶来。他一边跑，一边用朝鲜语大声地跟他们打招呼，神色安定地把手放在口袋里，像是掏枪。特务一惊，当即抬腿奔逃。

看他们逃远，我俩都长出了口长气，如释重负。姚杰看我魂不附体、惊魂未定的样子，轻声问："要不要紧？"我已魂飞九霄，茫茫若失，稍定才强自镇定地说："不要紧。"话语从牙齿缝中挤出来，自己还忍不住心惊肉跳、满手冷汗。

一路上一直特别紧张，只觉喉干舌燥，一颗心扑通扑通地跳个不住。眼见天色向晚，虽然桃红柳绿春色正浓，已没了平日的闲情逸致。短短的一段路，此刻走来却仿佛有不可企及的漫长。一路提心吊胆，迈开大步，向东急行，回到队已是黑天。

事后我尴尬地问姚杰向歹徒说了什么，那么有效。他目闪光动，微微一笑说："我叫他们走开，我们的大部队就在后边，马上就到了。"望着这敏捷过人、精力旺盛的年轻人，我心存感激之情。对他说："今天真亏得你心思精密，反应敏捷；否则，后果不堪设想。"他很轻松地说："结伴要同心，总应互相关照，举手之劳，何必言谢。"大恩不言谢。今日隆情厚谊将永记心头，他日有能效劳的地方，定当义不容辞。我暗誓："君子受人滴水之恩，当涌泉相报。"

不久，上级来了个通告，不允许单独行动，要求执行任务必须三人以上并且带枪。通报还附带了一份材料：一位朝鲜老乡来到某部卫生队找到一个女卫生员，告知家中有病人，希望她能去看看。卫生员认为给朝鲜老乡看病是义不容辞的事，毫无疑心，马上带着药箱跟着走了，从此不见回来。部队派人四处寻找也不见人影，后来配合地方剿匪，在一个山洞里发现一具一丝不挂的女人尸首。经过检查，正是我们寻找的女卫生员。特务不敢找男人动手，因而找女孩出气，干得都是卑鄙行经、鬼祟勾当。想起我半路惊魂之事，不免后怕。至今提起来记忆犹新，并感叹不已。

22. 避嫌疑窘苦赛木兰

下连队时我们宣传队员的任务，一是按口号搞“三同”，即同吃、同住、同执行任务；二是活跃连队文艺生活，帮助指导文艺骨干提高技能；三是体验生活，回来创作。

当初，我领着三名男同志何俊岐、于空航、姚杰下连队。在住宿安排方面，连长和指导员很为难，因为连队没有女同志，营房附近又没有朝鲜老乡，而且朝鲜地方特务多，他们不放心让我单独一屋。我生怕妨碍了连队工作，表示理解他们的难处，说如条件不允许，我可以和三位男同志住在一起，彼此也有个照应。他们非常高兴并表示歉意。我说大家不必介意，战争环境我们顾不了许多。希望我们来不会给你们增加负担和麻烦，不然我们也会感到不安的。连长和指导员听了我的话连连点头，吩咐一排长腾出一间房子让我们住。

就这样，我们四人同住一室，大家相处都很礼貌、生活融洽。每人都是衣不解扣、和衣而卧，囫囵倒下。我连帽子也不摘，长辫子盘在帽子里。第二天起床，坐起就走，真是简单极了。有时四人坐起来面面相觑，然后不约而同地大笑起来，真是心领神会，彼此心照不宣了。

但是不久何俊岐和于空航两名搞音乐的同志被宣传队召回排练器乐合奏，这样就剩下我和姚杰了。这时我犯了愁，我们都是青年，而且男未婚，女未嫁，虽然两不相犯，同居一室如召人口实就不好了。我恐遭人误议，但又不好意思向指导员和连长重提，不知如何是好。但是姚杰却依然如故，好像一点也没想这个问题，还是跟战士们说说笑笑。这人热情健谈，落拓直爽，不拘小节。我忽然有了主意，当晚我对姚杰说：“我们更进一步跟战士们‘三同’好不好?”他一听轻轻点头，高兴地说：“好哇，如何做?”我说：“我们搬到战士们的大屋住，体验生活岂不更有利。”他一听兴奋地连说好主意。我们忙找到连长、指导员，向他们提出了我们的想法和要求。指导员善解人意，并关心地问这样方便吗。我说没问题，我胸中有数，会注意做到谨言慎行的。

我俩提着东西搬到营房，所有的眼睛都惊讶地看着我。我们很和蔼地和同志们打招呼。大家都很紧张，看得出来他们有些迷惑不解，我忍不住偷笑。往日一片愁云，今日如汤沃雪，泉水清如许。

一排长也是明理之人，把我安排在战士通铺相接连的拐角处。一隅之地，只容一人睡。姚杰就和战士们挤通铺去了。虽然每时每刻都有很多眼睛看着我，但我言笑自若。用屈原的话说："吾宁悃悃款款朴以忠，将送往劳来，斯无穷。"

姚杰豁达大度，特别热心。远远就看见他在人堆里活生生地笑，左右逢源地说话，美不滋儿的一脸明媚。他为人豪爽，生性洒脱，爱交朋友，待人真挚、诚恳，善于理解别人，和战士们个个情谊甚好。

我抽空就写点东西。有的战士看到说："你真用功。"一排长来了，他待人直率又诚恳，他也问我写什么，我说："写点感想。"他也是个性子直爽的人，听了把头向后一仰，哈哈大笑地说："我们这儿有什么值得你写的?"我突然了有想法，忙跳起身来笑着说："那么就写你的事迹。"没等我说完，他笑着躲开了。我冲他的背影说："别走，你要给我讲讲你的立功事迹。"我的语音未了，他已走得瞧不见了。我的话是真心的，可他们谁也不肯讲自己立功的事……

我的出现，给全屋的同志带来了精神上的压力。大家蹑手蹑脚地走动，不大声喧哗，也不打打闹闹，都是小声说话。他们虽是神情粗豪，谈吐却颇为斯文。

匆匆数日，这些时日中，连续几个白天和黑夜不脱帽、不解衣，侧卧，蜷伏着身子而不能仰天八叉地躺着。我看战士们也有不少和衣而睡，也有的头朝里、脚朝外挤在通铺中间互相枕藉着睡。看来，我们宣传队在给战士们带来音乐与快乐的同时，也带来了不少麻烦。我的头发几天不梳，扣在帽子里又乱又痒。有一天，我把木梳揣在身上，跑到隐蔽处，摘下军帽，梳理头发。我那两条盘在头上长长的辫子，因多日不梳已像雀儿的巢、鸟儿的窝，乱糟糟的像一堆乱草。虽然长辫还在辫着，碎头发已跑了出来撒落在头顶上。当拆开用梳子理顺时，头发长的、短的掉了许多。青丝落尘埃，哪能不可惜。顾不了那么多了，就急匆匆把垂腰的头发编起，重新盘上并戴好军帽，随手把脱落的头发收起扔到树丛中，让它滋养大地吧。

从今而后，我尽量做到把女性的特点隐藏起来，生活上严格要求自己，处处无不小心在意，不给大家以不良的感受。大屋人多，夜间不断有人出去小解，出出进进的……好在连队反映很好，连长、指导员对我格外和气。但是，解决了一个适应环境的问题，又遇到了生活上的困难，常常感到精神紧张、疲劳。有一阵子，真有点度日如年，什么事情说起来容易做起来就不是那样简单了。此时想起，我党在解放战争初期，有一位14岁参军入伍到战斗部队的一位花木兰式的女扮男装的人，在军队里行军作战和敌人拼刺刀。她是立过功、受过奖的一位功臣。后来得了病，组织上劝她看病，医生查出她得了妇科病。事情无法隐瞒，她只好向领导说明真实情况。《木兰诗》中的两句诗曰：“脱我战时袍，着我旧时裳。出门看伙伴，伙伴皆惊惶。同行十二年，不知木兰是女郎。雄兔脚扑朔，雌兔眼迷离；双兔傍地走，安能辨我是雄雌!”她的事我们都听说过，而五年的军旅生活，她又是如何应对的呢？因为亲历，我现在才体会到她太不容易了。

到了我们要归队的时间，下连队开展文艺工作和战士亲如家人的一段愉快生活就这样结束了。当阳光从山野升起，我们依依不舍地踏上归程。这段不同寻常的“三同”战地生活让我回味难忘。

23. 朝鲜秋集买“打糕”

入朝后，听队里的同志们说朝鲜有一种食品“千古一香”很出名。只记得它的别名叫“打糕”，是朝鲜的土特产。我想要是能亲口尝一尝就好了，但始终不得其便，只有干咽馋涎，等候机会了。过了几天，正巧有下连队的任务，心想这下机会来了。但一连几天忙着工作，一直没有时间顾及此事。

这一天午饭时，部队连长和指导员对大家说：“忙了好几天，同志们都比较辛苦，今天上午全体休息半天。”这时突然动念，我想起打糕的事，忙问连长附近有没有集市。连长说顺小路走，三四里路就到。过去席不暇暖，今天忙里偷闲，左右无事，又正逢九月。农谚说：“七月枣，八月梨，九月柿子上满集。”在好奇心的驱使下，我兴奋地约战友姚杰一起觅路去朝鲜的集市看看。他听了我的提议，高兴地拊掌大笑道：“好主意。”正逢朝鲜的农家集，我们兴高采烈地向集市奔去。走出农田和村庄，就是荒原。不像我的老家东北，村与村相距很短。我们俩人一路谈笑，颇不寂寞。

秋是个美好的季节。那沁凉的微风送来的是庄稼丰收的甘甜，那淡淡的夕阳辉映的是秋雁南飞的美丽剪影。在这个季节，无论在乡间听虫鸣还是在城市数落叶，无论去城市街头走马观花还是到山乡野地听蟋蟀歌唱，都会有一些别样的意味和感触袭上心头。我俩且谈且走，一路说笑着向市集走去。路上看到山弯弯、水弯弯，田埂望无边。草树田禾早已改样，漫山遍野发了黄，已收割庄稼的时节了。

翻过了山，地势开始下降，蜿蜒的山路曲曲折折地向山下盘旋。我们没有费事就找到了集市。集市气象萧萧，不怎么热闹。人虽然不算太多，但相较别处已经是熙来攘往了。做买卖的人不是很多，都在大声叫卖，招揽顾客。偌大的集市显得有些冷清，偶然有几个人走到摊前攀谈，我们也听不懂。

赶集的我们头顶烈日，汗流满面，衣服湿透了，却全然不顾，仍专心致志地寻找自己需要的物品。我随着人流往前走去。由于不认识“打糕”，我只好一个摊位一个摊位地看。向前走着走着，一下找到了，不禁大喜。我拿出从政治部干事那里换来的朝鲜币买了两个打糕，说：“我请客，对于之前的事，稍表感谢之意。”然后我俩津津有味地吃起来，姚杰感叹地说：“你是女中丈夫，不肯占人半点便宜，果然称得上一个‘仁’字。”

边说边吃，细嚼慢咽，细细品尝，吃完我觉得余香未尽。吮嘴舔舌，舔舔嘴唇，彼此相视都风趣地哈哈大笑。不尝不知道，一尝果然名不虚传。打糕是用一种黏米做成的。在做的过程中，还要用木棒无数次地击打，打成一个个小饼，所以叫打糕。用牙一咬很黏而且很有韧性，甜丝丝的越吃越香。我对他说：“真是东南西北中，各味都不同。我之所以如此细心地甚至有点品滋咂味，主要是为了加深我对朝鲜战地的记忆和怀念。”正走着，我见集上有卖苹果的，红红的、圆圆的，个头非常大，让人喜爱。俗话说：“生瓜梨枣，见了就咬。”于是用一元朝鲜币买了两个，我和姚杰每人一个。我俩站在路旁，吃得咂嘴舐唇，连称“好吃得很”。吃的时候，我们觉得不仅是吃一种水果，而是吃一种文化，一片风土、一段奇遇。我们悠闲地边吃边谈，悠闲得就像在花园里看花，享受着大自然的美丽。逛了个把时辰，返回营地。入朝以来第一次看见朝鲜战地集市风貌，但心犹未足。“悄然立市人不识，双眸圆睁看多时。”异国的各种风情人物与故国相差太多，正像欧阳修诗中云：“异乡物态与人殊，惟有东风仅相识。”

24. 随连队夜奔卸车

我们下连队后不久，有一天上级来了紧急通知，让连长、指导员去开会。大家都精神紧张起来，不知道有什么任务，都盼着连长和指导员快回来。中午他们回来了，脸上带着风尘之色，但眸子仍然和平时般明亮，衬托在轮廓分明的脸上却很挺拔秀丽。不等我们开口，一排长抢着问有什么任务下来，连长说通知各排在连部开会。一排长下通知去了，我和连长、指导员回到队部。我问连长究竟是什么任务。连长说，今晚10点有一批军火从国内运来，让连队前去卸车。天黑路远，又无便捷途径，恐怕你们跟不上队伍，所以就不要去了。我们几个商量了一下，大家认为机会难得，决定要去。吃晚饭时，我向连长、指导员提出我们要去，保证不给队伍添麻烦，连长只好同意了。

天色已暗淡下来，初更将近，静悄悄的。大家都无声地忙着，偶尔听见窃窃私语。我看到战士们都忙着把多余的衣服脱下，把鞋带系好，又把一根绳子从鞋底到脚面勒紧绑好。一切准备停当后，只等天黑行动。我不断地看着手表，盼着赶快出发。天还没黑，突然吹哨集合。大家列队完毕，连长又强调了注意事项，要求班长在行军时照顾好战士，不许一个掉队，然后心细如发地对战士们逐个进行检查。装束检查完后，队伍解散休息，等待出发命令。我站在队伍后面，当连长检查到了我面前时，看了我的装束笑着说："你还真去吗？"我回答说："真去。"连长为人爽朗，他提醒我说："要急行军，路又远，还不能早走，要等天黑才行动。"我说："没问题，我一定尽力不掉队，我有思想准备，你放心吧。"

天色渐渐黑下来，天象奇变，四野静寂。外边周围的山和树都看不清了，全是黑黢黢的。我和姚杰站的不太远，却感到影影绰绰的。想起东北土匪有一句话："风高放火夜，天黑好杀人。"朱自清题画为："月朦胧，鸟朦胧，帘卷海棠红。"啊！这才是真正的"月朦胧，鸟朦胧"呢！但没有“卷帘海棠红”的景致。呵，这样的夜笼罩了清幽宁静的四野。

全连都默不作声，安静地等待着。只有连长到处走动，像影子一样晃来晃去。看他的样子，倒是满怀心事……突然哨音轻轻地响起来，全连迅速集合完毕。连长一声令下“出发”，队伍悄悄离开了驻地。这时大约是10点钟。

话语间，天色极暗，风声依旧，冷飕飕的。那蒙蒙的夜色将天地间全罩在一片幽暗之中。夜深人静时，部队开始行动了。站队时我见连长、指导员带着手枪，还有三五个人背着长枪，挎着子弹袋，这一定是神枪手了。其他的同志都空着手，因为是去执行装卸任务，所以没必要都带着武器。一路上全体同志都是急行军，我紧紧尾随部队，一直是跑步前进。经过漆黑的旷野，又穿过农舍旁的田间小路，再踏上稻田的小埂、桑间濮，我的脚不时踩到水田里，但我顾不得脚上沾满了臭水烂泥，只顾跟着队伍向前跑。一路上看不见人，偶尔听见一两声从远处田间传来的又闷又低的蛙鸣。随后寂静无声，四野茫茫。万籁俱寂，大地全睡了，四周黑压压的，天地间全笼罩在黑色的夜幕中，深夜的黑暗充斥般流溢着，恍惚不定，当我定睛细看，一切都是模糊不清的景物，万籁无声，使人感到夜是黑的，是静的，而且更是动的。不知是乌云游动还是浓夜正漾出，自己已融在这暗夜之中。这是我有生以来第一次看见了真正的夜，我惊奇地一边感叹，一边急跑着。黑色在不透明的田野被急促前进的脚步像丝絮般撕开。路被黑暗掩蔽得窄了，隐隐约约，时隐时现。我尾随队伍后边，脚小步短，一步也不敢落下。时而缓步慢跑，时而放足急奔，虽然夜空凉爽，跑了不到半小时，已是大汗淋漓，气喘吁吁。脑子里只有一个念头，加紧跟上，决不能掉队。

一排长满面精干之色，颇有英捍之气，甚是威武。他身长七尺，圆颅方趾，身体魁梧，健步如飞。说起话来，瓮声瓮气。他全身好像充满了使不完的力量，行动迅捷，性格敦厚而不浮躁。他不断从前面过来看我，甘任其劳，不厌其烦地问我怎样。我说没事，你忙你的吧，我很好，不必老来看我。

阴云霏霏，无月无星，五步之外，什么也看不见，这正是最适宜于夜行人出没的天色。路很不平坦，坑坑洼洼，跑起来总是跌跌撞撞的，像喝醉了酒一样。两条腿拼命搬动，但只跑了几里许，已气喘连连，头上冒汗……就这样自始至终，足足跑了两个半小时左右，终于到了目的地。这时我的脚步已踉跄蹒跚，趔趔趄趄。我的衣服全湿透了，汗流浃背，心里咚咚地跳得厉害，再也难前行一步。多亏天黑，彼此看不清，我不愿让人看到这种狼狈不堪的窘迫。

气喘还未平息，我们又要弄清前面环境。我发现这是一块方圆数里的荒原，是一个军事专用铁路线，没有站台，没有标记，更没有小屋之类的建筑。铁路没有复轨，是个单行线，只有两股铁轨伸向远方。因为没有月光星辰，黑灯瞎火的，谁也看不清楚谁。

空际，除了风啸，连一点杂音都没有。有的，那是每个人的呼吸声，沉重中带着些微微的紧张……

我们在此休息了约半个小时，同志们都严肃地站着，偶尔彼此在耳朵边低声说话。因天黑，有表也看不见，不知几点钟。估计已午夜，火车还未来。这时，就见在我们头顶上，天空出现了特务的信号弹，一犬吠形，百犬吠声。多种颜色出现在空中红黄绿白蓝，同时还夹着有零星的枪声。我们行动这样机密还是被狡猾的特务发现了。这时飞机开始低空飞行，飞行员正在俯视下面，侦察地面上的情况。气氛突然紧张了起来，因为一方面我们不是战斗部队，武器配备不全，作战无法占得优势；另一方面飞机在空中投弹扫射，又会引发起火车中的炮弹炸药一齐爆炸，那时我们逃都逃不脱，只有挨打被炸的份儿。为了不暴露目标，同志们一个个屏息而待，只等领导一声令下，他们将为他们的荣誉和责任而拼搏。剑拔弩张之时，那是很难熬的一刻……“恐惧”正是人性中根本的弱点。除非那人已死了，已完全麻木，否则他永远免不了要害怕的。正如此刻怕的并不是“死”，而怕的仅仅是“恐惧”本身。这并不可笑，更不可耻，只因这根本无法避免，根本不由自主。古往今来，那些忠臣烈士，在舍生取义、从容赴死时，心里也多多少少有些害怕，只是他们凭着那一股浩然正气将害怕遏止而已。

我看到大家都以连长为马首是瞻。他铁青着脸，往日的笑容倏地一变不见了，焦急地忙碌着。以他如此多历阵仗之人，也不免大为震动，看来今日定是形势险恶异常。心下正惴惴不安，一排长见我慌乱忧急之状，忙走过来对我说：“我们经常遇到这种情况，不然怎么会有伤亡。”一排长这个人相当好，他有一副好心肠，不断地跑前跑后照顾同志们。

大约半小时的时间，左前方突然有什么动静。有人俯轨细听，过了一会儿，铁轨传来了振动声。全队人员都向前移动，靠近道轨。我目不转睛地盯着，只见远处左前方有个黑点在蠕动，越来越大，黑乎乎的一列火车开进站台。它轻轻地喷着气，慢慢地停在大家面前，发出丝丝放气的声音，像是在一声声喘息叹气。连长、指导员和列车押运人员办了交接手续。随即连长下令卸车，战士们身手矫健，立刻跳上车厢，迅速拉开车门，把箱子拉到车门口。下边的同志抬起就跑，放在十几步远的地方堆放好，无论箱子多重，都是跑步搬运。重时变成四个人一组，轻时两人一组，都是随机组合的。

当车卸了一半时，突然听到飞机俯冲的声音，连长高喊："大家散开隐蔽！"全体同志迅速向四处散开，隐身遁形。虽处变境，却不慌乱，散开队形后，立刻伏隐守护着……

忽而一颗信号弹照得周围通亮，接着听到飞机投弹的呼啸声。我立即卧倒，张嘴，双手捂耳，一直蛰伏不动。只听"咣当"一声，炸弹落地声震四野。在这一刻间，只觉得大地一片死寂。此时心中已无惧意，唯有自己的呼吸渐渐急促，心跳渐渐加剧。也不知过了多久，只觉额上已沁出汗珠，就像是有无数条虫子在脸上爬过似的，痒得钻心。咦，为什么不爆炸？再等一会儿还是没动静，我把蜷伏的身子伸直，好奇地抬起头惊恐四顾。天空依然漆黑，没有火光，地面也没有爆炸声，只听见飞机嗡嗡的飞行声。我疑惑地坐起来，放眼四望，可是四下寂无人影，纵然用尽目力，却仍然看不到。忽然觉得有什么东西从空中飘落，落在我的周围。我伸手一摸，是纸片。啊！是宣传品，我随手摸了几张。正在这时，连长大喊："同志们！快！继续卸车！"立刻见到无数的黑影移动身形，犹如兔起鹘落般奔跑。我不敢停留，慌忙把纸折叠后揣在衣兜里，急速奔向火车。片刻之前生死尚自系于一线，现在同志们奋力急速地卸车。因为大家都拼命奔跑，所以相撞的机会就多，但是谁撞了谁也不吭声，继续抬着大箱子奔跑。快卸完车时，有的同志消耗体力太大，抬重物时一路踉跄，压得身子直弯下去。我想上前帮一把，他们不让，怕把我带倒，我只好在一边眼巴巴地看着……人多好干活，一列车货物很快就卸完了。

火车启动了，轻轻的一声放气"哧——"，接着就小声"呼哧——呼哧——"，悄悄地喘着气开走了。在等驻军前来接收的这个空隙，我们看了下货物，箱子里有长枪、手枪、手榴弹、榴弹炮的炮弹等。全是军火，怪不得这样重。我看到卸完车的同志气喘吁吁，满头大汗。大部分人坐在地上休息，他们敞开衣襟擦汗，用衣服扇着风。他们的肩膀也和平常人一样，并非坚硬如铁，但干起活来却精神抖擞。他们是最可爱的人，是祖国的骄傲。

不一会儿，也就是10分钟工夫，接收部队来了。连长、指导员与他们交接完毕后，立即带领部队返回驻地。回来的路上，明河影下，还看稀星数点。大家走得比较慢，战士们已是筋疲力尽了。大伙在轻松中有了些许的松弛，轻语中透着欢笑。我跟随在后，拖着沉重的脚步，已是神困力乏。此刻，这凌晨的黑暗正像一个忠实的朋友，把我们和我的明日默默地联系在一起。回到驻地已是凌晨3点多了。实在疲倦已极，我纳头便睡，这一觉睡得又香又甜。

第二天，连长、指导员一见到我，就满脸笑容地问："昨晚累了吧？"我一笑，回答："说来好生惭愧，我什么忙也没帮上。"他俩一听，都爽快地朗声笑起来。连长说："那活根本不是你干的，跟着跑就够难为你的了。"指导员接着说："是啊，你能跟着去已经不容易了。"说实在的，昨天的任务也称得上一次生与死的考验。

饭后有点空闲时间，我躲在一旁从怀中取出宣传品看。一棵垂柳长在湖边，水中有一叶扁舟，小船里面坐着一男一女，天空挂着一弯月亮，这就是全部内容。看完，我称它是"扁舟情侣"啦。意味起初，我疑惑不解，还以为是什么杰作，原来是个低劣的漫画，连点情调都没有。细一琢磨，是"月上柳梢头，人约黄昏后"的画面，原来他们想用温馨与浪漫来瓦解我们的斗志。

在归队的最后几天，我们采访了连长和指导员，请他们谈谈他们的英雄事迹。他们彼此推让，都不肯说。没办法，我们只好找战士了解。原来他们分别立过二等功和三等功，而且爱兵如子。遇到危险的任务，如处理未爆炸的炸弹、卸雷管、取炸药等，都身先士卒，以身作则，为战士们树立了榜样。这次下连队，我们带回了很多创作素材，经历了有惊无险的夜晚行动，收获丰厚，真是不枉此行了。

25. 小山洞痛悼好兄弟

后勤分部一分站发生了一件不幸的事情。在一次美国飞机轰炸时，一个加强班的人员全部被炸死，无一人幸免。这一消息使大家感到非常震惊。通知开追悼会时，我正领着姚杰和于空航在连队里开展文艺活动。

追悼会在附近的小山洞里举行。无数幅白纸黑字的大幅挽联，从山顶垂到地面。巨幅千尺垂天幕，英雄浩气永长存。前面一排学生桌上摆着很多灵位，令我敬畏。轻步向前，我看了一下烈士的姓名和年龄，没有我认识的人。他们最小的 18 岁，最大的也只有 25 岁，都正值风华正茂的好年华。不管这些人的祖籍何处，他们都是中国志愿军，为了保卫国家而把自己的一腔热血撒在疆场。我不知道你是谁，我却知道你是为了谁。望穿天涯，不知战友何时归。我默默祈祷，烈士们安息吧，共和国的旗帜上有你们血染的风采！可谓：

功勋未得铭钟鼎，姓字居然照古今。苍山有雨皆成泪，白水无波皆载哀。万里云天悲落日，千行泪水洒长空。

众人都面色凝重，一言不发，眼中含泪。领导把宣传队员视为上宾，安排我们在最前面，挨着灵位右侧的一排条凳就座。我确信我的眼睛一定很红，泪水一直在流着，肩膀抽搐着。在场的每人都处在悲伤中，透着无限的哀思与愤慨。

我一直垂手低头，等心情略平复，才瞥见这个小山洞竟挤满了人，洞口也站满了人。这么多人，小山洞里显得又小又拥挤。众人容色悲戚，肃静无声。这时一分站的站长稳步向前，庄严致悼词。他身材魁梧，粗眉大眼，精须如戟，相貌粗豪。致悼词时声声抽泣，祭文甚是愤慨激昂，之后他捶胸顿足、掩面号啕大哭起来。那声音是那么悲凄和坚定，大家终于忍不住都跟着流下了泪珠。哭拜尽哀，引得人人感怀。

最后全体起立，在烈士灵位前举手庄严宣誓，大家眼眶里还闪着泪光，怀着不报此仇、誓不罢休的决心。

烈士们，安息吧！我们要继承你们未完成的事业，为你们报仇雪恨。全中国人民、全世界人民都在渴望和平，我们不达目的，誓不罢休。

因为是在战场上，追悼会只开了半小时就匆忙结束了。

散会后，大家往连队走，一路无语。我也垂首急行，怅然若失。人死为大，死别已吞声，生别常恻恻。瞬间的轰炸，竟使这么多活生生的生命成了永恒的记忆。正是：

> 枕青山，抚流水，英魂千古长存。听鸟语闻花香，仙境天成地就。长江流，黄河流，滔滔岁月无尽头，天下兴亡多少事，莽莽我神州；情悠悠，思悠悠，炎黄子孙志未酬，中华自有雄魂在，江河万古流！

26. 参加追悼大会有感

“长歌当哭，其哀悲壮，杜鹃泣血，哀鸣凄恻。”战争像地动山摇、飞沙走石的风暴，遮盖了人们生活中的阳光和绿地。如果不是来到朝鲜战场，那些18～25岁的战士，可以在工厂做工、田间种地，吃得安稳，睡得踏实。来到朝鲜战场，便时刻准备献出宝贵的生命。为了民族解放而流血牺牲的战士，他们有自己的花季的青春。

一个人的生命是最可贵的。一旦失去生命，什么前途、理想、事业、家庭等等，一切的一切都随着生命的结束而一起消逝了。还有什么比付出生命更可怕的呢？因此，烈士精神是可贵的，是神圣的。他们为了正义的事业，为新中国的建立，为保卫国家献出了宝贵的生命。他们的英名，将万古流芳，与日月同辉。1952年，孙中山先生逝世，宋庆龄痛不欲生，饱蘸热泪撰写了一副挽联哀悼：“先生先行，因求大公舍小我；后人后继，誓变曲径为通途。”

当时我精神紧张，眼睛呆望着烈士的遗像，这是一个个我不认识的青年人的面孔。我抑制不住激动的心情，跟着大家一起哭泣，泪水流满了衣襟。人们都有一种珍惜生命的本能，似乎没有一个人来到世上就梦寐求死，而且随着时间的推移，生命在心灵中会无限地增值。在人生的道路上，即使一切都失去了，只要一息尚存，你就有希望把失去的一切重新复原。因此，生命是美丽的、珍贵的。

我在回忆录中还提到，随祖国慰问团赴前线慰问的途中遇到敌机轰炸，指挥部的几位同志站在公路边上召开紧急会议。敌机俯冲扫射，子弹在他们身边乱飞乱跳，但他们面不改色，沉着冷静。那种大无畏的英雄气概实在让人钦佩。

在人类历史的进程中，生命是这个进程的推动者。一切都来自生命的力量。没有生命，一切都会消亡。烈士们虽然付出了生命，但是他们的英名却永垂不朽。这些烈士平均20多岁，未来的路还很长，但他们的青春却从此凋零了。如果没有无数先烈流血牺牲，就没有中华民族的崛起，人民就不能过上幸福的生活。龙虎风云青胜蓝，鲜花美酒慰忠魂。可谓：

生离——
是朦胧的月日，
死别——
是憔悴的落花。
高峻的山巅，
深阔的海面——
是冰冷的心，是热烈的泪……
他那细小的身躯里，
却含着伟大的爱的灵魂。
创造新阵地的，
不是那滚滚的波浪，
却是它底下细小的泥沙。
起来颂扬他：
不是沉默的终归，是永恒的灿烂。

第二篇　激情岁月　挥斥方遒

27. 冬雪露营

一夜纷纷扬扬的大雪，把山沟沟的小村庄装点得分外妖娆。满眼一片银色的世界，那阳光照着山山水水，反射出灿烂的光芒。想起卢梅坡《雪梅》名句“梅须逊雪三分白，雪却输梅一段香”，雪有雪的清白，梅有梅的清香。春到春门万户春，又见瑞雪兆丰年。

我们宣传队演出一般情况下都坐车，因为路途很远，再加上演出时使用的东西比较多，遇上特殊情况带的东西更多。如因山路太窄，汽车不能通行，我们只好背着背包、挎包，拿着演出服、乐器，穿着棉衣、棉鞋徒步行军。夜里山风呼呼地刮着，大地已灰暗下来，树梢子吱哑地摇曳，摇碎了那片自然的静谧。只见遥远的天边还有七八颗星零零落落在闪烁发光。我们天黑以后行军是不允许讲话的，只能一个跟一个静悄悄地前进。这条路竟是十分地崎岖难行，粗大的石砾，丘壑处处，乱岩嶙嶙。明月照积雪，带月行，披星走，荒山万里绝人烟。我们进度很慢，个个累得满头大汗，只好脱下棉大衣拿着走。不知走了多少时间，好像听到了狗叫声，终于到达能休息的地方了。为了不影响朝鲜老乡休息，队领导决定在村外就地露宿。查看了附近的地形，前不巴村，后不着店，只有一座房子，却是锁着门。想找个避风的地方也没有，只有借这所房子做避风墙。徒步跋涉姑且不论，当月亮升起放出泛泛的寒光，照着积雪，田野分外白亮。“夜寂静、寒声碎，天淡银河垂地。”长夜漫漫，越发使人感到寒冷。树枝光秃秃的，在黑夜里冷悄悄地立着。走了半夜的路，累得够呛。又出了很多汗，西北风一吹，湿透的内衣冰一样地贴在身上，全身冷得发抖。北风猎猎，风雪漫天，四下一片迷蒙。夜静无声，寒风如刀，声声刺骨。雪越下越大，飘飘密雪向空旋，凛凛寒涛风卷花。严冬的深夜几颗赤裸裸的星星可怜巴巴地挨着冻，呼呼的西北风把树枝刮得嘎嘎作响，好像在说：“冷啊！冷啊！”真没想到朝鲜的冬天也是这样冷。这使我想起《长征组歌》中“雪皑皑，夜茫茫”，但我们比他们强多了，我们有吃的，还没有“炊断粮绝”，无冻馁之虞。我把棉大衣脱下，顶在头上，坐在自己的背包上，对旁边的同志喊了一声：“啊，好哇！天为我庐，地为我毯，风雪伴我眠，我要睡觉了。”沉沉的黑夜中，朦胧中闭上眼睛，不知不觉地便沉沉睡去。我是冻着才醒过来的，在朦胧中听李勤在叫：“不要睡，快醒来，这样睡不行，会冻坏人的。快别睡了，起来，站起来活动活动。”这一声提醒了我，我不能再贪睡了。睁开眼来，日色已白，但山风仍冷如刀。这时看见几个男同志坐着打扑克，围着的男同志都跟着搅和、凑热闹，七嘴八舌，指指点点嗷嗷叫。有人说道：“天当棋盘星作子，谁人敢下？地作琵琶路为弦，哪个能弹？”又有人说了一副书斋妙联：“五帝行兵，雷鼓云旗，雨箭风刀天作阵；龙王夜宴，月烛星灯，山肴海酒地为盘。”哈哈笑声，在夜幕中飘荡。听着他们的嬉笑，我想到了乾隆帝的一首棋诗：“车无轮，砲无烟，兵无甲，马无鞍。”这种苦中作乐的乐观精神让战地生活充满了情趣。

大风雪停下来了，不知不觉天渐渐亮了。几颗残星偷偷地睁开眼窥视那一片雪白的银色世界。隆冬的清晨，凛冽的寒风呼呼地刮着，冷入骨髓，吹到脸上像刀割一样疼。天渐破晓，晨雾蒙蒙，任雪在身上凝聚。醒来时，已披上了一身晶亮的薄薄的雪珠冰甲。想起《木兰诗》“万里赴戎机，关山度若飞，朔气传金折，寒光照铁衣……”我想站起来，但是腿根本不听使唤了，好像木棍似的僵硬。我就用拳头轻轻地捶，然后慢慢站了起来。站了一会儿，试探着走了几步，才有些好转。

寒夜荒村求一宿，夜海沉沉满身霜。此时朝阳初升，一轮红彤彤的太阳从蓝色地平线的远方冉冉升起。此刻虽已雪霁日出，还是不禁冷得发抖。

我真羡慕男同志身强力壮、精力旺盛。这时他们已经帮助朝鲜老乡打扫院子、挑水了。后来才知道，在我们休息时，男同志通宵打扑克，主动负担起保卫工作。一夜没有合眼，白天还要工作，只能抽空闲时间打个盹儿。可谓：

雪中眠

北风怒吼狂，大雪满山川。行军至深夜，无帐亦露营。
战友相偎依，同在雪中眠。空腹盼天明，几番梦难成。

28. 雨季夜宿山洞

一带白茫茫的山地。雾，流动着，像从什么地方落下一股子浓烟，毫不宽容地侵占了溪谷里所有的罅隙。天光在闲静中不停地变幻着，白色的小颗粒逐渐凝结成蒙蒙的细雨，飘浮着，而后黏附在临近的物体上。

没有太阳，没有天，没有峰峦、岩石、树木、溪间……一切都消融在这苍白的巨吻里。空蒙蒙的，仿佛整个宇宙全被这恶魔般的湿气所充塞，所占有。

迷蒙，沉阴，一种使人难忍的濡湿，在脸上沾染着。白色微小的颗粒，钻进了鼻孔、口腔，几乎所有的汗毛都被它们所摇撼。衣衫上面也是潮润的。

雨是冷的。又细又长的雨丝，飘在空间，使人愁闷、烦恼。

云层从天际滚来，乌云已将半边天遮没。此时正当盛暑，阵雨说来便来，西风转劲，黄豆大的雨点已洒将下来。这时空中焦雷一个接着一个，闪电连晃，雨点时大时小，始终未停。

宣传队员下连队进行慰问，一般都是走到哪里就住在哪里，碰上什么条件就是什么条件。这一点大家都已经习惯了。我们的家当仅有一个背包、一个挎包。背包里有一床薄薄的被子、一件雨衣和一个枕套。枕套里是几件换洗的衣服。挎包里有牙具、毛巾、钢笔、缸子和本子。就是这些东西，在行军路上我还嫌多。

在阴雨连绵的季节里，大雨是夏季里的常客。当大雨来临的时候，那轰轰雷鸣从远方滚滚而来，突然一个炸雷仿佛把天宇劈成两半。闪电过去，天宇又是黑雾茫茫。眨眼工夫，瓢泼似的大雨哗哗落下。倾盆大雨夹着一阵阵的电闪雷轰。不长时间，抬头一看天色，只见微雨已收，乌云渐开，一弯明月从云层中钻了出来。山中夜景，有青松明月，有微风流泉，夜凉声轻，静美动人。连日霖雨，山路湿滑。

当地环境条件所限，我们只能栖宿在一个天然山洞里。山洞有三个特点：一是很潮湿，二是洞顶能见到天空，三是洞内石壁流淌着水柱。地上石罅缝里也流淌着小水溪。一进洞，迎面扑来一股潮乎乎、湿漉漉的寒气，我不禁打了个冷战。洞中出现了流水之声，淙淙铮铮，清脆悦耳，如击钟磬；又有叮叮咚咚的滴水之声，从洞顶零零星星地落着一大点、一大点的水滴。再往里走，冷飕飕的，湿气逼人。地面有一块大石板，上面很平，但有涓涓细水从石隙中流淌，不绝如缕。洞外大雨，洞内小雨；洞外雨停，洞内雨滴仍在继续。行云有影月含羞，东风临夜冷于秋。电光连闪，半空中忽然打了个霹雳，跟着黄豆大的雨点洒将下来，只打得树叶上刷刷直响，到处漏雨水。

虽然很湿，但总比地上强多了。我们几个女同志就在这石头上睡，潮湿湿的，硬邦邦的，也算是优待了。青石又硬、又凉、又湿，竟激灵灵打了个寒噤。男同志们铺盖也不打开了，各寻干燥之地而坐。望着山洞口雨水倾倒下来，宛如一张水帘。那雨一阵大，一阵小，始终不止。

我打开背包，把雨衣、棉被叠得很窄，把棉被铺在雨衣上，并把所有的衣服都穿上，然后倒下。连日疲累，片刻间便即睡熟。自己一夜没动，而且睡得很香。一觉醒来，身上衣裳半边湿、半边干。阳光透过石缝照在我的身上，我翻身坐起，看看战友们还都没有醒，我又重倒下不敢起来，怕弄醒他们。瞻望天空，太阳不知在什么时候也露出一点光芒，淡淡地辉映着山谷轮廓，好像解脱了意外的羁绊，又重新显露出旧日的姿容。一切都是润湿的。山崖上，乌黑的岩石，像刚涂过脸谱一样，闪着油滑的亮光。绿树丛，一块块地接连起来，笼罩着雾气。山谷，一刻比一刻清朗了。从乱流着的淡云隙里，不时闪露出一两块蔚蓝的天空。远远近近，残余的雾气都沿着山腰凝聚了，悠闲地向西飞飘着，直等到碰着了山崖，才黯淡地浮上远空，沉落在山外村庄里……

山洞荒凉风挟雨，苍天着意困英雄，我现在真正读懂了人民为什么爱江山，更深刻地体会到“为江山而战”的意义！战争是可恶的，给多少人带来不幸和痛苦。制止战争，才能使人们过上幸福美满的生活。我们要向世界人民呼吁，反对战争，力求世界和平，让所有的人在这个地球上过上安定、舒适、幸福的生活。我更相信这个真理在不久的将来一定会实现。头顶苍穹，正义更浓，这是我们共同的心愿。

夜宿山洞，即景生情，吟诗一首：

夜宿山洞

崖石无心云有意，相随相伴到天明。
夜宿山洞石岩下，一夜静听水潺声。

29. 烽火硝烟中的英雄乐章

（1）英雄司机刘喜才

大道扬鞭驰骏马，高天阔地展雄才，挑重担心怀千里志，披荆斩棘勇攀高峰。纵横无敌，巧奔妙躲。才智过人，奇勇可嘉。

俗话说："三百六十行，行行出状元。"在朝鲜战场上，志愿军也是各有各的分工，有炮兵、机械兵、工兵、防空兵、后勤兵（包括汽车运输兵、文艺兵）等等。这里我要说的是汽车司机——运输兵。

后勤一分部汽车连有位称得上"状元司机"的刘喜才班长。他很年轻，不过二十出头的小伙子，英俊挺拔，中等身材，细腰宽膀，一脸清秀。他人缘好，忠厚可爱，言而有信，诚恳负责。他平时不爱说话，但要说起话来生气蓬勃，自信十足而有分寸，激情四射而稳重沉着。人很勤快，干起活来也很麻利，开车技术很是过硬。同志们都喜欢坐他的车，因为坐他的车有安全感，心里很踏实。

记得有一次，我们宣传队要去前沿阵地慰问演出，刘班长接受了送我们的任务。大家临上车时，有人对他开玩笑说："我们的命可交给你了。"这话又像开玩笑，又像给他嘱托。可他却笑笑，很认真地说："请同志们放心吧，只要听指挥，不乱动，我保证大家平安无事。"这句话听起来很平常，但看到他蛮有把握的样子，我们也就放心了。日头偏西，我们上路了。巍峨高耸的山群连绵起伏，阳光把裸露的山崖染成赤色，汽车有时绕着山谷回旋，有时又循着下临清流的公路疾驰。一会儿，清流不见了，公路开始向上盘旋，绕过一个个山头，接着面前便是悬崖峭壁。汽车吃力地爬过最高点，然后绕过一个山头，开始轻快地向下滑行，飞速地绕过山峰旋转，下临谷底。

坐在车上，欣赏着朝鲜的山山水水，别有一番情趣。绿油油的庄稼，在晴日下发出一股股清香。连绵不断的山峰，哗哗流淌的小溪，直入云霄的五里杨，冒着炊烟的农舍，还有晚归的耕牛……走在晚霞中，正是："日暮苍山远，夕照山川明。"万壑有声含晚籁，数峰无语立斜阳。这些景色真是太美了。我想：如果没有战争，当地的人民一定生活得很幸福。但是战争给他们留下的是断壁残垣和凄凉景象，给美丽的国土带来了灾难。突然，一阵枪声将我惊醒。仰望天空，只见远处有几架敌机向我们飞来。这时汽车正行驶在盘山路上，无处躲藏。因此，汽车没有减速，继续前进。此处道路窄小，向前驶行，泥路高低不平，车身不断颠簸。空中的敌机好像发现了我们，直冲我们而来，穷追不舍。刘班长探出头来，大声对大家说："同志们，手抓住车厢坐好。"只见他双手紧握方向盘，一会儿左，一会儿右，左旋右变，专拣隐蔽之处开。此时只觉耳旁风生，身边树木一排排向后倒退，山沟小溪晃眼即过。刘班长借助地形和敌机玩起了捉迷藏。汽车拉着我们在崎岖山路上时隐时现。我已经坐不住了，只好抓住车厢板，但还是免不了前后左右地摇晃，头不是撞在车板上，就是撞在别人身上，身体也常常弹起老高。心里想：千万不能甩出去，否则不是摔死在山涧，就是撞死在岩石上。要是这样死了，实在没有意义。只有配合好司机，才能闯过这道难关。敌机还在我们头上盘旋，接连俯冲了三次都没有击中汽车。我们没见过汽车如此开法，汽车轮与汽车身之间好像要分家，把我们甩得东倒西歪，时而与硬邦邦的车厢板相撞。倏忽之间，车辆急驰，随势升高，心中起火，有如泼辣番婆，直冲横撞。炸弹在呼啸，烟屑在飞扬，汽车飞奔、飞奔，车轮卷起烟尘……如稍有不慎，橡皮车轮就会脱离车身，有血溅尘埃之险。过了一段时间，追势稍缓，突然车停了。我以为车坏了，等司机跳出来，大家望着司机。他对大家说："休息一下吧。"原来我们的汽车停在山崖突出部位的下方，一个比较隐蔽的地方。我们看着敌机盘旋了好几遍，看不到目标就飞走了。所幸他开车技术好，化险为夷。大家下车休息，无不对他的机智与车技伸大拇指，发自内心地连连赞叹"你真行"。这个坚毅的小伙子，让队员们心悦诚服，佩服得五体投地。

大家虽然安全了，但个个都像散了架似的。我用手一摸，头上撞起了好几个大疙瘩。初时还可支持，时间稍长，已是难以为继，只觉胸中气血翻涌，五脏六腑好似就要翻转一般。邹智华、李勤、张小群等几个同志都在呕吐。男同志就比我们强多了，没有人受伤。

大家休息了15分钟左右，继续上路。我们宣传队经常坐刘班长的车，纵横千里，行远自迩。不论遇到什么样的困难，他都能出奇制胜，巧妙地加以克服。经过几次脱险，我们更由衷地佩服他的足智多谋。

宣传队每次用车，领导们都暗中眷顾，派最好的车和最好的司机。刘班长就曾经说过："我每次执行接送你们的任务时，领导都耳提面命，再三嘱咐强调，无论遇到什么情况，都不允许出差错。"我们听了都非常感动，并暗自立下誓言：不辜负祖国的期望和寄托。

赞英雄司机刘喜才

朝鲜峻岭多盘山，悬崖峭壁万丈渊。
我乘汽车去演出，屡遭惊险非一般。
敌机追赶来扫射，屁股颠起三尺三。
左躲右闪巧周旋，英雄司机美名传。

（2）一车高粱米换了一车美国兵

朝鲜境内铁路有1000多公里，公路有万余公里。鸭绿江上下，有三条铁路线与中国铁路接轨。西线在新义州，中线在水丰电站，两线各南行百余公里，在新安洲会合，再南经西浦，直通平壤。东线在满浦，南行200公里，抵达价川，再南行50公里抵达顺川，由顺川分岔为两条线：一条线折向西南，在西浦与西线、中线会合；一条线折向正东，穿越大峰山脉，经新成洲、阳德，贯穿半岛，连接元山。新安洲与价川之间，另有支线相连。

美军昼夜驾机起飞，对各指定目标区狂轰滥炸。硝烟弥漫，烈焰腾空，枪声、炮声、炸弹爆炸声，不绝于耳。铁道、公路上，弹坑随处可见，村镇房舍，无不被夷为平地。

美机一侵入境内，我志愿军对空监视哨兵便鸣枪示警，车辆行人立即隐蔽，高射炮兵则做好准备，令飞机不敢低飞。若铁路桥梁被炸断，便出动大批人力，一夜工夫，便能修复，车辆照行不误。故美军虽驾机日夜起飞，每日有数千架次，仍不能炸断我军后勤运输线。

某汽车连接受了一项运输任务，从祖国往朝鲜运送高粱米。因为路途遥远，需要走几天几夜，所以每辆车都是司机和助手两个人轮流开车。第一天路上还算正常，没有遇到什么特殊情况，行路也多。可是到第二天夜间，正赶上下弦月夜，黑得伸手不见五指。再加上前沿阵地，犬牙交错。车与车之间根本无法照应，各走各的路。这位司机和他的助手开车走了好长时间，没有看到一个哨兵。起初觉得很奇怪，可是越走越觉得不对劲，想看看星辰辨别一下方向，但因为天黑云多，分不出东西南北。昏天黑地中，两个人慌了神，心往下沉，感到了事情的严重性。这时突然见到前方有篝火，司机眼中突然精光暴射，很严肃地对助手说，到敌人的地界了，因为志愿军从来不点篝火。上级有规定，因战争环境瞬息万变，遇上紧急情况要"便宜从事"，两人以上可以开会研究制定行动方案。常言说："一人计短，两人计长。"司机和助手已无法、也来不及向领导请示了。两人判断形势，确定对策。

心里有了谱，司机神色登时有股凛然之威，继续驾车朝着敌人的方向开去。只见一个摆旗的敌兵在指挥车辆，便把车停在敌人车队的后边。然后他二人耳语了一下，突然下了车，来到一辆载满了敌兵的车前，跳上车发动起来就跑。摆旗的敌兵一见，站在路中间一边摆旗，示意停车，嘴里一边喊着什么。两人驾车全速前进，直冲他而去。车厢里的敌人还没弄明白是怎么回事，车已经开出去很远一段路。由于车速很快，汽车颠簸得很厉害，车内的美国兵互相碰撞，有的大喊大叫，有的埋怨对方的枪碰了他的头，有的说对方的烟头烫了他的手，彼此争吵不休。他们不明白汽车为什么开得这样快、这样颠，只想到可能遇上什么紧急情况。两人边走边给我们的防空兵发信号。最后在防空哨兵的引导下，把车开到了我军的阵地上，缴获了车上敌人的枪，俘虏了一车鬼子兵。

两人的事迹受到领导的高度赞扬，并授予了他们一等功臣的光荣称号，号召全体志愿军向他们学习。

两个赤心人，一双赤胆汉。两个平常士兵的传奇很快传到了我们宣传队，创作组的人员立即编成了快板来表彰战士的忠勇，鼓舞全军的士气。

这段快板是由聪明伶俐的小杨来说的，表演张弛有序，一字一板，气势如虹。他用活生生的事实、巧妙的手段、夸张的手法，再加上插科打诨的滑稽动作，妙趣横生，惟妙惟肖。观众几百双眼睛全盯着他，台下的笑声此起彼伏，掌声雷动。正是：

虽非诸葛良谋，亦算隆中巧策。沙中金子石中玉，精忠报国冲霄汉。人间那股英雄气，驰骋关塞纵横。生命因爱而精彩，爱国心胸可敬。

（3）蹲七天禁闭，立了特等功

我们宣传队从司令部演出回来，带来一个新闻：后勤某部有个警卫战士在执行站岗任务的时候，遇到敌机骚扰我后方。敌机很猖狂，任意在天空横行。有时飞得很低，就像从头顶上飞过，连驾驶员的脸都看得清清楚楚。他们想炸哪儿就炸哪儿，连路上的黄狗都用机枪射死。我们后勤很受气，对敌人恨得要死。但是上级命令，只许监视，不许射击。

这一天，美国飞机又来了，而且飞得很低。这位战士怕我们的油库被敌机发现，一旦投下炸弹，后果不堪设想。想到这里，他萌发出打掉敌机的想法。于是趁敌机俯冲时，瞄准驾驶员的脑袋就是一枪。这一枪打得真准，驾驶员中弹了，飞机为此失去控制而栽了下来。领导得知后大吃一惊，认为该战士违反了规定，把他关了禁闭，等候处理，并立即向上级请示。不料形势有了变化，上级下达了新的作战部署。为了扭转战场上的被动局面，要求军队展开冷枪冷炮运动，沉重打击敌人的嚣张气焰。这一命令的到来恰逢其时，把蹲了七天禁闭的战士解救出来。没想到的是，待把情况向上级汇报后，竟给他记了特等功。这个战士也因此被誉为“英雄哨兵”，成了全军学习的典范。

过去在前沿阵地，我军只能眼看着飞机猖狂，没有命令谁也不敢开枪。我在入朝时，美国飞机五六分钟来一批，现在已经很少见到。就是敌机来了，也飞得很高，不敢再耀武扬威了。过去我们只是夜间行军，现在白天也敢行动。就是发现敌机也不怕，有防空哨兵和防空部队对付它们，我们感到安全多了。

在一次庆功会上，中朝双方合写了一副对联，朝鲜人民军一位指挥官出上联：

穿紫云金霞，双双银翼高飞，白鸮鹰抛下碧眼佬。

志愿军一位文书对了下联：

保蓝天绿水，尊尊土炮发射，黑老鸭翘起红尾巴。

这在中朝友谊史上，留下了一段佳话。

（4）神枪手力惩凶顽

1953年夏季的一天下午，天气晴朗，阳光透过云层洒落在地上，照得每个人脸上有种热烘烘的感觉。夏天的太阳刚一出来地上已经像着了火。黄土路面上卷起了一层灰蒙蒙的尘土，浮动着白蒙蒙的热气。如同闷在没有盖子的蒸笼里，暑热难当，人们在流汗，在喘息……温度一直延续着酷热。一些似云非云、似雾非雾的灰气低低地浮在空中，使人心里火烧火燎的难受，然而比酷热更难熬的是连绵不尽的不安和恐怖。

一次，天热得厉害，我和王番正在一棵亭亭如盖的大栗树下，倚树而坐，商量排戏的事情。突然听到天空有飞机的轰鸣声，同时地面也响起一阵枪声。一会儿，只见一架敌机中弹起火，拖着浓浓的黑烟从我们头顶上掠过，撞到不远的山崖上。当时的情景我俩看得一清二楚，敌机中弹起火后，一直没有见到驾驶员跳伞。事后大家在一起议论，可能是我们的战士直接击中了敌机的驾驶员，使他失去了脱身的机会。同志们雀跃着、欢呼着、狂叫着，并纷纷向神枪手们致敬。

从此以后，只要美国飞机胆敢低空飞行，就难以逃脱机毁人亡的命运。这有力地打击了敌机在空中有恃无恐、狂轰滥炸的行为。

我们宣传队迅速把这样的生活素材加以艺术处理搬上舞台，用来自生活的艺术形象进一步鼓励作战的战士，极大地丰富了战士们的战地生活，更增强了必胜的信心。

可谓：

> 国难当头，用热血铸就钢铁屏障。兵刃相见，以忠心撑起民族脊梁。生死与共，千里营救洒热血。英雄百战走四方，大爱无疆。

（5）保障运输的防空哨兵

在朝鲜战场上，有一个活跃在广袤数里的后勤运输线上，保证运输供应正常进行的特殊兵种——防空哨兵。他们的任务是密切监视敌机的行踪，随时报告危急情况；还要给志愿军部队当向导，以减少国家财产的损失和保证志愿军战士的安全。他们的工作很重要，但他们随时都会有生命危险。

在一个扬风飘雪的天气，天空灰蒙蒙的，三步以外就认不清人。风在发脾气，满天的雪花不停地下着，雪片打在人们的脸上，使人感到透心的凉。整个大地很快变成了银海，使人分辨不出哪是山川、哪是河流。可是，我们临时接到了任务。

在我的印象里，盘山路多得让我头疼。别说冬雪天，就是春秋时节，我也是闭上眼睛，怕看它那巍峨庄严的峭壁和一眼望不到底的万丈深渊，更不要说行走在山沟的边沿上。

攀登高山，汽车艰难地慢慢爬行。在前进中司机不断地踩油门，每前进一步就听到车轮压雪发出“嘎吱”和防滑链发出“哗啦”的响声。全车的人都非常安静地坐着，半晌无话，可能他们的心情也和我一样紧张吧。天阴沉沉的，空气也冷冰冰的。我们在车上穿着大衣，即使戴着棉帽，也是缩着脖子卷曲在一起。口罩、眉毛、眼睫毛上都挂满了雪霜。有时因呼吸，眉毛流下的水滴落到眼里，我不断地擦眼睛，否则就睁不开了。但风雪终于连咳嗽声也一起吞没了。

漫天雪花中，红旗是路标，示意旗内是安全路，旗外是悬崖峭壁。只见哨兵们一次又一次地把狂风吹倒或吹跑的小红旗追上捡起，不断弯腰把被雪掩埋的小旗重新插好。风不停地刮，雪不停地下，他们在雪地里快步而行，落脚甚轻，不断地重复着同样的动作。

哨兵们顶着令人喘不过气来的风雪踉踉跄跄地奔忙着，向雪地中走去。雪中积了一尺来厚，一步踏下去，整条小腿都淹没了，拔脚跨步，甚是艰难。大衣被风吹得猎猎作响，鼓鼓胀胀的像风帆，风带衣袂之声不绝于耳。他们的脸被帽檐周围的白霜遮住，风压着眼帘，瞧不清他们的眼睛、脸庞。当汽车开到一个人的面前时，才瞧见他的脸。他的眉很浓，眼睛很大，薄薄的嘴唇紧紧抿成了一条线，挺直的鼻子使他的脸看来更瘦削。溶化了的冰雪，沿着他的脸流到他脖子里。身上的衣裳，有的已结成冰屑，然而挺得笔直。他的人就像是铁打的，冰雪、严寒、疲倦、劳累、饥饿，都不能令他屈服！海畔风吹冻泥裂，梧桐叶落枝梢新。横笛闻声不见人，红旗直上天山雪。

我记得还有一次，夕阳已去，高高的山峰直插云天，清清的流泉明净见底。放眼望去，两岸石壁上五色缤纷交相辉映，那苍翠的丛林有如四季常青。

皎月东升的雨季里，山洪暴发，河水猛涨，小河变成大河，大河变成望不到边的汪洋，遍地都是水。我们乘坐的车已经渡过几条河了，然而，就在快到的时候，出现在眼前的却是一条渺无际涯的大河。这是山洪暴发所致。

司机停车下来，在岸边来回走了几趟，皱着眉头，嘴里不断地喃喃自语说："这里有座桥，为什么不见了？"大家正不知所措，都望着河水发呆时，听见有人问："有什么事吗？"不知从哪里冒出来一位背着枪的防空兵，一对澈水双瞳，是个名不见经传的毛头小子。只听司机对这位十八九岁的小青年说："我们想过河，这儿原先有座桥，现在怎么不见了？"哨兵双目连眨道："洪水已把桥冲垮了，所以看不到了。"司机"噢"了一声，低头不语，抬起头问："如何过河呢？"哨兵说："你要过河的话，等我向上级请示一下。"这使我产生了好奇心，过河还要请示上级，不知为什么。我始终憋不住偷着笑，觉得有趣。一转眼，防空兵不见了。我们东张西望也不见踪影，像变魔术一般，快得叫人吃惊。

太阳将落，天色已暗了下来。我们都静静地等着，盼望哨兵快点回来。不多时，他领来了几个人，其中有一个带着红袖标，不用问他就是领导了。他们和司机打了个招呼，就全部下到水里去了。我见他们站在水中，只露出胸和头，整个身子都浸在冰冷的水中。他们训练有素，打着手电筒，拿着测量尺，在水中来回地探着，找出行车的路线。这样左寻右找半小时过去了，但效果不好，因为河水不断上涨。他们决定，让哨兵在前面引路，汽车跟在后面过河。说来也巧，汽车刚行驶到河中间，就来了敌机。看到敌机来了，司机急忙关闭了车灯，哨兵把手电筒也关掉了。飞机由高空盘旋转入低飞。大家无论在水中站着的，还是在车上坐着，都一动不动。飞机在头顶上盘旋。浸泡在凉水里的同志一动不动，冰冷的河水鼓荡起他们的衣衫，任水流撞击。河水苍苍，共感秋色，哨兵同志站在凉水里受冷，真是让我们既着急又无奈。

月落星沉，四周黑漆漆的。我们坐的虽然是军用十轮大卡车，又高又大，车身很长，但河水已把车轮淹没。河水打在车厢板上，打落的树叶在水面上翻卷，透出湿冷冷的阴气。大家原地不动，闭住呼吸，眼巴巴地望着飞机。10分钟以后，飞机飞走了。这时车上的同志松口气，决定全体下车，把车赶紧推过河。但是司机刘班长说什么也不让大家下车，他试着发动汽车，但怎么也发动不起来。

这时，司机让助手下去用摇把摇车发动。助手脱了鞋，卷起裤腿，赤脚进水。他才下脚进到水里，立即跳起，龇牙咧嘴，两脚轮换交替抬起又放下了好几次，大家都知道这是因为水凉。只见他缩着脖子走到车前，用全身的力气一下一下地摇着车，但汽车还是没有启动，把车上的人急得抓耳挠腮。大家决定下车，司机急忙说："同志们别争了，你们下车也帮不了忙，还是在车上吧。"随后他让助手上来开车，自己跳进水里，也把腿轮换着抬了两抬，可见夜间河水是多么凉，可是哨兵站在水里已几十分钟了……此时晨光熹微，天将黎明。

不愧是多次立功的英雄司机，刘班长终于把车发动起来了，在哨兵的引导下过了河。上了岸，我们同声向哨兵道谢，说："谢谢同志们，没有你们，我们过不了河，真是非常感谢，再见了!"他们只是抿着嘴笑，向我们点头致意，然后又各自回到岗位上去了。

铁血青春，不畏酷暑，不畏严寒；一颗丹心，满腔碧血，共同守卫着天空。他们铸就了打不断、炸不塌的钢铁运输线。正是：

夜来积雪沟壑平，盘山路上哨兵忙。
小小红旗把路引，司机见了放心行。
风卷小旗满天飘，累得哨兵湿棉袄。
千难万险车照过，防空哨兵功劳高。

30. 后勤驻地潜伏着特务

在朝鲜，我们宣传队员一般是在二线进行慰问宣传活动。时常有日暮途穷的特务出没，志愿军屡遭特务的袭击，致使我们无法单独行动。

有一天，上级下发了一份通报，讲述了这样一件事：一位穿朝鲜服的男人气喘吁吁地跑到志愿军某部卫生所，对一位女卫生员说："附近一位老太太病了，说是肚子痛，在地上打滚，想请您去看看。"卫生员是一个对工作勇于担当的天使，二话没说，拿起药箱就跟着走了。不料想这一去，就再也没有回来。

女护士失踪，大家都意识到凶多吉少。一面派人四处查找，一面向上级汇报。又是几天过去了，还不见人的踪影。最后当地群众配合志愿军部队四处搜索，捉拿凶手，终于在一个山洞里找到了她的尸体。从现场可以看出，特务在此已住多日，满地都是空酒瓶和美国产的各种各样的空罐头盒，还有香烟头等。洞内铺有稻草，一具女尸一丝不挂，让人看了惨不忍睹，触目惊心。

消息传来，同志们无不耸然动容，忍不住怒发如狂；众人戟指关头，拍手顿足地叫骂，一股愤恨的怒火自眸珠里燃烧开来。对于特务，人人得而诛之；消灭特务，决不心慈手软，强烈要求当地政府警恶惩奸。

特务们不仅发信号报告志愿军的位置，而且还经常偷袭志愿军岗哨。战士们吃过很多亏之后，为防止敌人暗算偷袭，采取了很多办法，比如我们每一次行动要绝对保密，集体行动不许出声，不许有亮光，更不许掉队，岗哨不许在明处走来走去，要求当地政府和老百姓团结一心，防止陌生人逗留等等，不给特务可乘之机。只有这样，才能保证我们二线后勤工作的正常进行，保证战士们能够有良好的休息环境和安全养伤的地方，保证志愿军战士早日重返一线和敌人作战。

31. 国际红十字会的战俘营

1952年秋，我军由被动挨打转为主动进攻，形势大好。敌机的干扰少了，我们宣传队的慰问演出活动也方便多了，甚至能在白天大摇大摆地行车了。

这一天，接到上级命令，借战俘营慰问演出。大家对出门并不新奇，因为经常被拉来拉去，说走就走，至于去哪里从未有人问过。

刚吃过早饭，接我们演出的汽车就来了。大家忙着搬乐器，拿演出服。队长对大家说："今天午饭要在车上吃。大家到伙房去拿馒头，自己吃多少就拿多少，同时把每个人的水壶灌满。"大家照办了。

我想今天要出远门了，走得越远越好，也好把朝鲜的河山多看点。嘴上不讲，心里却特别高兴。

当汽车在平壤城外休息时已是晌午了，大家坐在车上一边吃饭一边谈论。有人说来到朝鲜两年多了，没见过这里的大城市是什么样，这回可要好好看看。可惜外国的军车不许停留，更不许逛街。大家只好请求司机通过平壤市中心时把车开慢点，让自己好好看看这座城市。汽车一进城，行人熙来攘往，甚是繁华，比起沈阳别有一番风光。没等看完，汽车转入了另一大道。一条六七米宽的柏油马路，路的两旁有整齐的二至五层的楼房，街上有轨电车行驶着，百货橱窗琳琅满目。车水马龙，络绎不绝。商店门头用鲜艳的油漆写着朝鲜文字的招牌光彩熠熠，招揽人们不断地进进出出，真是"万人雀跃倾心起，万商云集市声欢"。

通向市区，每一条街巷，每一座高楼大厦，每一幢平房茅屋，家家户户都开着门、敞着窗户。街上行人来来往往，都穿着朝鲜民族服装，看见我们不惊也不喜，各自忙碌着。后方的平壤没有战争的气氛，人们生活在安宁的环境中。

汽车又转入另一条街。这条街道很宽，无轨电车和有轨电车往来穿梭，不时发出"叮叮"的铃声，闪着蓝色的电花。街上熙来攘往的人群毂击肩摩，到处洋溢着勃勃生气。全城风景，亮眼振心；民风俗韵，丰富多彩。每个人的脸上都浮着豪迈的微笑，在各自的岗位上，为革命和建设贡献自己的智慧和才能。

穿过几条街道以后，我们的车向北行驶，来到一片南北纵横的平原。周围所有的大山都像在天边，远处的山峰和蓝天白云相接。我们看到了一条由铁蒺藜拉起的围墙，方圆不知多少里，站在汽车上望不到尽头。

铁蒺藜围墙的大门左右有两个岗楼，由朝鲜人民军持枪站岗。汽车到了门前，卫兵查看了证件后放行。汽车慢行了 20 多分钟后，进入一个矮墙的大院。这里没有岗哨，院内极其宽敞平坦。门的左侧有篮球架，排球场，乒乓球台，单、双杠。还有一排水池，有人正用自来水洗脸、洗手，也有人在洗衣服。院子的右侧有红砖砌的崭新的平房。平房的最南面有座模仿美国白宫似的大楼，圆楼顶上飘着一面国际红十字会的旗帜。这里就是战俘营所在地。

我们乘坐的军用十轮大卡车进大门时，院内很多战俘人员看到我们先是吃惊，接着平淡，而后继续做他们的事情。我们在车上也很紧张，眼睛不够用，想把所有的一切都看下来。战俘有白人，也有黑人。黑人的皮肤黑里透亮，雪白的牙齿，蜷曲的头发。我分不出他们的国籍。人们在院子里悠闲地走来走去。他们的身体都很强壮，精神也蛮好。有的靠墙晒太阳，有的在理发。他们甚至无视天上盘旋的飞机，照样干个人的事。

领导说，敌机不会来这战俘营轰炸，我们这次就是借战俘营给志愿军演出。这的确是件新鲜事。在这块“宝地”演出，大家的心情平静又愉快。

汽车停在圆顶大楼前，厅堂硕大无柱，足可容得千人之众。我们来到大楼礼堂后忙着在后台化妆换演出服，这时大厅里就聚集了两三千名志愿军战士。我们精神振作，但也有点紧张，因为这是第一次给这么多人演出。场地大，又没有扩音设备，只有放开嗓子唱。大家都相互鼓励，相互安慰。独唱、舞蹈、快板等节目不停地进行着。当听到志愿军战士的热烈掌声时，我们紧张的心情烟消云散了。

这次演出很成功，自始至终都是在一片掌声中进行的。我们也由此感到无比欣慰和自豪。演出完毕，大家忙着收拾乐器和服装。还未收拾完，两三千名战士都不见了。他们行动之迅速，真让我们感到吃惊。这使我想起在野外山坡上演出的情景，锣鼓一响，就见四面八方的志愿军如潮水般涌来，演出完毕时战士们很快就不见了，真是神奇莫测！这足以见得志愿军行动之敏捷、纪律之严明！

32. 情义可嘉的女护士长

宣传队驻地在一个大山沟里，翻过大山就是基地医院。院内住着在前线受伤的志愿军战士，有的胳膊、腿受伤，有的头、胸部受伤，轻重程度各不相同。这里的医生、护士也很多，她们妙手仁心，认真负责。其中有一位备受人尊敬的年轻女护士长。她对待受伤的同志如兄弟，帮助他们解决各种各样的困难，并且没日没夜地照顾他们。

有一天，医院来了一位受伤的年轻战士。他小腹受伤，排尿困难，憋得很难受。一天、两天，尿一直排不出来。后来憋得满头大汗，满脸因痛苦而扭曲。再后来疼得在床上打滚。医生、护士都来了，手足无措，也没有什么好办法。在场的人都急哭了，难道就这样眼睁睁地看着他被尿憋死吗？不，在战场上没有死，决不能让他在这里憋死。护士长看在眼里，急在心上，她下定决心摒弃男女之大防，为战士解除苦痛。她走到伤病员面前强行脱掉他的裤子，弯下腰用嘴对着他的生殖器，一口一口地为他吸尿。最后伤病员得救了，可我们的这位护士长终感难堪，好长时间不愿见任何人。医院领导一边派人做她的思想工作，一边向上级领导反映，给她请功，并号召全体医务人员学习她舍己为人、胆识过人、不怕一切困难的精神。大家都认为事迹十分感人，可反复写了几次都觉得不行，实在不好通过艺术形式加以表现，最后只好作罢。在那样的年代，她能做出如此举动实属不易。

一次回国开英模会时，我见到了这位护士长。她看上去儒雅可敬，面常带笑，眉清目秀，双眼炯炯有神。我立刻雀跃着冲了过去，紧紧拉住她的手说："今日在无意中相遇，实是有缘。满腔诚意地向你祝贺！"我们两人性情相近，甚为相得，谈了很久。虽是初会，但神交已久。有一件事，有如骨鲠在喉，不吐不快，闲谈之机，我追问她的立功事迹。她言简意赅地娓娓叙述了经过。她也许是谦虚，只说了个粗枝大叶。过去辗转传闻，今日亲眼目睹其人，亲耳听其事，赞叹不已。

她的个头比我高，白白净净的长方脸，满脸都是仁厚，满身尽是英气，说起话来和蔼可亲，令人听来如沐春风。我们两人坐了两个时辰，谈得尽兴，但天色向晚，便立身告辞。遗憾的是高谈未尽兴致，而日已西斜又将分手。不由得想起唐代诗人钱起所写的《逢侠者》：“燕赵悲歌士，相逢剧孟家。寸心言不尽，前路日将斜。”

33. 回国学西河大鼓

1952年冬天，领导派我们四名同志回国学习。其中，独唱演员李勤学京韵，我学西河大鼓，还有一名男同志（忘了姓名）学单弦，姚厚臣学三弦。这次学习是总后勤部安排的，集中在沈阳附近的开原县城。四个专业分成四处，互不干扰。每天由北京聘请来的老艺人教学，老师唱一句，我们跟学一句。学完一个段子，自己觉得怎样唱都不是那个味儿。京韵、单弦都好学，唯独西河大鼓不好学。我实在没办法，那个味说什么也唱不出来。参加这个专业学习的十几名同志也没一个能唱得很好，真叫人头疼。三个月的学期很快就结束了。由于成绩不好，我的情绪也很低沉。回队汇报后，领导对我说，只要尽力就行。对于领导的开明，很是感激。

拿京韵来说，它清脆嘹亮，落音婉转优美，和歌曲很相近，音调都比较好掌握。单弦，说说唱唱很有意思，有节奏并带有京味，唱腔更不用提，韵味更足。西河大鼓就不同了，它有说有唱，说的时候接近我们的口语，而唱腔拿捏起来就难了。在又唱又说之间，落音很好听。好在学会一个段子，就能掌握西河大鼓一般的唱腔了。五个分部学西河的人都感到头痛。有人甚至把老师教的段子，写上简谱，暗地里下工夫唱，但没有一个唱得像老师那样有味。西河唱腔难掌握之处是唱着说话，落音柔弱、婉转，犹如流水。有时我感觉，就像是一个人哭着向他人诉苦一样，一边哭一边说，就像东北民歌《小上坟》边哭边数落的情形。

在返回的途中，因司机几天不休息，过度疲劳，不小心翻了车。在没有思想准备的一刹那，汽车突然翻下沟，我也不知道撞在什么地方，差点被扣在车下，只觉得头晕、头痛，呕吐起来。看到司机头破血流，大家都沉默不语。这时正好路过一辆志愿军的汽车。我们赶紧截住，让他们把我们的车牵出了山沟。大家收拾了一下，然后又一起上路了。

34. 回家探亲，短暂相聚

在开原学习西河大鼓三个月里，给家里寄过一封信，信中没提回国学习的事，怕家人前来看我，给领导添麻烦。毕业时，接到政治部的通知，给我们五天假回家探亲。不管路途多远，第五天一定在沈阳后勤招待所集合后返回朝鲜前线。

故乡，我永远的梦。我归心似箭，连夜登车，奔往齐齐哈尔的家。

当火车渐渐靠近时，怀念家乡的情感更强烈起来。还有什么能比重回到家中更亲切？还有什么能比见到我的老父亲更喜悦？此番回乡，眼眶又不禁湿润起来。

故乡属于离开了故乡的人。忆起了童年的伙伴，想起母亲和家人，想起故乡的一草一木……家乡承载着童年太多的记忆，故乡总有无数令自己难忘的歌。我是一个喜欢听歌、唱歌的人。每当夜深人静，欲睡不能的时候，就打起精神，边舞边轻轻地开始了我的“夜半歌声”。岁月的流逝，或许能在一个人的记忆中淡去，却抹不去故乡的声影。

当我穿着一身戎装，走进家门的时候，父亲、哥嫂都大吃一惊。他们一见我都呆了，不敢相信地瞪着我，好半天才回过神来，忙着起身连声地问我：“哎呀，你不是在朝鲜吗？怎么突然回家了，你怎么不来信告诉一声呢？”他们显得又惊又喜，父亲更是喜出望外。我见父亲清健胜昔，更是欢喜无限。家人也忙乱起来。我说：“你们别忙了，待不了几天就走。”他们一听都怔住了，看着我不知所措。我笑着解释，上级只给了五天假，先别忙活，让我们安静地坐在一起比什么都强。哥嫂一听也不动了，坐在原处望着我，相互无言地凝望。父亲老泪纵横，眼光中爱怜横溢。一首歌唱道：“日西落，鸦雀飞，暮色迷茫，家窗上淡映着灯的光。那时候，年老母，凭窗深望，深望那流浪儿回故乡……”我蓦然间百感交集，心绪难以言表，内心升起歉疚和责任感。坐在父亲的身边扬脸望着他，双眼泪水从眼中流下。母亲谢世后，他既当严父又为慈母，也真难为他了。

父亲多年有病，居家赋闲，平素耽好读书。我看到他又瘦又老，满头银发，脸上皱纹密布，筋络浮凸的手微微带着哆嗦。有道是，人皆有父母，提携捧负，畏其不寿，可叹忠孝不能两全。思念及此，甚是难过。父亲突然站起身说："我去告诉你姐姐，说你回来了，叫她们赶快都来陪你两天。你哪儿也别去，在家待着，我去去就来。"我深知为时匆促，不能探亲访友，也就安心在家。老父之言，奉命唯谨。

父亲走了，我怅然若失地望着父亲的背影远去，我心有所触，也有所思。常言道："痴心父母古来多，孝心子女谁见过！"此刻我心，如此沉重，说不清，道不明，又理不出所以然来。

二姐住在北关，路很远，父亲又没自行车，只好徒步前往。大姐住的比较近。父亲去了一个多时辰回来了，对我说："你的两个姐姐马上就来，她们得把家安排一下，来陪你两天。"

我不知当时是什么心理，高兴不起来，只觉得心情沉重，什么喜怒哀乐都没有。如今的归去来兮，竟如梦境一般。那还没有弥补的乡愁，竟又加入了几许离愁！

不久，姐姐们来了。长姐如母，带来了温馨，同时也带来了欢乐。姐妹情深，姐姐们问寒问暖，充满了浓浓的亲情。她们要我讲朝鲜战地情况，我也不知如何讲，心乱得无从说起。她们问什么，我就答什么，而且答得非常简单。怕他们挂念，也就报喜不报忧，随口说些寻常事。二姐问的多些，而大姐话不多，不断默默地擦泪。我不禁想起李清照《凤凰台上忆吹箫》的一段词："生怕离怀别苦，多少事欲说还休……这回去也，千万遍阳关，也则难留。"

在我们姐妹谈话时，二嫂已做好晚饭，都是家乡名吃，诸如季子米饭、炖鲤鱼等。这都是多年吃不到的东西，很难找的。她真费了心，使我高兴又感激。大家吃了饭，又继续漫无边际地闲聊。除了大哥在外地，全家人都聚在大屋里。这时，我的情绪有了好转，大声说笑。关于朝鲜战场的事，他们第一次听到，极感兴趣。我怕他们担心我的安危，于危险之处我有意岔开，又不断地问他们的生活情况、孩子学习情况等等。就见二姐对大家说："你看她到朝鲜战场上多快活。我们还替她担惊受怕，父亲日夕挂在心头，用得着吗？我们白操心了！"二姐唠唠叨叨，喋喋不休。我听了只是笑。回到自幼生长之地，自然是欢喜多于哀愁。

二姐突然问："朝鲜战场上死人不？"我也笑着说："战场上哪有不死人的？"她又追问："枪林弹雨，刀枪无眼，是死是活没人知道，你怕不？"我说："不怕，我的运气好，子弹绕着走。"她一下站起来，走到门口，把门关上，转身对我说："这里都是你的亲人，没有外人，说真话。"我也一本正经地说："正因为你们是我的亲人，我说的才是实话。要是怕，我就不会自己申请入朝了。"并逗他们说："我属猫的九条命，福大命大造化大，子弹也怕我。"她们听了点点头，都松了口气。二姐偷着告诉我："家人每日提心吊胆，生怕地方政府送来'死亡通知书'。"老父想起就流泪，哥哥、姐姐不敢在父亲面前提起我，害怕引起老父的思念和担心。

当晚亲人相聚，心情舒畅。晚上我和二姐继续闲谈，本想联床夜话，却不知不觉睡着了。第二天早晨醒来，二姐对我说，想跟你多说点话，你倒睡了。我一直坐在你身边看着你睡。我惊讶地问："你一夜未睡?"她点头。大姐孩子都小，无人照应，晚饭后就回去了。第二天一大早，她就赶来陪我。回家真好，正如白居易《庐山草堂记》中所云："一宿体宁，二宿心恬，三宿后颓然嗒然，不知其然而然。"

当父亲对我讲述寄给他的钱是如何花的时候，我心里十分难受。我说："我给你的钱全由你，爱怎么花就怎么花，以便在家纳福，不用向我报账!"父亲日渐苍老的脸上洋溢着的那点喜悦就算是一种满足吧。我的亲人们都不富裕，生活比较困难。我在外地能挣钱了，可我却在家庭需要钱的时候参军去朝鲜前线了，每每想到这里总是十分内疚。

二哥颇有父风，有一副纯朴豪迈的性格。他告诉我说："我们家是军属，逢年过节，地方政府敲锣打鼓，送来光荣匾、猪肉和面粉。"听了此言，心中登时大为宽慰，喜悦不胜，心中感念党和政府的关心和体贴。

一家人聚在一起，谈得很融洽，充满了温馨和快乐。思可疑，爱何疑，一日快乐十二时，谁愿生死离？竟不知不觉地东闻闻，西看看，不禁足蹈手舞，像蝴蝶般优游自在。儿时旧事一一涌上心来。这些婴婴宛宛之事，早已忘得干净。回家之乐、乡梦之甜，却更添旅怀之苦况。短短的五天里，剪烛长谈，姐妹同枕共语，越说越有兴致，直到东方大白，金鸡三唱，常常兴犹未已。

五日短假，不觉而过。聚散苦匆匆，心头极是沉重，也不知道这一次是生离还是死别。

父亲送我出院门，全家送我到大路。临行，我向哥嫂说道："小妹挂念老父，在我走后，怕他愁苦不堪。望哥嫂多安慰，诸事留心。"两个姐姐送我上火车。一步一回头，魂伤肠欲断。"相望知不见，终是屡回头。"归程日期像秋风之守时，不能有片刻差误，我如期到达沈阳志愿军后勤总部。

35. 祖国来了慰问团

宣传队有人从政治部带来了一个好消息，祖国慰问团已经到了，明天晚上有慰问演出，让我们明晚早点吃饭去看京剧演出。慰问团的团长是著名的京剧表演艺术家梅兰芳先生，他这次带领部分著名京剧演员专程来朝鲜前线慰问志愿军部队。我们听到这个消息，奔走相告，都无比兴奋。崔立中见大家高兴过头了，说了一句俏皮话："孤子遇亲人——喜出望外。"逗得在场的人哈哈笑。

崔立中、姚杰、姚厚臣等同志边走边议论，他们一来到女宿舍门口，就忘乎所以地大声吵嚷着："祖国慰问团来慰问你们了！是把你们当作最可爱的人来慰问的！你们这次要坐在台下享受一下被慰问的滋味。"这时王番反问："你们是不是最可爱的人?"姚杰带头悠悠道："我不是。"姚厚臣、崔立中也随着说"不是。"此言一出，大家面面相觑，他们的笑声中颇有苦涩之意，已有怯意。这一下也使全体女同志的嬉笑戛然而止，无不骇然，脸上都露出讶异的神色。张小群一惊忍住了笑，正色抢着问："为什么不包括你们?"他们眼睛闪动，嘴角泛起一丝苦笑，表示等"立了功"才算是，说话时腔调带着酸楚。这一句辞意恳切的话触动了全屋的人。本来言笑晏晏，顷刻间在场的人都面面相觑，笑容也僵住了。他们随口一句夸大其辞的玩笑话，却引起了共鸣，使大家深思。将来能否立功，谁也无法预卜。过了一会儿，大家都觉得情绪不对，忙转了话题，尽力把刚才的伤感消除，互相鼓励，气氛渐渐有所改变。

为祖国和人民立功是每个战士的愿望。凡是赴朝的同志没有一个不是抱着这种理想和愿望的，但是立功又谈何容易。要说在战场上死，那是比较容易，但死得要有价值，要重如泰山，而不是轻如鸿毛。在朝鲜前线当文艺兵立功机会不多，可以说比较难，不比战斗部队。人人都想立功，我也不例外，一面干好本职工作，完成演出任务，一面在各方面严格要求自己。

第二天，大家看慰问演出心切，急急忙忙吃了晚饭，就立刻赶往演出地点。走上夕阳染红的群山，只见山岭连绵，峰峦洞谷，不计其数。一路夕阳相伴，树木丛生，晚霞满天。这是第一次空着手走路，心里也特别高兴。来到演出地点一看，原来我们来得太早了，洞里静悄悄的。于是，我们就坐在洞外聊天，打发时间。过不多久，忽听洞内锣鼓齐鸣，政治部和司令部的干部们也正逐一来到。各路人马从不同的地方涌来，相互间有的认识，有的不认识。队里的男同志认识人多，他们不断地打招呼，与相识之人寒暄，拉手拍肩，显得亲热。我问姚杰："你怎么认识这么多人?"他笑着说："碰见了，就认识喽!"这句话引起大家哄堂大笑。我虽然嘴上不说，但心想他说的也有道理。

我们一起进洞入座。我第一眼就看到台子上方挂着"赴朝慰问团慰问演出"的横幅，在灯光的照耀下很是显眼。这时一位志愿军首长讲话，他的话简短有力："祖国亲人来看我们了。他们是代表全国人民的心意，长途跋涉，冒着敌人的狂轰滥炸，来到前线慰问我们的。让我们以热烈的掌声欢迎他们。"场下顿时掌声雷动，经久不息。

灯光转暗，京戏开始了。晚会主持人是慰问团成员。他登台一报幕，台下立刻响起一片热烈的掌声。原来这次赴朝慰问的都是些著名演员，有的年龄很大，像《白蛇传》里白蛇的扮演者梅兰芳先生，许仙的扮演者姜妙仙先生都是六七十岁的人了。二人作戏，演得戏中爱情交织，精彩连连，观者无不感叹。还有主演《空城计》的马连良、主演《锁麟囊》的荀慧生等等。他们不远千里来到朝鲜，在战火纷飞的环境下，为志愿军同志们演出，真是让我们太感动了。刹那间，我们都掉进了时间隧道，诸葛亮、司马懿、许仙、白娘子、苏三……一个栩栩如生的人物正缓缓而来，纷纷登场。台下鸦雀无声，观众已沉迷于戏中。

演出进行得很顺利，不断博得台下观众的掌声。《三岔口》的武打场面中，演员身段利落，技术高超，一招一式，夺人心魄。动作难度大，节奏紧凑，扣人心弦，功架堪称一流。可用田汉写给盖叫天的一首诗来形容："英名盖世'三岔口'，杰作惊天'十字坡'。"梅兰芳扮白娘子，演得情真意切，柔顺温和，唱腔委婉，叫人心醉。姜妙仙扮许仙，演得刻画入微，丝丝入扣，剧足情浓，在场的人无不连连喝彩。

不愧是名角，扮相、做派运用得妙极了。看了演出不由地感叹："中国的戏曲精华荟萃，已达到极高的境地!"演完，全体起立鼓掌示意，向他们致敬!

在回来的路上，大家边走边议论。崔立中哈哈大笑说："台上唱戏，不如台下看戏。"邹智华突然对大家说："马连良一边唱，一边不断地往台下看。"崔立中马上接上话对小邹说："看到你了吗?"这一下我们都笑了。小邹虽然听了这话不高兴，但也忍不住和大家一起笑起来。大家踏着归途的笑声，一路走来。祖国给我们带来了温暖，像从大海吹来的春风一样温柔亲切，使人心田得到无限的爱，使我们忘记了所有的困苦，盖住了所有的心疼，唤起了我们军人的荣誉。

36. 慰问途中遇敌轰炸

这是1951年最难忘的一个夜晚。

祖国慰问团不仅有慰问演出，还带来了慰问品。当发慰问品时，领导讲话说："祖国人民带来了心意，慰劳大家，同志们辛苦了。"大家的心情很激动，掌声热烈，一片欢腾。每个人都发了一双军用黄胶鞋、一个印着"最可爱的人"的白搪瓷缸子，还有一条印有"抗美援朝，保家卫国"字样的白毛巾。每个人拿到慰问品后都翻来覆去地看，表情丰富多样。有的默默无语地沉思，有的高兴地把慰问品举过头顶叫喊着、蹦跳着，有的看着慰问品只是笑……大家真心感受到了祖国的关怀和温暖。虽然东西不多，但大家却很满足，全都眉开眼笑，万分激动，觉得这比什么都有价值！

这让我想起刚解放时的感受：平地一声雷，震天又动地。1948年1月，齐齐哈尔市文工团公演的大型歌舞剧《火》里面有个主题曲开头几句歌词："一声春雷天下响，穷人们有了共产党，劈了地来分了房，受苦的人儿见了爹娘，千年的铁树开了花，万年的种子要发芽。"庆解放，庆胜利，革命的人们欢腾了！

历经战争生与死，志存千里幽梦。大家都雀跃着，高兴得不得了，一片热气蒸腾。一是祖国亲人来看我们，精神上得到极大安慰；二是看到了祖国慰问团的演出；三是每人都得到了慰问品，如毛巾、胶鞋、搪瓷缸等等。据说慰问团还要到前线慰问，并让我们宣传队配合演出。

要知道，我们宣传队员们自从来到朝鲜，一直没有机会到前沿阵地看一看。这真是个破天荒的好机会。大家为此事高兴地吵嚷了两天，唯恐传言为虚。有人甚至提议派人去政治部探听一下虚实。大家那迫切的心情是可以理解的，因为在歌颂英雄的同时也很想看一下前沿阵地英雄战斗过的战场，亲眼看一下立下战功的英雄们的风采。

果然所言不虚，让宣传队配合祖国慰问团到前沿演出地的命令正式下达了。宣传队欢腾了！要见浴血奋战的勇士了，大家欢喜若狂，雀跃不已。带着糖质的空气迷漫着我们每个人的心，像棉花一样舒展开来。

大家马上投入到紧张的排练中。我除了准备独唱节目外，还和王番争取时间排练了一支新疆舞。这段时间都在铆足干劲，集中精力排练节目，为将奔赴前沿阵地慰问而努力。

一切准备就绪后，就焦急地期待着。终于等来了上级命令，要大家做好准备晚上出发。太阳落山后，大约7点钟，接我们的汽车到了。我们忙跑过去，原来接我们的是刘班长。他是全军的英雄司机，曾多次开车接送我们。大家热情地和他握手问好，然后把乐器和道具装上车。除留守人员外，全队40多人都上了车，把十轮大卡车挤得满满的。一上车就有人开玩笑说："刘班长，我们的命就交给你了。"刘班长笑着说："放心吧，没问题。"

夕照山如画，风淡淡。到达集合地点已是8点左右，天也渐渐黑下来了。没有命令谁也不敢下车，大家都在车上东张西望地等候。我站在车上前后张望，看到各种车辆都有，有小卧车、大面包车、吉普车和大卡车。每辆车前后都贴着黄纸黑字的车辆编号，数了数共40辆。我们宣传队的车号是17号，夹在中间。

10点钟，大队人马浩浩荡荡地出发了。车队走在山路上，显得很壮观。

时值九月，秋高气爽，万里无云。此时新月初升，清光遍地。广阔无际的天空呈现出一种高远、清逸、迷人的景象。山之极目，似与苍穹接轨，清新气流荡涤心胸，悠然脱俗，升腾化外。"一轮飞镜谁磨？照彻乾坤，印透山河。"不禁暗暗称美，目光留连难收。

树挺拔，山耸峙，又给人一种高直疏朗的美感。月亮升起照在大地上如同白昼。"玉宇晚苍茫，河星实异铓。中天悬玉镜，大地满金光。"晚上千山万岭高接星汉，夜星似悬灯千盏。

这时，我不免有些担心，这支声势浩大的队伍在月光下大张旗鼓地行车，会惊动敌特，招来敌机。大家在车上也在议论，觉得这样目标太大，容易被敌人发现。崔立中顽皮戏谑地说："烽火红颜。"这是个成语故事，许多人不懂。我接腔说："你又找打了。"周围同志，不明其理，都不接话。崔立中说："真是跛子挑重担过独木桥——难过啊！"王宏木接腔："狗咬鸭子——你少呱呱干乱叫。"就这样你一句他一句的，我心里在嘀咕，也不分时候乱说。

话犹未了，竟一语成谶。不久我们就发现了敌特打出了各种招引飞机的信号弹，在我们头上飞来飞去。红、黄、绿、白色信号弹不断地飞向天空。那一颗颗信号弹都带着尖锐的呼啸声射向半空，在空中开花，之后像流星般四散。到现在我也不知这些颜色代表什么意思的信号弹，一颗接一颗，在空中开花四散，而后消失不见了。

过了一会儿，敌机三五成群地飞来了，在我们的头顶上盘旋。这一下奇变横生，众人尽皆变色，引起一阵骚动。这时指挥员命令车队停下，车灯关闭。此时，车队停在两山之间的盘山路上，一边是山，一边是悬崖峭壁，一条长长的山路排着一队行进的车辆。就是汽车不开灯，借着月光敌机也可能会发现我们，何况天空还一直不停地打信号弹。大家无不面面相觑，心下骇然。这时，敌机开始低飞。我们甚至连驾驶员的身影都能够看得到。随后便听到敌机一阵扫射，如若奔雷，风驰电掣般扫来。

我们全蜷曲着蹲在车里，仰头注视敌机俯冲的动作以便躲闪。敌机在头顶一边轮番扫射，一边不住地盘旋，又进行第二次俯冲扫射。这次，子弹落在我们车的周围，弹头乱炸乱爆，打在石头上叭叭地响。

我们一会儿怒视天空，扫视四周；一会儿又倾听领导们讲如何应对突变的局面。当灾难降临时，车上的男同志豪气陡生，对敌人恨得咬牙切齿，不断抒发着什么忠臣之死何所惧，当兵要当野战军，打仗要当王牌军，若要建功勋还须血战上沙场之类的言论。女同志们也个个是女中豪杰，毫不畏惧，随时都有牺牲的心理准备，都有“一死鸿毛或泰山，之轻之重安所处”的泰然。在这铁打的胸膛里，正跳跃着一颗活泼的、豪放的、慷慨的、赤红的心。

山道狭窄，本少回旋余地，这时又挤满了车辆，敌机刚猛快速，居高临下，刹那间三番五次地俯冲扫射，弹光霍霍，宛如爆竹。幸运的是，连续扫射三次都没有击中我们的车。每一次扫射都有天崩地裂的气势，额上又已沁出冷汗，全身上下俱在严密的戒备状况之中，凭着听风辨位，随时随刻都在防备着突然袭来的子弹……

这时，只见其中几辆车上下来几位带着“指挥”字样袖章的人，不慌不忙地走到一起。他们温文尔雅，儒将风度，凑在公路中间一起商量着什么。这时敌机又来扫射，子弹落在他们身边，星火四溅。在这万分紧急的情况下，他们依然平静如常，临危不惧，任那疯狂的子弹在身边飞啸。真乃将军之风范，有几分铁甲金刚的豪气！

全体车辆和人员都安静而又焦急地俯首待令，悬望着……时间在一分一秒地流逝着，每一分钟都像锤子般砸在人们的心上。过了许久，领导们总算商量完毕，对整个车队发出了命令，具体内容我没听清。就见我们的驾驶员刘班长听到命令后，瞪着发亮的眼睛，迅速发动汽车，对车上的同志们喊一声："坐好了。"车猛地向前冲去，全车的人都站立不住，全部跌坐在了车板上。我们的车时而开灯，时而闭灯，横冲直撞。坐在车上，但觉风声呼呼在耳畔掠过，宛似凌空飞行。随即我听到后边连续响起了爆炸声和扫射声，夹杂着人们的奔跑声、惨呼声，以及指挥人员的发令声。前奔后涌，炸弹雷鸣，天空呼啸，车上人们呼声一片。只见远处石屑随着爆炸四下纷飞，巨石挟带风声向四处飞去。后又燃起了熊熊大火，火光冲天，映红了半边天……危急之中，脑海中想起"死为厉鬼忠臣志，须信忠魂自有灵"。车速很快，不能择路而行。车上颠簸得很厉害，大家都不能站立，不然就可能被甩出去。在车内，大家也是你撞我，我撞你，那种滋味真不好受。我最担心的是，山路窄小，非常容易冲下山崖或撞进山涧中去，没炸死却可能被摔死。汽车在山路上横冲直撞，急转直下，左弯右拐，上坡下坡……但觉眼前景物，从视线内飞驰倒退，一时之间无法看清，可谓慌不择路。

上面的飞机狂追，下面的汽车飞跑，烈火狂焰映碧空。当我们的这一辆汽车刚冲出车队的行列，突地一声尖锐刺耳的厉啸，破空而起，摇曳悠长。后面的汽车出事了。浮云掩月，眼前一片漆黑。此时各种声音喧腾混杂，宛如大海中的浪潮涌了过来。同时，听见有指挥车辆的声音、有受惊吓而发出的呼叫、有找不到队友的呼唤……嘶声呐喊，使人头皮发炸，毛骨悚然。这声音不禁使人联想到鲜血、人命、死亡，不仅使我们领略了战争的残酷，也让我们真正感悟到了生命的可贵。

后面尘土弥漫，我们好像在腾云驾雾一样，不知有多少车辆给它追过了。黑夜中凉风习习，草木清气扑面而来。摄魂压魄，回肠荡气，全被蒙在神秘的黑色里。汽车急行，已冲入了无边无际的夜色中。黑暗的夜、恐怖的夜，更有一种说不出的憎恨和厌恶……声浪都已渐渐平息，夜深风急，黄沙狂舞，尘土扑面，却当真可惊天地而泣鬼神。

也不知行了多少路，奔向何方。车辆大约左弯右转了两个多小时，终于在两座大山中间的峭壁处停了车。这时，月亮消失了，只剩下繁星在闪。周围漆黑一片，夜深只听见深夜里的狗咬、马嘶、蛙鸣，以及隐隐约约地从远处传来的阵阵爆炸声。在这乌黑的旷野里，这声音显得分外恐怖、瘆人。接着就是死一样的寂静。夜幕笼罩着大地，彼此面对面看不清，只看到模模糊糊的身影。

刘班长下车后对车上的人一字字缓缓喊道："大家下车休息一下吧!"经过几度颠簸，只感到天旋地转。不是惧怕，而是汽车颠簸摇摆所致。我此刻真的头晕了，想呕吐，而且腹痛如绞。过了好一会，车上的同志大多灰头土脸地下车了。我却不能动，似乎五脏六腑都易了位，一阵痉挛，胃在收缩，几次欲呕。因为肚子疼得厉害，双手捂着肚子，头枕在膝上。不幸的是，车厢板把我的头撞了个很大的包，整个头皮都肿起来，疼得不敢用手摸。这时我听到车下面李勤、张小群、邹智华等蹲在路边哇哇直吐，把晚上吃的饭全吐了出来。

叹息半晌，大家眉宇立又开朗。大家的肚子被紧张刺激塞饱了。大家冲刘班长伸出大拇指，称赞刘班长："实无虚士，棒极了!"他的技术硬，但他的脾气更硬。刘班长向来意志坚强，精明果断，精力十分充沛，反应敏捷，动作矫健。听了大家的赞扬，他只是笑了笑，没有说什么。荆棘载途又一次化险为夷，转危为安。他用他的聪明、他的机智，对祖国派给志愿军的文艺兵以高度负责的精神，载我们在随时可现的飞机的追击下死里逃生!

凌晨，有雾，浓雾。我们在此等了40多分钟，才见后面的车辆陆续赶到。指挥员重新查看车号并按号排队。浓雾渐收，我们全都站在车上数车号，但是不见37、38号车。众人迭脱奇险，直到此刻才安全。同志们都感叹地说："大难不死，必有后福。"在此休息了一会儿，曙光照临大地，万物生光辉。指挥员召集带队的同志开了个会。车辆分成几路按事先安排奔赴目的地——上甘岭方向的联络站。这一夜虽然长，但总算已过去。

回思昨晚死里逃生的情景，真是心惊胆战，心胆俱裂，当真恍如隔世。当太阳升起的时候，想起那个夜晚，想起那个机枪尖啸的嘶鸣声，想起到处扫射轰炸的声音，是记忆里听过的最惊心动魄的声音。

37. 夜半穿越生死线

慰问团集合后晚 10 点准时出发，中途遇到敌机轰炸，大家分散行动，在指定地点又重新集合。指挥部发出命令，分成几个组分别到不同的阵地慰问部队。按照前沿指挥部的要求，全体人员要轻装简行，因为要通过封锁线。大家只好徒步前进，把背包、挎包、手电筒、牙缸、演出服、乐器等所有东西全放在汽车上带回。一句话，除人以外全留下。大家听令行事，无不禀遵。我把钢笔插在军装的上衣兜里，把笔记本也装在口袋里，做好了出发的准备。那些男同志七嘴八舌地向联络员问这问那，但联络员只管跟队长交代，没工夫理会他们。全体同志精神振奋，信心百倍地做好了出发准备。终于，我们跟着联络员上路了。前路将经由芒草萋萋的坡壁直向峰顶。大约走了四五里坑坑洼洼的山路，又顺着一条山间小路迤逦而行往上爬。在爬到离山顶几十米的地方，看到一座土屋。这茅屋静静地坐落在月色中，极为幽静，有如与世隔绝，可能是过去朝鲜老乡住过的房子。土屋的旁边又盖了一个像是工棚的简易房，大概有四间大小，全是空的。土屋里仅有一张破旧的学生桌，其他什么都没有。一股扑鼻的泥土气味令人难受，看来是长时期没人住了。别无办法，我们只好在此休息一段时间。疲倦征服了每个人，天色已暗淡下来。

我们的向导是个不到 20 岁的小伙子，对前沿地形很熟，一路上跑前跑后忙个不停。待人声稍静，他给我们介绍了封锁线的地形：第一道封锁线，有敌人的机枪封锁马路。白天是万万不能通过的，晚上有两个探照灯交叉照射，把黑夜照得如同白昼。若是被敌人发现，枪炮就会一起打来，非常危险。第二道封锁线，在两座大山之间的山谷中，有敌人不断地、又不定时地打过来的炮弹。他还说："保护你们的安全是我的责任。你们一定要注意隐蔽，要听我的口令。让你跑，你们就要赶紧跑，不许犹豫迟缓。跑过马路就趴下，不许乱动。必须三至五人一组，把身上带的东西收拾利索。大家要好好休息，不要喧哗，不要随意走动，以免暴露目标，引起敌特注意。”我们听他说得情辞恳挚，并非大言唬人，无不依从。众口一词，纷纷表示服从命令听从指挥，坚决按要求去做。

天色渐黑，荒山寂寂，夜色渐临，众人相顾哑然。我们大家都在屋里的土地上席地而坐，一言不发。我想睡却睡不着，不停地看手表，10点钟才行动，这段时间太难熬了。全屋人都静静地在屋内潮湿的土地上坐着枯候。

不一会儿，向导跑来，满屋子的人立刻紧张地站起来。只见他把一支小蜡烛点燃。烛暗火低，火苗如豆，就像生日蛋糕上面的小蜡烛一样大小。那种小蜡烛发出绿豆那样小的亮点。烛火摇摇晃晃照得全屋人影幢幢，摇曳不定。地上非常潮湿，我用一只脚站立，另一只脚弯曲顶着墙，不让身子贴墙。

秋天，野外深山中，有各种小虫在夜空中穿梭飞舞。蝉声虽有，已不是夏日的长吟，而是发出断断续续的悲鸣。一野的秋虫占领了静夜，声音星星点点，带来深山幽谷般的幻觉！“天阶夜色黑如墨，屋内小烛飞流萤”，此时正是这种情景。

向导领我们出来，仰头看了看那黑暗的苍穹，那广漠无边的天空里，残月将沉，疏星数点。天非常黑，他前头走，我们紧跟在后面。路非常难走，跌跌撞撞的。走过一座山，我们钻进草丛，就见前面一道亮光扫过来。我们学着向导的动作曲腿矮身，伏低身子，偻腰缩背，哈腰跑步前进。突然他蹲了下去，用手拨开草丛，指点让我们看。大家凑首探头远处看，只见前面有一条很宽的柏油马路。除了路两旁草丛以外，毫无掩体之处。这时突然枪响，一排机枪子弹破空横飞，扫了过来。不知谁“啊呀”一声惊叫，子弹擦过我们头顶，吓得我们忙缩起身子，都以为敌人发现了我们。这时向导说：“不要怕，敌人未发现我们，他们是乱打枪壮胆的。”大家惊魂未定，敌人又第二次打枪，连发的冲锋枪子弹擦过我们头顶的上空，清脆之声划破寂静的夜空。我们真的紧张极了。这时在我们左侧敌人的探照灯电光划空，向我们的方向射来，眩人心目，人皆骇然。向导忙说低下头，我们全部伏下身子。灯光过去后，他又继续说：“敌人打探照灯时，我们要躲开，等亮光一过，我就叫你们跑，一定听我的口令。”大家都表示听明白了。只见他目不转睛地看着探照灯，寻找机会。探照灯的光柱，划破天空坠落对岸的草丛中。左右两处探照灯的光柱，不间隔地轮换交替或交织探照着。有时同时照射，更使得马路、夜空亮如白昼。草丛中等着过封锁线的同志们有的伏着身子，有的蹲着静听向导的命令。我几乎屏住呼吸，全神贯注倾耳细听。山风在我们身边穿过，草丛里流萤来往如梭，苍穹里星星在暗夜里闪闪烁烁。

向导命令我们过马路后立即隐蔽不要动，等全部过去后，再带我们走。我凝神屏气，全神贯注。灯光闪过之后，他突然下令说："快！跑过去。"我们兔起鹘落，几个起落，一下如箭离弦，向前直冲了出去。飞跑过马路，在对面草丛中隐蔽起来。这时敌人的机枪又响起来，而生死之间只有一线之隔。我感到心跳得厉害，心跳已在喉中，两腿软得站不住。

这时，就听见崔立中对李勤小声说："你听，敌人在讲话呢。嘘！别做声!"众人一惊，面面相觑。崔立中倒是个鬼灵精，天生有种野兽般的灵敏本能，能觉察到别人觉察不出的事。敌人确实在叽里咕噜说些什么，听不清也听不懂。过了一会儿，又听见滚汽油桶"轰隆轰隆"的声音，看来敌人离我们并不远。虽然提心吊胆，总算还好，有惊无险，各人不约而同地吁了口长气。

又等了一段时间，北斗参横，时辰已是四更左右。向导正要带领大家离开这危险的地方时，我发现身边的小郝搓着双手，站着原地发呆。我以为她没听到出发的命令，忙去拉她，才发现她却已吓得全身在寒噤。我凑近她的脸，想给她一点体贴和安慰，于是目不转睛地盯着看。只见他脸色像一张纸似的，面色煞白，两眼直勾勾、怯生生的，嘴角的肌肉也在不停地抽搐着，却说不出话来。浑身瑟缩着不住地发抖，抖得就像是秋风中摇摆的树叶。牙也咔咔地响，像冷一样的颤抖。我极力小声对她询问："不要紧吧?"她愕然抬头看我，却说不出话。过了半晌，才从牙隙里挤出声音："不要紧。"声细如蚊，几不可闻。恐惧之意见于颜色，声音里又透着些焦急和害怕，使人颇为怜悯。我接着温言慰道："那好我们快走，跟上队伍。"

大家前后相随，仍旧走成一条直线鱼贯着向前进发。浮云不共此山齐，山霭苍苍望转迷。又过了一段时间，残月收，云淡霜天曙。远处的天边渐渐出现第一线曙光，已把山巅照亮了。清晨，云雾凄迷。远处的山川模糊，广漠而沉寂。近处的树影婆娑。流星寥落，残星几点，星河在黎明中隐没。

走到一座大山下面，向导让大家原地休息，准备通过第二道封锁线。走了这么长时间的路，大家都没有顾得上吃喝。当向导来领我们时已是上午 10 点了，大家都迎了上去，只听他说："现在敌人不打炮了，我们快行动吧。”大家排成两行跟着前进，又穿过齐胸高的杂草和灌木林，听着鸟鸣蛙鼓，转过两座大山来到一片开阔地。

原来这就是两山之间的封锁线。群峰环抱，有如重门叠户，险峻非常。前面两峰对峙，山道蜿蜒。有一条深沟，路恰从沟底穿过，如一条长蛇从两峰之间穿过。这次向导让大家拉开距离走，不许在一起。但是距离太大了，又怕看不到前面的人而迷失方向。因此，马首是瞻，前后照应，只要看到前面人的背影就行。举步前行，已进入乱石长草之中，连羊肠小径都看不到。走着走着，突然发现山坡后的草色是鲜红的。原来一匹战马躺在地上，鲜血流了满地。可能是早晨打炮时所伤，也不知人员是否有伤亡。风吹过，草浪波动，草丛中秋虫唧唧。凄风吹过，虫鸣声突然断绝。天地寂静，行进时衣衫与草叶摩擦的窸窣声分外清晰。我一边想一边紧跟着前面的人走。我的后面还有人，他们也跟着我走。草木丛生，百草丰茂。在没腰的草丛中，夹着开满斑斑点点的小花，红的、白的、黄的，杂在草丛里惹来蜂蝶嬉戏。蜜蜂在花丛里嗡嗡地哼着，穿梭花枝的蝴蝶在花丛中飞来绕去。还有许多叫不出名字的蚊蝇小虫，扑头盖脸向你击来，撞你眼睛，叮你脸蛋。它们在你头顶盘旋，打之不走，驱之不散。在草长及膝、长满了野草荆棘的小径中行走，荆棘和锋利的草缘把双手割出无数伤口，再加上蚊虫叮咬，身上有的地方往外冒血，隐隐生痛。这当儿也不容得多思量。不一会儿身上就出汗了，脸上也沾满了尘灰草屑。但是谁都来不及擦一下，生怕掉队，如果掉队就危险大了。继续衔枚疾走，身后留下一行弯弯曲曲的“草蛇灰线”。

当我们走到指定地点已是中午了。太阳当头，非常刺眼。我只好眯起眼睛，不敢往上看。小虫子飞来飞去往身上乱撞，我的腿上被咬了几个大疙瘩，即使穿着军裤也不管用，只好边用手拍边跺脚。向导把我们领到最前沿的联络站。第二道封锁线也顺利通过了。队长告诉大家要好好休息，耐心等待下一个向导。当晚人困马乏，大家又在无人住的土屋里坐了一夜。

第二天早晨，前沿的同志送饭来了。一桶无油的小白菜汤，散发着清香的味道。还有一篮子馒头。“饥者易为食，渴者易为饮。”大家都吃得很香。吃过饭后，队长说：“上级决定，你们跟随卫生部长代表祖国慰问团到上甘岭阵地慰问。”我们一听是上级决定，莞尔一笑，毫不犹豫地表示坚决服从。

回顾这段惊险的经历，吟诗两首：

夜宿前沿联络站

深山之中小独屋，土房无门潮乎乎。
一夜坐睡难入梦，几番周折盼天明。

夜　行

头顶云和月，脚踏万重山。
劳军千里路，累死也心甘。

38. 凉秋冷水对我们的考验

一天，宣传队接到命令，要到一个比较近的地方演出。说是近，也要走十里左右的山路。朝鲜的夏秋两季雨水特别多，河流自然也很多。河水有深有浅，浅的可以没脚脖，深的可以没腰或没胸。这次不用坐汽车，大家都徒步前往，走不多远就要趟水过河，所以鞋子总是湿的。

白露，应该是个美丽而著名的节气了，也是与诗歌、与爱情最接近的一个节气。

天气确乎是凉了些，白昼的懊热同蝉鸣一样消失了，留下一个清凉的清晨和夜晚，让我们享受。大抵这个时候，候鸟们着手南飞避寒，故土难离的留鸟们也开始贮存干果粮食，以备过冬了。

石头斑斑，乱草蔓生，西风黄叶纷飞，染寒烟衰草凄迷。秋天的时候，山容澄清而微黄，蓝天显得更高了。我们过了几条小河，河水清漾，微波泛起。眼前又遇到一条大河。河道并不太宽，但是遍布着石块和小鹅卵石的河岸却占地颇广。

大家没有精神准备，只是无言地互望着，因为这次过河不比往常，一是秋天水凉，二是水深，弄不好就会滑倒水中，又没有衣服可更换，那种滋味很不好受。河水哗哗地流淌着，要过去很不容易。遥望碧海蓝天，风从河上吹过来，清冷潮湿。站立多时，队里有几人都说：“泰山北斗，达摩祖师一苇渡江。”有人哈哈笑着说：“这叫做舍得一身剐……”没等说完逗得大家哄然大笑。雄姿英发的男同志勇敢地跳进水中，试着走到对岸。他们把自己的演出服和乐器运到对岸，立即返回协助全队过河。这条河确实不好过，有的男同志把外衣全脱了，只穿着背心裤头过河……他们都有逢山开路、遇水搭桥的气概。

我们女同志忙着把自己的演出服和长筒皮靴用背包捆好，顶在自己头上，准备过河。这时有几个男同志喊着说：“哪位女同志不能过河，我来背她。”特别是宅心忠厚的姚厚臣喊得最响。正在他身边忙着整理演出服的崔立中一听到他在喊，就逗他说：“别打肿脸充胖子。你是猪八戒背媳妇，老想好事。”他们互相斗嘴说笑惯了，嘲弄别人聊以自娱，不假思索地脱口而出，这真是说的无心，听的有意。不料他的话音刚落，男同志中不知谁喊了一句：“各得其所，为何不可？”大家听了，互相看看，眉开眼笑……趟水声、嘈杂声，听不出是谁的声音，有不少声音附和，众人嬉笑不绝。反正过河大家衣服都会湿的，崔立中索性跳到河里，张小群、邹智华、李予向来洒脱开朗，也都扑通、扑通地跳下河，用手撩起河水向他浇去。崔立中急忙一边用手一挡，一边喊叫：“君子动口，小人动手，疯狗动爪子。”那水自他头顶泻下，有如大兀自滂沱，水帘一般。一会儿工夫，崔立中的浑身上下全湿透了，成了个“落汤鸡”。崔立中开始时还在争辩，后来他知道说什么话也没有用了，干脆不说话，苦着脸，也不动了，面红过耳，任凭大家处罚。那狼狈相引得女同志们“回嗔作喜”，他也“噗嗤”一声笑了，脸色登时平和。其实，大家都知道，崔立中机灵活泼的抢话想逗姚厚臣连翻白眼，叫他出洋相逗大家乐，却没想到一时得意忘形说错了话。聪明反被聪明误，真是“凭空遭奚落，百口难辩明”。诗曰：“笑渐不闻声渐消，多情却被无情恼。”浪花里飞出欢乐的歌，唱不完我们心中的歌。

队长段庭稳健持重，沉默内向而少言少语，这时冷峻的眼瞳亦露出了一丝笑容。他很少笑，一笑起来生涩而怪异。他站在岸边一手掐腰，一手摸着下巴，这是他的习惯动作。他初起是不哼不哈，不偏不倚，后来笑得咳嗽起来，一面温颜和目地说：“不是冤家不聚头。贪图口舌之便，真是惹火烧身，没事找事，自讨苦吃，活该！”

战争环境瞬息万变，人们的生活受它的影响也是奇变横生。大家没事时笑逐颜开，其实都是“哑巴吃馄饨——心里有数”。笑过之后，开始过河。男同志主动跳到河中，他们手拉手地组成一排人索，帮助大家过河。女同志也不甘示弱，她们一手扶着头上的演出服，另一只手扶着男同志组成的人索，一个跟着一个，慢慢地趟着水前进。有人逗趣地诵到：“小鸭子，‘嘎嘎嘎’，方脚板，扁嘴巴，走路‘嗒嗒’响，游泳是专家。”这是儿歌，一下子逗得大家前仰后合。

到了河中，当我左脚抬起寻找稳当的落脚处时，右脚被流动的河水一冲激，脚下一滑就站不住了，身子摇晃了两下。我是幸运的，有好几次要跌倒时，都被男同志扶住了。有不少同志却接二连三地跌入水中，其中有的人跌水后，索性连滚带爬冲到对岸。不管是否跌入水中，大家都在哈哈大笑着，呐喊着，互相加油着……

大家渡过河来到对岸后，马上各忙各的事。男同志在岸边就地脱下衣服，把湿衣拧了拧重新穿上。我们女同志风也似的跑入附近的小树丛中，急忙脱下湿衣拧拧穿上。我一穿上湿衣服，全身起了鸡皮疙瘩。阵阵寒气，扑面而来，小风一吹，嗬，真是别有滋味！来不及多想什么，我急忙返回河边，脱下军用五眼胶鞋，把鞋里的泥沙倒出来用水洗净再重新穿上。湿鞋走起路来"吱吱"地叫，我不由地笑起来，真是有趣。秋风飒飒，一阵凉风袭来，我们一边冻得打哆嗦，一边龇牙咧嘴地笑着说："春捂秋冻，百病难碰。"

没有一个女同志让男同志背，也不曾出过半句示弱之言。我们虽是女流之辈，却从不示弱，都争做巾帼"花木兰"，可谓巾帼不让须眉。

这次趟水过河给大家增添了不少笑料，大家是一直说笑着过河的，河面上、山谷里回荡着大家的笑声。

39. 代慰问团执行慰问任务

慰问团分散到前沿阵地慰问部队，我跟随卫生部长被分到了阵地前沿的上甘岭阵地。

早上，部长通知我去上甘岭参加庆功大会。我的心情非常激动，也很紧张。我很快做好了出发的准备，站在门外等候。8 点钟突然来了向导，我一看是个 20 岁左右的小青年。我有点泄气，心想应派年纪稍大点的、有经验的来保护我们的安全。

我们步行不多时，就爬上了通往山顶的小路。进山的道路，乱石累累，野草萋萋。地势渐高，山路渐陡，步子自然而然地慢了下来，呼吸随着加快了。山路是越走越艰苦，杂草丛下的小径几乎不可辨识，垂下的藤葛经常缠住人的腿脚。

松树林高大肃穆，秃鹰在空中盘旋。绿，把一切都遮盖了。密密层层的绿，重重叠叠的绿，深深浅浅的绿，明明暗暗的绿，绿得人喘不过气来。在那成千成万种绿色之中，还点缀着几株嫣红、几点黄褐以及岩石的苍灰。天空是一张蔚蓝的网，网着云、网着山、网着树丛和衰草，似秦观的句子："山抹微云，天粘衰草。"山中除了涧水和松涛之声，便只有鸟啼，一派宁静的气氛。我的心在飘荡，人也飘荡……醉翁之意不在酒，在乎山水之间也。江山美如画，叫我心动，也激起了我抗美援朝的斗志。

这个小青年行动矫健，攀登高山健步如飞，不一刻便攀上了山腰。我们两臂一拽一拽地跟着他走山路，翻过大山又过小山。山路非常难走，走了不久，我们已是汗流满面，气喘吁吁，颇有些支持不住。小青年催着快走，丝毫不管我们如何劳累。正艰难行路，小青年突然站住了，小青年说："你们等一下。"说完转身走了。我不知什么事，以为他要去解手。这个地方我们不熟，整个小路上不见一个人，四野寂静无声，我真担心突然出现坏人。我们正在站着擦汗喘气休息，雾稀薄了许多。我看到这里的山很高，两侧山连山，把我们围在中间。这个青年向导又来了，对我们说：

“到了，叫你们进去。”我很惊讶，这就到了，心里顿时喜悦万分。

我游目四顾，忙观察了一下身处强敌环伺之中的“上甘岭”。树林不大，洞口就在树林之中。其实我们就停在洞口附近，只相隔几步。洞口是个凹进山里的门。门户是在一片峭壁之下，委实是天造地设的隐蔽之处。洞口很不整齐，长方形，觉得进去会撞头。但当我来到洞口时，看到洞口并不是那样矮，直起腰，头上还有一段距离。我们跟着走进去，突然眼前一黑什么也看不见了。目不见物，四下立时被黑暗吞没。当时认为自己的眼睛突然出了毛病，惶急之际，我忙停住脚步。这时向导说：“朝前走，不要怕，走几步就能看见光亮了。”似乎其中别有天地，这时我就像盲人一样，两手向前摸着，亦步亦趋，脚擦着地走。地面也很不平，一脚深一脚浅地走了十几步。果然见到有光，而且越来越亮，开始看清了眼前的一切。原来这洞里十分宽敞。突然感到寒气扑面而来，全身感到冷飕飕。这时向导让我们停一下，到前面去请示。他回来后告诉我们，现在不能休息了，马上去开会，请到礼堂去吧。我一听，这里还有礼堂，感到很稀奇，因为我们宣传队整天在露天吃饭，睡在没有门窗的土屋里，根本想象不出前沿生活条件怎样。由于向导催得紧，我也来不及多想、多看，便急匆匆走过坑道走廊，来到了会场。

当我们来到会场门口时，看到了贴在走廊墙上红红绿绿的标语“热烈欢迎祖国的亲人们”、“欢迎你们到前沿来”。我看到这些热情洋溢的标语，心里一阵热乎乎的。

我游目四顾，急忙把会场扫视一下，只见主席台上有三五张学生桌子排在一起，后面有一排长条凳子。前面还有张桌子是发言人用的，台子的左侧有张桌子，我想一定是主持人或是记录员的位子了。我不等他们指点，就急步走上台子，坐在记录员的位子上，随手拿出口袋里的笔记本和笔，准备记录。这个动作的确发生了预想的效果，屋里的人不再注意我了，我开始定下心来，仔细观察周围的环境。这个小礼堂有三间房子大小，射进来的阳光把小屋照得透亮。主席台上方红布上面有白字大横幅，上面写着“庆功授奖大会”字样。屋内座无虚席，前排条凳上坐着三十几名胸戴红花的立功英雄。满堂英雄群豪，气宇昂扬。特别让我惊讶的是屋内的窗子特别大，像是一个个并排着的落地窗。玻璃擦得很亮，明澈得几乎觉不出有玻璃。玻璃上面贴着防震的白纸条，剪裁得很均匀，真是够细心的。

这个礼堂是建筑在两山之间的空地上，也是两山坑道口相连处。我十分佩服这个建筑师的高明，把有限的地形利用得很好，可以最大限度地接收阳光，甚至午后 4 点钟仍能受到阳光的照射。坑道里面是见不到阳光的，只能靠灯光来照明。人类生存要有三大要素：阳光、空气和水。但在山里打出的坑道，这三项全不具备。在坑道中我觉得潮气太大，我身上的衣服有湿漉漉的感觉。虽然坑道的顶棚和两侧都是原木铺的，可是寒气却不能去掉，时间长了骨头感到酸痛。

当领导们在主席台上坐定后，主持人立即宣布授奖大会开始，首先由政委讲话。他说，在开会之前我先宣布一个好消息，就是祖国慰问团来到前线慰问我们来了。话音刚落，全体起立，爆发出雷鸣般的掌声，经久不息，全场活跃。政委接着说，祖国慰问团带来了许多慰问品，会后就发给大家。此话又赢来一阵热烈的掌声。

之后，政委宣布请祖国亲人发言。这时后勤卫生部长走到台前向大家行了军礼，然后语音朗朗地说："祖国慰问团确实来了，一百多人千辛万苦，历尽艰险，一路劳顿。可我们这个阵地比较长，人员分配不过来。经过上级研究，就抽调了部分后勤人员担当此任。我们是带着任务来的，希望同志们理解。"他又说："同志们在前线作战，保卫国家，你们辛苦了！我代表祖国人民感谢你们！"说罢，他在大家热烈的掌声中举手齐帽，向大家行了一个军礼。而后，他发表了热情洋溢和慷慨激昂的讲话，畅谈祖国人民如何热爱和关怀"祖国最可爱的人"，句句激动人心，使人热血沸腾，讲话不断被暴风雨般的掌声所打断。讲完又一个敬礼，回到自己的座位上。掌声逐渐停息下来，许多人鼻子酸了，眼睛潮了，眼窝里贮满了泪水。

政委又继续说："为了感谢祖国人民的关心和支持，我们要英勇作战，坚守阵地，用胜利来回报祖国人民。"这时主持人宣布授奖大会开始。司令员首先介绍了上甘岭战斗的情况。他说："上甘岭战役的胜利是来之不易的，是同志们的光荣，是祖国人民的光荣，希望立功受奖者继续努力，争取更大的成绩。今天给同志们庆功发奖。"这时司令员念起受奖人员名单，念到谁，谁站到台前。他们个个军人气度，腰挺背直，如虎如狮，气势慑人。我聚精会神地听，不停地在本上记。每个人的事迹都很突出，有打主攻的，有打狙击的，有打增援的，有打防御的，各有特点，厥功甚伟。我庆幸自己来到上甘岭亲眼见到这些英雄们。大会有条不紊地进行着，待把干戈展经纬，只看谈笑弄兵锋。

结束时，我看了一下手表，从开会到散会，时间很短，大约半小时。我知道这是战场，开会时间不宜过长。

40. 坑道司令部的休息室

庆功大会开完以后，通信员带我们去休息。出了小礼堂走几步就是坑道口。进了坑道就见到洞里的建筑。两面墙壁全是原木排列起来，就连顶棚也是如此。脚下的土路打扫得非常干净，墙壁上每隔一段距离有一盏壁灯。这个坑道建造得十分坚固。听说敌人的炮火能把山头削去三尺，但坑道却安然无恙。

我们经过这个坑道来到坑道的另一侧。这里是一面坡房顶的简易小屋，有一个半截的布帘。屋内有一张行军床、一个办公桌（桌上有盏台灯）、一把椅子、一个木制脸盆架、一个痰盂。这就把这个小屋摆得很满，不禁使我有种与世隔绝的感觉，失去了时间和空间。

我坐在桌前，打开台灯，整理一下记录。由于材料不全，我便对部长说："这些材料太简单，开会时记不下来，形不成完整的材料，岂不可惜。适逢其会，莫失良机，是否能开一次立功英雄座谈会。"他见我始终竭力以赴，便点头同意。这时通信员让我们去吃饭，我说不吃了，你们去吃吧。领导临走时嘱咐我，千万别乱走，不然会走丢的，我答应了。他们走后，我坐在屋里看看这儿，看看那儿，脑子里思索着。这时，通信员端来了饭菜放在桌子上。我马上对他说："我不吃，您怎么又送来了呢?"他笑而不答，转身走了。我对着两菜一汤、两个馒头，不由得想起一句诗："食蔬如许瘦，食肉未须肥。"不多时，部长回来了，见我已吃饭，他笑笑说："告诉您个好消息，他们同意了您的建议，今天下午就召开英雄座谈会。"我高兴地跳了起来，不由得惊喜交集。后来我想，队里有创作组，并没给我收集材料的任务，但是英雄的事迹感染了我，使我很想接近他们、了解他们，这是我内心深处的想法。

当我忙着整理会议记录的时候，通信员送来了冒着烟的炭火盆。他说："山洞潮气重，这是领导安排给您驱寒用的。"他放下转身就走了。眼望炭火盆想起明代杨升庵和弘治皇帝的对联："炭黑火红灰似雪，谷黄米白粉如霜。"虽然坑道都是原木制成的墙壁，但因没有阳光照射，非常潮湿，寒气较大。我受不了烟呛，一会儿便头疼、呕吐，把午饭全吐在痰盂里。为了减轻头疼，我走出小屋，站在门口张望。这里电灯光线暗淡，四面皆石，原木而顶，曲折绵长，似无尽头。在这样的坑道里，不知时间早晚，不知东西南北，真应了一句诗："朝朝不见日，岁岁不知春。"

因我怕烟，不久让通信员把火盆端走了。晚饭时送来了四菜一汤。我对通信员说："我不吃了，您拿走吧。"他又笑笑，转身走了。结果他来了两趟，见我没吃就撤走了。接着他又打来了一盆水，让我洗洗脸。我照办了。头疼使我静不下来，只是咬着牙在屋内走。我看看手表已是晚上7点了。又过了一段时间，卫生部长回来了，我告诉他材料已整理完，并交给他。他点点头说："您不舒服，早点休息吧。"

我跟随通信员走出山洞口。抬头仰望天空，看到两座山峰之间的一线天。一轮皓月当空，水一般的月光照亮了山地。清风扑面，使人感到清爽。又走了三五步，来到靠山建造的用红砖砌成的小屋。门上挂着一个蓝布帘，中间有木板夹着，很沉，主要是挡风用的。

走进屋内，眼前是另一番情调。屋小而简陋，地上有个破学生桌。由于四条腿不齐，桌子有点歪斜。两把暖瓶、一个缸子，像要把桌子压塌。桌子下方有个半旧的方凳和搪瓷做的白脸盆。门的左侧有一炕，铺着崭新的席子。炕上有两个行李铺盖卷。炕的右侧并排放着两个大木箱，上面叠着几床粗被棉枕、崭新的大花被褥，还有老式的方枕，靠里面还放着手提式皮箱；小炕上放着木质的、上了锁的木匣。炕的左侧有个农村式木条楞窗户，糊着蓝底红花绿叶的大牡丹，一股乡土气的花纸漂亮极了。整个屋子布置得井井有条。

我走到炕边坐下，手一扶才发现，炕是热的。心中一阵温暖，我们宣传队两年多没睡过这样的热炕了。这时外边传来脚步声，门帘一掀，进来一位女同志，看样子有二十七八岁。我们彼此点点头，她上了炕，把箱子上的被褥拿下来，铺好，动作灵活、利落，一看就是很能干的样子。她对我说："您休息吧。"我答应着，与她交谈了几句，知道她是司令部的机要秘书。然后她去洗脸、刷牙，并脱下军装，换上便衣，穿上黑皮鞋走了。连日惊恐奔波，我倒下翻来覆去睡不着，头疼得厉害，恶心、呕吐。最后，吃的饭也吐完了，只吐黄水。天亮了，通信员送来早饭，见我没起床，就放下走了。七八点钟的时候，女秘书来了，她见我还躺着，饭也没吃，就跟我说："司令员要陪部长到前沿阵地参观，您能否一起去?"我一听当然很想去，但挣扎着刚坐起来，又一头栽倒，我恐怕看不到前沿阵地是什么样子了，这是我一辈子的遗憾。我不觉流下了眼泪。她看到我面色沉重、愁眉不展，就说："您这样就不能去了，我和部长讲一下吧。"说完就走了。这时我难以控制情绪，大声哭了起来。

第三天，女秘书又来了。她说："远道而来，无以待客，怠慢了。我代表首长来看看您，希望您好好养病。"我说："请您转告首长，谢谢他的关怀。"这时，通信员送药来了，还送来两个苹果和几块糖。说是分给部长的，部长不肯吃，送给我吃，算是款待。下午司令员和政委前来看我，见我起不来，在屋里站了一会，安慰我几句就走了。

在前线停留了一个星期，我却病了五天。发烧、头痛、呕吐，饭也不吃，嘴唇裂得出血。那位女秘书也经常来看我，见我闭着眼，皱着眉十分痛苦的样子，又不说话，只好走了。前沿坑道如何，一时无暇询问。

我知道，我的损失太大了。没有到前沿阵地上看看，我一辈子都感到后悔。病刚见好，我们就告别了前沿阵地，踏上归途。等到和宣传队的同志会合时，自是特别亲热，就像久别重逢的亲人一样。大家相见述说往事，自然精彩生动，好像事事惊险百出。他们说得眉飞色舞，我不得躬逢其盛，不由得怏怏不乐。我向他们讲了去前线得病的事，他们都笑我没口福。原来他们演出期间，部队接待得很好，吃住条件都不错。我说，吃是小事，什么时候都可吃，然而只是没能到前沿阵地看看，甚是遗憾。当我介绍英雄座谈会时，他们无不肃然起敬。大家听了都悠然神往，缓缓踱步，赞叹不已。我感叹道："曲径上山，方知山之雄壮；泛舟于海，方知海之宽广。"

我们共有一个家，黄皮肤的旗帜上写着中华。盘古开天到如今，有多少荣辱和忧患，泪可以流，血可以洒，头却不能低。我志愿军坚守阵地、坚忍不拔的精神，实非庸夫俗流。正如郑板桥《竹石》所说的："咬定青山不放松，立根原在破岩中。千磨万击还坚韧，任尔东西南北风。"

盖世群英，英勇善战，智胜诸葛。为国格而战，是军人的荣誉！打出军威国威，是英雄们共同的呼声！

41. 上甘岭英雄事迹座谈会

座谈会的地点是在司令部的小礼堂里，我叫它“太阳屋”。我们一进门，就看到有三十几位志愿军小伙子胸戴红花坐在条凳上，笑容可掬，喜形于色。看到我们进来，全部站起来面带笑容，鼓掌欢迎我们。陪同我参加座谈会的是司令部的一位女秘书。她含笑招呼，一边招手示意大家坐下，一边说：“今天召集大家开会，是祖国亲人想了解一下你们在上甘岭战斗中立功的经过。大家把战斗场面和自己的表现详细地向祖国亲人说说。说的声音也要大些，让大家伙儿都听听。”她说完向我点点头。我俩相视而笑，她便离开了会场。

我把记录本准备好，凝神等待大家发言。我看他们个个一身军装，气度从容，目光奕奕有神，浑身散发着刚毅。战斗英雄们开始一个挨一个地发言。他们发言时感情非常投入，亲身经历也讲述得十分生动。他们谈到敌我势不两立，不共戴天；谈到战斗中的战略战术，用兵需要虚实结合；谈到关键时刻能打硬仗，能打胜仗，不仅冲锋陷阵，还要斗智斗勇。英雄们在战场迅疾如猛虎下山，灵巧如猿猴攀跃，避其长，攻其短。我凝神倾听，既敬畏又羡慕，竟有时听得太专注，忘了记录。

他们的口号是：“勤学苦练。练时多流汗，战时才能少流血。”大家结合战术谈战役的细节，一一如实叙述。他们还善于在战前从情报信息、人心、粮草、财力与后勤保障各个方面全面展开一个“不战”的“仗”，于是仗还没打，胜负已分。这才是真正的不战而屈人之兵。我对兵书战策一窍不通，只好洗耳恭听，随即潜心记忆。

以下这三条是座谈会上英雄们自己作的总结，我把它记录下来：我们共同的特点是在王牌与王牌的巅峰较量中，同志们从容和坚韧。一是有民族自尊心，有爱国热情。二是战斗勇敢的亮剑精神。亮剑精神是军魂，是军人的美德，是所向无敌的英魂，是永远的丰碑。用他们的一句话说，就是："当兵的吃苦受累算什么？军人要有骨气，有轻伤不下火线、重伤不叫苦、好汉不流泪的战斗意志。"三是作战主动。我们是兄弟、同志、战友、男子汉。打起仗来，就得向前冲。一支悍战的军队，要剑锋所指，所向披靡。

有的同志很激动地说："请转告祖国人民，我们没有给祖国丢脸！"有的战士较腼腆，声音较小但激情不减。这时有人高喊："讲得好，继续讲下去，平日里没机会显露，不要不好意思。"大家一齐喝彩，鼓励他说："向祖国汇报，如实地讲。"其他同志也给予鼓励。这个同志便鼓起勇气，继续兴奋地讲述战斗经过。他讲感受时说："战胜靠的是信念，每次受挫都会更坚强。我们的部队素来操守谨严，在激烈的战斗中连续打退了敌人数次进攻，大家都要有打苦仗、打硬仗的心理准备。我们自己的伤亡也很大，有的同志牺牲了，有的受了重伤不能行动……行动时，同心协力，杀出绝地。有时没有援军，孤军奋战，但我们血战到底，毫无惧色。身边的枪弹不够用，就叫后边的同志补充；弹药供应不上，就奋不顾身，爬出掩体，越过无数具尸体去寻找。每个战士都决心奋斗到底，抱定死也不能向敌人示弱的信念。个个奋勇善战，都有不怕死的精神。堂堂正正中国人，红红火火中国心。"

讲到这儿，他垂首沉思，久久不语，这条不怕死的汉子眼角上泛出了晶莹的泪珠。在听取大家的发言时，我一边将其中许多事情熟记于心，一边用眼睛观察他的语气和眼神，用心去体会他的思想。

这次座谈会开了两个多小时。一位又一位的发言，都谈吐不俗而发自肺腑。不过，遗憾的是由于我是东北人，对南方话不熟悉。有许多发言者是湖南人、四川人，我费了很大劲也听不懂他们的讲话，又没人做翻译，我只好观察他们的表情。即使是能够听懂的语言，由于我没有军事方面的知识，许多也只是一知半解，记录得也不全面。因此，我又萌发了召开第二次座谈会的想法，目的是把英雄人物的事迹了解全面，以便回宣传队后把他们的事迹宣传出去。我的态度很坚决，再三要求部长去协商，没想到司令部很快批准了，我从心里感到高兴极了。心中的敬仰之情也顿时高涨了起来，开心得不得了。

42. 战地钟声

第二次战斗英雄事迹座谈会是在第二天上午 10 点钟开始的，地点还在小礼堂。这次接受了上次的经验教训，召集来开会的基本上都会说普通话，不必为语言不通而烦恼了。

这次座谈会由谁主持的问题，女秘书和我谦让了一番。我坚持让她主持，因为我认为她人熟，情况也熟，主持最合适。最后她同意了。为了融洽气氛，便于交谈，我顺手搬了一个条凳，坐在战士们中间的斜对面。这样听得清，也缩短了与战士们的距离，消除了大家的紧张心理。

参加这次座谈会的有十几名功臣，他们简要地介绍了上甘岭战役的战斗经过，以及自己在战斗中担负的任务和在战场上的情况。

战士们的事迹，使我感到惊心动魄。其中的两个故事使我感到格外印象深刻。

第一个故事是"避弹衣不避弹"。朝鲜战争刚开始的时候，美军在战场上占绝对优势，不说天上的飞机，地上的坦克、大炮，就是士兵使用的轻武器在火力上也比我们的强。尤其是他们的士兵还每人发了一件"避弹衣"，更助长了他们的嚣张气焰。我们的战士在阵地掩体中只能眼睁睁看着敌人白天在操场上练兵，毫无顾忌地走来走去。看到这种情形，我们真是气得怒发冲冠，引以为奇耻大辱。

谋定而后动。敌人的武器厉害，不能仅以勇敢与之对敌，而是避敌之坚，瞅准时机击其软肋。白天敌人的排击炮把我军阵地的山头削去三尺，但我军避其锐气，不轻举妄动，只是躲在掩体中，静待时机。慢慢地，我们摸准了敌人的行动规律，摸索出一些战略战术，那就是利用近战、夜战，出其不意，攻其不备。前后左右包抄，行动配合得准确而严密，机动灵活地打击敌人。每次都把敌人打得焦头烂额，收到了很好的效果。

敌人配备了避弹衣，自以为有了护身符，明目张胆地在操场上出操。

针对这种情况，我军准备作一次虎嘴里拔牙，也让他们尝尝我们的厉害。思虑周详，打了个“对对红”的硬仗。在一次迅雷不及掩耳的速战速决中，一动惊人。敌人成了残兵弱旅，狼奔豕突，而我军凯旋。战斗中缴获了几件避弹衣。当场用机枪打了个稀巴烂，然后用木杆挑在阵地上让敌人看，警告敌人“避弹衣并不避弹”，不要以为穿上避弹衣就万无一失。

第二个故事是“敌我同饮一井水”。大家都看过《上甘岭》这部影片，里面提到坑道缺水的事。那个极其困难的战斗场面，令人心急心碎。在座谈会上，有个战士讲了这样一个事例：上甘岭战斗打了几天，敌我双方都急需水，但谁也不肯让步。经过几次争斗，最后只好达成协议，取水时互不干扰，谁先到谁取水，双方不能动武。我听后简直不相信自己的耳朵，更是匪夷所思，心中满是疑窦。这个战士似乎看出我心存疑虑，如实作答，于是开始讲起了事情的经过。

上甘岭是一片大山环绕着的最大的山头，它的一面有一片开阔地。上级派到这里的是一支英勇善战的部队，同时这里也需要过硬的后勤保障。敌人为了阻止我后勤部队运送物资，在开阔地设置了封锁线，加强了对开阔地带的控制，而我方向前沿阵地运送物资必须通过开阔地。因此，这里就成了双方争夺控制权的焦点。之后，两军又为唯一的水井而进行激烈的酣战。经过很多次冲突，双方伤亡都很严重。武装抢水大多是半夜或天快亮时进行，双方互不相让，有时谁也取不到一滴水。日子一长，这就给坑道生活带来了极大的困难。有的同志渴急了，把嘴贴在坑道壁上吸上面的湿气；还有在嘴唇上抹牙膏的。抢水作战对双方都不利，造成了双方的伤亡和饮水困难。经过双方多次交涉，最后达成了共同取水的协议，取水时不许动武，因为双方都明白，要生存就必须在一定程度上妥协。

讲到这里，这个战士喘了一口气。他的眼睛深邃而明亮，鼻子笔挺，看起来又威武、又神气。他说话的语气很自信，眉宇间充满着毫无畏惧的豪迈之气。

当时司令部的女秘书问我是不是党员，我说是党员，她拍拍我的肩说：“原来我们都是党员呀！”她还向大家介绍了我的一些情况，说这次座谈会是出于宣传需要召集的，要求大家不要拘束，把心里话都讲出来。大家畅所欲言，让我受益匪浅。

晚上倒在床上，那一幕幕热血儿女的英雄形象不断在脑海浮现，是那么清晰，那么生动。在战争中，我们共同成长。过去，士兵打仗靠技术，将军打仗靠粮饷，国家打仗靠国库的钱财；而今天，在党的领导下，立功为荣，死而无怨。当时我暗下决心，以后有机会一定把他们的英雄事迹写出来，告诉我们的后代不要忘了他们，不要忘了这些我们民族的榜样，不要忘了这些我们民族的脊梁！

我反复整理记忆中的采访记录，无奈当时对战役还缺乏全面的了解。在以后的岁月里不断搜集、整理手头的资料，以慰藉为保家卫国作出卓越贡献的英灵，也缓解一直以来长压在我心头的对他们的负疚之情。

上甘岭，不是一两个伟人的胜利，也不是几十个将军的胜利，而是一个民族的胜利。当一个辉煌了两千年的民族从落后中重新找回自信的时候，这种力量是巨大的。伟人与将军们所做的，就是把这种能量释放了出来。在上甘岭这块桀骜不驯的土地上，涌现了无数英雄。遥想当年英烈雄风，不禁令人神往：

赞志愿军

中华儿女多神勇，威震寰宇志愿军。
屡战屡胜无敌手，上甘岭上逞英雄。
千秋莫道无金鉴，野史稗官话更长。
大言天下无敌手，方信世间有英雄！

43. 欢乐温暖的寒冬

朝鲜的冬季，大河封冻，小河结冰，处处堆雪，天寒地冻。一眼望去，尽是皑皑白雪，雪地中望不见行人足印，只有尖利的风声在耳边呼啸。

冬季虽冷，但不同时候有不同程度的冰层。有时，遇到小河，冰层薄，很容易踩破。脚踏其中，冰冷彻骨，忍不住双脚乱跳。虽然河水很浅，但还会把鞋袜、裤角湿透；再经北风一吹，真是透心凉。那种滋味别提多难受了。

风雪大作时，山间道路全给大雪遮盖住了。我们外出执行演出任务，来到一条大河边，看到冰层很厚，大家就放心地通过。嗷嗷吼叫的北风，夹杂着刺骨的雪花，扫过平地，滑过冰封的河面，扬起阵阵飞雪，旋转着急奔而下。在这冰天雪地、充满了诗意的山谷间，我们引吭高呼，声音散入林中，只有山峰回响。我们简直像玩耍一样，滑着冰雪，滑下去摔倒了，爬起来再滑下去。有人整个头部都钻进了雪堆里，闹个嘴啃冰，摔个仰八叉，锣钹瑯然作响。每当此时，战友们相对大笑。有人喊："下雪啦，下雪别忘穿棉袄；天晴了，天晴别忘戴草帽。"喊着喊着，豪气大发，往前走的时候又扯开喉咙引吭高歌："五星红旗迎风飘扬，胜利歌声多么响亮，歌唱我们亲爱的祖国，从今去向繁荣富强……""我是一个兵，来自老百姓，打败了日本狗强盗，消灭了蒋匪军……革命战争考验了我……""向前进，向前进，战士的责任重，妇女冤仇深，古有花木兰，替父去从军，今有娘子军扛枪为人民……"这是女同志抢着唱。男同志有人高唱："向前！向前！向前！我们的队伍向太阳……""我们是红色的战士，保卫贫穷的人们，保卫他们的土地、房屋和自由……"后者是一首苏联歌曲，仿佛我们就是红色的游击兵，在深山雪谷中前进！"我们都是神枪手，每一个子弹消灭一个仇敌，我们都是飞行军，哪怕那山高水又深。在密密的树林里，到处都安排同志们的宿营地……”这是游击队之歌。放开我们的歌喉高声歌唱，这歌声飘洒在山峦暮霭之间。一首歌曲常常把你的感情带回一个特定的时代，或慷慨激昂，或宛转缠绵，各俱佳韵。

看吧，我们守护着和平的天空，我们受到战天斗地的精神鼓舞，一路豪歌向天涯。在党的领导下，我们是勇敢骄傲的志愿兵，任何困难也不在乎。

突然，身后“唉哟”一声。回头一看，姚厚臣滑倒了，头钻到了雪堆中，等爬起来时满头满脸都是雪。正笑时，又听前面哄然大笑；再回头一看，王宏木四脚朝天，崔中立嘴啃寒冰。我看后笑得不行，站立不住，赶紧来个屁股墩。抬头间，看到邹智华坐在冰上，不起来，用手拍打着冰面——可能是摔疼了起不来，索性坐那儿。此时，谁也别笑谁，都是半斤八两。人摔倒，鼓摔在冰上，也“咚咚咚”作响。而那锣和钹不是滚而是滑，“滋溜溜”、“呤喳喳”，清脆悦耳。有人逗趣说：“铜锣脸厚常遭打，皮鼓腹空累受捶；鼓擂三通曹操丧脸，琴弹一曲司马疑心。”又引起一阵笑声……此情此景正应了一副对联：

阳春白雪传雅曲，

高山流水有知音。

一阵阵笑声，一串串奔忙的脚步，一组组激昂的歌曲，凝聚了那段激情燃烧的岁月。过后，一声叹息留心间，真是一群可爱的大孩子！在战争中成长，在快乐中前进。有道是：小人物，大时代，女人不比男人差，放歌踏舞；欢声去，笑语来，精彩留山间。为志愿军文艺兵赋诗一首：

淌冷河水踏冻冰，饱览异国好风光。

抗美援朝文艺兵，慰问演出别样情。

44. 朝鲜战地迎国庆

1949年10月1日，对中国人来说，那是一个需要永远铭记的日子。中国人民从那时起站起来了，翻身做了真正的主人。我们兴奋，我们欢畅，我们的喜悦之情溢于言表。

我们中国人民志愿军后勤宣传队在朝鲜战场过了一个有意义的国庆节。这天，男同志自告奋勇去帮厨。大家逗乐说："学奏锅碗瓢盆交响乐，练成炒熘炖焖大厨师。"他们乐哈哈地又从炊事房抬来两张旧学生桌拼在一起，充当饭桌来用。晚饭特别好，六菜（全是素菜）一汤。每人面前摆了一个碗，盛了半碗白酒，它散发出的酒香不用喝就能把人熏醉。杯酒言欢，当大家围桌站立举起酒杯、互相祝酒时，开朗活泼的姚杰举杯而起，兴奋地抢先高喊："哎哎，'生日何其多，今朝我最乐，美酒干一杯，兄弟同雀跃'。岁月催人，年年有今天，遥知眼前一樽酒，能忆天涯万里人。让我们高举欢乐的酒杯，为祖国人民干杯！"随即大家马上同声相应，欢欣鼓舞地高喊："为祖国繁荣富强干杯！"王宏木、张晓群、邹智华、姚厚臣、王番、李勤满脸青春笑容说："祝前方志愿军同志们打个大胜仗，干杯！"在场的同志们都举起酒杯，每人举杯就唇，浅浅品尝。在欢乐之中，站起身来，踱着步子，把胸脯一挺，大声说道："普天同庆，当庆当庆当当庆；举国若狂，且狂且狂且且狂。"读来如闻锣鼓声，听者无不击掌称妙。庆祝祖国的盛大节日，展望祖国辉煌的未来，大家充满激情，心花怒放，心梦飘飘。

我们狂欢，我们高呼，我们热爱我们的祖国，我们相信祖国必将立于世界繁荣富强的大国之林。我们以幸福、吉祥来寄托心中的思念。在这美好日子里，我们更思念"我的祖国"，衷心地希望祖国安宁兴旺。这是每一个志愿兵在战火纷飞的前线给祖国母亲的祝福。

古往今来，以酒入诗无以计数，似乎还没有哪一篇像《将进酒》这样读来荡气回肠、酣畅淋漓。以酒会友是人生一大快事，不必把“人生得意须尽欢”误读为李白的沉沦，一声“天生我材必有用，千金散尽还复来”的呐喊，亮出的才是李白的人生价值宣言。姚厚臣说：“明月几时有？把酒问青天。一曲高歌一樽酒，一人独钓一江秋。一壶浊酒喜相逢，古今多少事，都付笑谈中。”王宏木跟崔中立边划拳边喊叫：“一世情，难分晓；哥俩好，对元宝，你娶媳妇跟我跑。”逗得大家笑得弯腰、拍手。这是东北地方的顺口溜。他们都没对象，所以放得开随便胡扯。姚杰插嘴说：“战地迎国庆，机会难得，现在庆十一，明年这时不知在何处呢，珍惜机会吧！”

姚杰、姚厚臣、王宏木、崔立中、张晓群、王番等人于是对酒联对。姚杰先开头：“对酒当歌歌盛世，迎接尽醉醉丰年。碰盏香生杜康劝酒、李白生诗。”接下崔立中曰：“半杯能解意，一杯可清心。漫饮清淡情于意外、浅斟低酌乐在其中。”王宏木曰：“刘伶翘拇指，李白啧舌尖，太白三盅诗盖世，悲鸿几盏画连天。”姚厚臣挤挤眼抢着说：“三郎打虎十分酒，八戒修身一肚糠，三碗不过阳谷县，一杯醉卧杏花村。”邹智华接腔曰：“座上不妨千日醉，壶中难得十年香。”个个神采飞扬。今日喜事重重，都怡然自得地你一言我一语：

> 愿播热血高万丈，雨飞不住注神州。
> 猛志逸四海，纵死犹闻侠骨香。
> 猛志逸四海，骞翮思远翥。
> ……

女同志们快乐地举起自己面前的酒杯，都是举杯沾唇，点到为止，谁都不敢真喝。小邹乐呵呵地说：“对酒当歌，人生几何？难得战地一杯酒，今日有酒须当醉，诗酒乘年华。酒量虽没有，酒胆还不错。”说完，端起酒杯试探着喝了一口，立刻连辣带呛地咳嗽起来，眼泪都流出来了。王番正举杯，见之不觉大笑，以至于杯酒倾覆于怀，不得饮而起，引得满坐哗然。

这种气氛突然让我想起过去三十年代的流行歌曲，歌词是：“香槟酒气满场地飞，彩光缤影光来回，乐声响，跳乱步才够味！”是啊，济济一堂，情系祖国，欢声笑语，其乐融融。

平日里，大家忙于工作，没有这么多时间聚在一起快活地聊天，每人都觉着今天的机会很难得，所以仿佛有说不尽道不完的话语。正如《三国演义》中一句诗："古今多少事，都付笑谈中。"在这个纪念日子里，满屋洋溢着欢乐的气氛。正是：说说笑笑，一室皆春；美酒飘香笑声飞，同志们互相来干杯。

生命的光华是如此灿烂。在战地，我们才时时意识到生命的宝贵。我们这一群参战的战友与祖国同呼吸、共命运，为爱国立功而来。赤诚是一片彩虹，无限斑斓。我们的爱国之心一直为您跳动，我们的梦一直在继续……

我们在追求为国服务之余，更充分地享受自己的青春，享受着我们的骄傲，享受着祖国给我们的荣誉。这个年龄都是最自负、最刚毅、最任性而又最欢愉的，我们真正在享受着生命了。正如屈原所云："时不可兮再得，聊逍遥兮容与。"人生美丽，心灵在美丽中晃动，希望在美丽中萌发，生命在美丽中充实。让我们倾注所有的激情、所有的心智，去感悟人生、感受美好。感悟人生，不为别的，只为活在美丽中；感受美好，不为别的，只为不白活一回。烽烟淳淳的年代，也是英雄的时代。

整个下午，我们都陶醉在幸福之中。这一席酒喝得尽欢而散，愿把今宵情，留与明夜风。可是时光留不住，友情苦匆匆。山青依旧在，几度夕阳红。

45. 舞动青春，激情四射

晚饭结束后，为了活跃气氛，举办了晚间舞会。参加舞会的有司令部与政治部的首长、干部、战士，再加上我们宣传队的同志们。

当我们拿着演出服和乐器出发时，天空一轮圆月高高地挂在深蓝色的天幕上，她那圆圆的脸盘上挂着慈祥、温和的笑容，静静地望着大地。几朵灰白色的薄薄的云萦绕在她的身边，宛如仙女舞动绫绡翩翩起舞。皎洁的月光给大地披上了银灰色的纱裙，照在了那红红的花瓣上，花儿显得更加姣美。

战地欢歌不夜天，金秋送爽共享欢乐。走了十几里山路来到司令部山洞，开始准备一次烛光舞会工作。舞会前，我们化好妆，穿上演出服和皮靴，扎上武装带，一副军官的气派。在舞会中间安排了文艺节目，也是我们宣传队演出。同志们先后到来，洞内挤满了人。有的互相熟识，彼此热情地握手、拥抱，笑声欢语，四溢开去。有的从未见过面，一时满屋招呼引见，互相嘘寒问暖。当美丽的月亮已经爬上了那东边的山顶，我们在山洞里跳舞又唱歌。洞内舞曲悠扬，歌声嘹亮，脚步轻盈，加上回声效果（山洞回声），真是绕梁三日，余音袅袅。随着时间的消逝，舞会的气氛越来越热闹，越来越高昂。那擂动的鼓声震动了空气，也震撼了人心。琴瑟声声颂盛世，锣鼓“咚咚”甚激情。我们唱活了夜，唱热了心，陶醉在那音乐里，陶醉在那舞步里。大家暂时忘了战争，忘了战争带给人的苦难与忧伤。

看见汽车连的刘班长来了，宣传队的同志们忙上前去和他打招呼。他和我们之间的确有很深的友情。他不止一次地载着我们躲过敌人的轰炸和扫射，把我们宣传队安全地送到目的地。我们从心里感激他、敬佩他。我兴致勃勃地跑过去，拉着他的胳膊邀请他跳舞，早已忘了什么男女礼教之防。然而他可急得脸都红了，一边后退一边告饶，把我们都逗乐了。他急忙解释说是来执行任务的，过一会儿就走。我们也只好放他一马了。

舞会甚为热闹，其中还插进了一些小型文艺节目：合奏笙歌演千古中华气派，表当今英雄屡战屡胜英雄气概；乐吹白雪阳春曲，器奏高山流水声，管弦长乱耳，箫笛暗飞声。

李勤唱了一段京韵大鼓，名为《关公马失前蹄》，内容是关公作战时，战马突然前蹄跪倒，作战失利。关云长坐中军帐，虎目圆瞪，气难消，长叹一声，我的一世英名一笔销。我唱了一段西河大鼓《叹岳碑》。想当年，宋高宗赵构用秦桧计，以十二支金牌召回抗金名将岳飞，然后竟在“风波亭”遇难。可惜一代抗金名将，屈死风波亭，竟落得如此悲惨下场，怎不使人无限感慨和愤懑？思古幽情，抚今吊古了一番。有位关西大汉手执铁板唱《大江东去》，激越豪放。还有一位男同志唱了一段单弦“二八佳人懒梳妆”，有如十七八女孩儿执红牙拍板唱《杨柳岸晓风残月》。杨柳依依，晓风徐徐，残月斜挂，那种独特清冷的幽静美的确是很令人心醉神迷的。

演唱者一手打鼓，一手打板，边唱边比画。这种老艺人的演出形式首次在部队里出现，大家都觉得新奇，开始时都认真地观看。但时间不长，台下有轻微的骚动，交头接耳，窃窃私语。这说明我们的节目不吸引人，但还是得到了热情礼貌式的掌声。

接着补救，有京剧清唱、二胡独奏、快板等节目，全面编排更精彩，好戏连台。宣传队员们使出浑身解数，博得热烈的掌声，有时引得众人哄堂大笑。乐队奏起轻音乐，以抒情为主的乐曲、舞曲。火热的乐曲中，全场气氛轻快活跃。

酣歌忘日暮，寂寤在英雄。等到曲终人散已是午夜，凌晨了。因为第二天还要工作，我们换下衣服卸完妆，各自带着演出用的道具回到营房休息。一路上，大家无话，望着茫茫夜空，满天繁星一会儿躲进云里，一会儿又钻出来，像在跟我们捉迷藏。圆圆的月亮，悬挂在两山之间，笑眯眯地俯瞰大地每个角落，轻洒着素洁如水的银辉，使山林、悬岩、山坡、青草地清晰可辨。一路上我们踏月而归，到了驻地已是第二天的清晨两点。大家都精疲力竭，倒在地铺上便即沉沉睡去，一夜梦中香。

46. 长途演出归来

朝鲜的冬天奇冷。

1952年冬季，三九的寒风搅着飞雪，在阴沉的天空中大发脾气，鞭打着人们的面庞、脊梁，在田野上呼啸。田野上，大片的雪花在空中肆意地飞舞。远山、远树，全笼罩在白茫茫风雪中。除了风雪，天空、田野是寂寞的、荒凉的。人们都觉得寒风已经钻进了心房，心脏仿佛立即就要冻僵。风一直嗷嗷狂叫，扫荡着山野和盘山路。摇撼树干，光秃秃的树枝怪声怪气地吼叫着。

我们站在归途的汽车上，大家都瑟缩着，不停地跺脚搓手，拍打身上的积雪。虽然我们都穿着棉袄和大衣，也是冻得浑身发抖直哆嗦。已穿了两冬的棉衣，衣领、袖根棉花已脱落，寒风一吹直入体内。上年一冬早晚不离身，又经过水洗，棉花已没有弹性，保暖程度自然差了许多。

虽然朝鲜老乡多年不住的破土屋七孔八漏，炕面塌陷，顶棚透气，可我们都每天高高兴兴地进进出出。这是我们宣传队的驻足之地、安身之处。

我们下车后，手脚都冻得麻木了，简单活动一下，赶紧拿起背包往屋里跑。即使房屋无门无窗，但总比在外面挨冻强得多。正如刘长卿一首诗："日暮苍山远，天寒白屋贫。柴门闻犬吠，风雪夜归人。"一走进屋子就感到一股暖流夹着潮湿和呛人的霉味迎面扑来，原来是留守在家的快板王小杨得知我们回来的消息，搜集了一些干柴为我们女同志烧了一下土炕。

小杨想得很周到，我们女同志都十分感激。虽然用心良苦，但当我倒在土炕上时，仍感觉到潮湿得很，特别屋内的霉味让人头疼恶心。我是很能睡的，朦朦胧胧地便进入梦乡睡着了，但睡了不长时间，突然腿抽筋，忙坐起搥腿。浑身酸痛，脚趾冻疮时而痒痒发作，发的冻疮膏也不管用了。透过没有遮挡的土门框望外面的夜空，冷月高悬，银光皎洁。清静的夜，笼罩在村庄山谷的上面，那山中的明月，有弯也有环。

突然想起30年代《花木兰从军》的插曲：“月亮在哪里，月亮在哪乡，它照着我的房，它照着我的床，也照着那破碎的战场……”月明的夜半，只有吹动的烈风和冷浸浸的明月。月色澄明，把光撒向苍穹，织成一地松影，有雪、有月、有松，有更深的静……

雪夜咏月

暮云收尽溢清寒，银汉无声转玉盘。
此生此夜不长好，明月明年何处看。

47. 同朝鲜人民军文工团联合演出

接到上级命令，让我们宣传队同朝鲜人民军文工团联欢，这样的同台演出还是第一次。这是千载难逢的好机会，我们既兴奋又渴望。我们的节目都是现成的，只要拉出来就行。即使这样，同志们仍然都在彼此鼓励，嚷着要好好复习一下，争取演出最佳效果。我很愿意听朝鲜人唱歌，他们素质好，底气足。

日落山头到夜幕降临，中间有两三个小时的时间。这个时间敌机很少干扰，我们和朝鲜人民军的联欢就利用这个机会。在一个大山坡下的平地上，男队员已将舞台整理完毕。他们借大树的枝干挂好幕布，醒目的白底黑字写着："中朝文艺工作者联合演出"。另有几张小标语写着"欢迎你们跟我们同台演出！""中朝友谊万岁！""向你们学习！"等字样贴在大树干上。

开场锣鼓引来了三五成群的朝鲜老乡，志愿军队伍也从四面八方络绎不绝地汇聚到这里。朝鲜老乡和志愿军同志们全挤在场地上，人声鼎沸，热闹非凡。这时朝鲜人民军文工团也准时到达。双方领导相互握手、拥抱，彼此寒暄问候，马上商量节目编排，最终决定两国节目穿插进行。

这时，我看到朝鲜人民军文工团的演员都穿好了演出服，化好了妆，手提各种乐器，安静地等待演出。女同志全穿着朝鲜民族服装，白上衣，黑长裙，粉红色飘带，船形白胶鞋，白布袜。个个衣着鲜亮，凤目瑶鼻，气质高贵，真是人见人爱。一位年轻漂亮的姑娘，白嫩嫩的瓜子脸上有一双水灵灵的大眼睛和一对迷人的酒窝，身材苗条，温文尔雅，显出仕女之美。男同志脸如冠玉，丰神俊朗。一部分人身穿西服，系着漂亮的领带，脚穿黑皮鞋，脸上挂着微笑。另一部分人穿的是军装，带肩章，佩有武装带、马裤、皮靴，神采奕奕，很是威武。

朝鲜人民军文工团的人数比我们宣传队的人数多，我们只有40多名，他们有60多名，在战争环境下算是比较大的文艺团体了。他们的乐器也比我们强多了，不但种类多，性能也好。

我们表演的节目主要有大合唱《打不断炸不烂的运输线》、故事联唱《小金枝的背包被打穿》、快板书《一车高粱米换了一车美国兵》、器乐合奏等。为了配合朝鲜人民军文工团演出，我们队里的朝鲜族女同志还跳了朝鲜舞蹈《桔梗谣》和《阿里郎》，因为台下还有许多朝鲜老乡，他们听不懂我们的演唱，这是为他们特意安排的。

他们袍笏登场的是大合唱《金日成将军之歌》，声音圆润，歌声嘹亮，富有对领袖的无限深情。接着他们唱《咱们领袖毛泽东》、《歌唱祖国》、《解放区的天》、《歌唱二小放牛郎》等中国歌曲，还唱了苏联歌曲《莫斯科郊外的晚上》、《三套车》，苏格兰民歌《友谊地久天长》，西班牙民歌《红河谷》，埃及民歌《尼罗河畔的歌声》，朝鲜民歌《金姬和银姬的命运》、《春天年年到人间》、《春耕谣》等。紧接着就是他们的女高音独唱中国民歌《红梅赞》、《康定情歌》，朝鲜名歌《卖花姑娘》。其中，《卖花姑娘》用两种语言演唱。用中文唱时，唱得声情并茂，唱者悲切，听者心碎；用朝鲜语唱时，一个小姑娘手捧鲜花走上前台边走边唱，后面男同志混合齐唱。演唱者歌声如泣如诉，悲婉苍凉，非常动听，可以用“出谷黄莺”这四个字来形容她的声音。有许多段落唱出了生活的苦难与心酸，唱出了思恋的甜蜜与痛苦，唱出了希望与渴望，让人听得如痴如醉。接着就是《谁不说俺家乡好》、《二月里来》，意大利民歌《西班牙女郎》，印度尼西亚民歌《宝贝》，朝鲜民歌《阿里郎》（男女混声），独舞《桔梗谣》、《阿里郎》。《桔梗谣》歌颂的是丰收喜悦，所以音乐节奏强。柔软清明的歌声幻化出一个美丽的暮春早晨，人们在快乐地忙种的景象。然后是女同志集体长鼓舞。音乐奏出，时而繁弦急奏、舞姿高昂，时而转入淡韵雅致、舞姿优美。芙蓉国里千枝竞秀，国色天香飘万里，莺歌燕舞绝风流。华彩炫目，如醉如痴，只盼再看一遍。正如李白诗中曰：

吴刀剪彩缝舞衣，明妆丽服夺春晖。
扬眉转袖若雪飞，倾城独立世所稀。

双方同台演出，井井有条，都生亲近之意。心要攀谈，却因语言不通，总有诸多不便。整个演出很顺利地完成了，两国的文艺工作者都显得非常高兴，彼此握手告别。缥缈见梨花淡妆，依稀闻兰麝馀香。万人丛中一握手，使我衣袖三年香。

演出总共进行了一个多小时。我站在后台，看到场地上的同志们有站着的，有坐着的，和朝鲜老乡混在一起。我发现附近大树下有两名手持卡宾枪的志愿军战士，背着戏台，钢枪横托，眼望天空。我明白了。啊！这是我们百步穿杨、百发百中的神枪手，凝神戒备，是防止敌机偷袭，为我们撤离作掩护的。有咱们的“神枪赛赵云”在这里，还有什么可怕的？两国文艺演出圆满结束，齐唱凯歌回。

风采飘然，才艺出众，一曲难忘，一舞也难忘。那优美的舞姿和深情的歌声，飘荡在我的心灵深处，不由得想起白居易的一首诗：

玉螺一吹推髻耸，铜鼓一击文身踊。
珠缨炫转星宿摇，花鬘斗薮龙蛇动。

这次联袂演出的意义非常重大，它见证了中朝两国人民的友好，也给两国文艺工作者留下了历史性的诗篇。

第三篇　青春岁月　血荐轩辕

48. 烽火岁月中的情与歌

（一）永远燃烧的爱国激情

天地心英雄志，为梦想而奋斗，正因有这样一群生命的存在，我们年轻的共和国才有这样一段豪壮的民族史，有这样一曲荡气回肠的浩然长歌。

滚滚黄河、滔滔长江，给我生命，给我力量。新一代英雄，迈着青春的步伐，风风火火的岁月。为了世界和平，保卫祖国，援助朝鲜。他们舍生忘死投身战火中，以“风萧萧兮易水寒，壮士一去兮不复还”的喋血精神，闯进战火纷飞的朝鲜前线，用有限的人生去铸造辉煌。奉献是人生理想的最高界。美丽的梦，缘于心田，天之骄子，中华美德，源远流长。

美国轰炸机在朝鲜上空投弹，地面炮火猛烈射击。炸弹爆炸声，炮火隆隆声，震得大地不停地颤抖。天空呼啸，火光冲天，滚滚的黑烟，夹着呛人窒息的硫黄味，随着空气到处飘散着，竟是无处不有，无处不是……

巍巍青山，清清小溪，险山峻岭，湍急瀑布，狂风暴雨，无不悲泣。物尤如此，人何以堪？目睹这一切谁又能无动于衷呢！

成功岁月，酣畅淋漓，谁不知道戎马生涯的艰难困苦呢？然而为了国家的安全，纵然是战死了也要留下英勇气概的余香，正如王维《少年行》诗中所说：“孰知不向边庭苦，纵死犹闻侠骨香。”

“人生芳秽有千载，世上荣枯无百年。”世上的富贵荣华都是短暂的，只有死后的名声才是永远不巧的。“人生自古谁无死，留取丹心照汗青。”有志男儿应有这样高洁的情操。

仰望星空，感到一份沉甸甸的责任。

如果说中国古代的历史宛如锦绣织成，那么它近代的岁月则是被血浸染的。翻开中国近代史这幅长长的画卷，几多哀愁，几多痛苦，几多屈辱。而对山河破碎、灾民流离的现实，中国的出路在哪里？我的祖国，我的同胞，你何时才能拍案而起？何时才能从梦中惊醒？

不在沉默中爆发，就在沉默中灭亡。1935 年 12 月 9 日，中国的青年志士终于爆发了，北平几千名学生举行了大规模的游行示威活动。他们高呼："打倒日本帝国主义！""停止内战，一致对外！""反对华北自治！"

"一二·九运动"是在中国共产党组织和领导下的一次伟大的抗日救国运动，也是一次伟大的学生爱国运动。它永垂青史，刻在中国历史的丰碑上。

我们的民族饱受凌辱，历经沧桑，满怀着复兴的渴望，寻求着救国救民的道路。是历史选择了中国共产党，选择了马克思主义，选择了社会主义。一代又一代的青年，在党的领导下，积极投身创造历史的火热实践，坚持与时代同步伐，与祖国共命运，与人民齐奋斗。他们拥有壮丽的青春，实现了人生的美好理想。

作为身逢盛世的中国青年，我们要把自己最美好的岁月献给中华民族伟大复兴的光辉事业！

我骄傲，我经历了那段峥嵘岁月，我拥有了同我们的共和国一块奋斗的光辉历程，因而我获得了值得欣慰、经得起品味的美丽人生。

（二）永做生命的歌者

地球上最美丽的是生命。没有生命，就没有蜂蜜的甜香、花朵的艳丽、鸟儿的歌唱和昆虫的奏鸣，更不会有劳动的创造。人类是"物竞天择，适者生存"的胜利者，是物质文明与精神文明的缔造者，也是这个地球上的主宰者。人生，就两个字，距离很短，我们不必为寿命太短而感叹。从生到死，中间的那一片开阔地如何开垦，由自己选择。每个人都在选择自己的前途，也就是选择自己的人生定位。"事如芳草春长在，人似浮云影不留。"青春是美酒，青春是荔枝，青春是一轮初升的太阳，只有逐渐放射出耀眼的光芒，才会不虚此行。匆匆的人生路途，匆匆的行路脚步，匆匆的心灵选择，在这来去匆匆之间，又应点燃一盏怎样的心灯？骞翮思远翥。"过去的年轻人是牺牲生命、扬着脸走进历史，今天的年轻人应该抬起头、扬起脸写下历史！"

"人生自古谁无死，留取丹青照汗青。"中国人民今天正在创造自己的历史，我们不敢妄自菲薄，只希望在这伟大的抗美援朝的战斗中尽自己应尽的责任和力量，为人民、为祖国立功，谁也不愿变成一个“芝桂虽芳，难以饵鱼，尸位素餐，难以成居”的人物。在战火纷飞的战场上，有那么一群文艺兵，顶着枪林弹雨奔跑在火线上，给祖国可爱的人演出。他们浩气清英，唱英雄、演功臣，到处受欢迎，因为他们不怕死，肯与战士休戚与共，哪里有艰苦的任务，哪里就有他们的身影。他和他们一样冲杀在第一线。大家都确信：在危险中锻炼勇气，在失败中树立坚强。“曲径上山，方知山之雄壮。泛舟于海，方知海之宽广。”未经战争的洗礼，怎知战争的残酷无情？

“我自横刀向天笑，去留肝胆两昆仑”，颂扬的是一种生命的悲壮；“俱怀逸兴壮思飞，欲上青天揽日月”，展现的是一种博大的胸襟。对这代热血青年而言，还有另外一种伟大的启蒙，那就是“歌声”。歌声是时代的琴弦，歌声是历史大交响的前奏。一首歌就足以让人们热血沸腾，面对有限的时光，去战斗、去拼杀。“宁为站着死，不愿跪着生。”士人一身胆，责任担双肩。人生最大的欣慰是奉献。我们这些年轻人天性活泼，爱说爱笑，是一群爱好文艺、追求进步的天真可爱的青年男女。人生最可贵的是诚实，人人都有自尊心和荣誉感。短短两年半的时间，我们几乎踏遍了朝鲜的山山水水。在后勤一分部所管辖战线内，都有我们的足迹。随时学英雄，唱英雄，教育了别人，也教育了自己。回首过往征程，我们的音乐，热情讴歌了中华民族坚忍不拔的英勇气概，咏唱了人民英雄浴血奋战的辉煌业绩，颂扬了伟大祖国的壮丽山河，抒发了普通百姓悲欢离合的诚挚情感。工作生活克勤克俭，舍身为国，这样大家心中才不会有太多的遗憾。

做一个关心世界和国家命运的人，去寻找一种追求、一种境界、一种胸怀、一种精神，让青春在建设中国的伟大事业中焕发出更加绚丽的光彩。

同一个世界，同一个梦想。文化改变历史，文化成就梦想，激情创意未来。文学艺术是人类灵魂的工程师。我们把文艺当武器、当尖兵，举着党的宣传旗子，挥动锣鼓，奔赴战场，杀敌立功。歌曲能代表一个时代。如三年内战的解放战争，有首《参军光荣》，歌词简单明了，激人奋进：

锣鼓喧天，鞭炮喧天，鞭炮响，青年参军上战场，父送子，妻送郎，红缨枪放红光，威风凛凛排两行，参军的健儿雄赳赳、气昂昂，满脸放红光，满身是力量，背起人民的希望走向自由的战场。鞭炮放，锣鼓响，参军上战场，打倒了反动派，大家有福享，嘿！有福享。

抗日时期的救亡歌曲，如《长城谣》，唱出了血泪，唱得人心潮激荡：

万里长城万里长，长城外面是故乡，高粱肥，大豆香，遍地黄金少灾殃。自从大难平地起，奸淫掳掠苦难当，骨肉离散父母丧。没齿难忘仇和恨，大家拼命保故乡，哪怕敌人逞豪强，四万万同胞心一条，新的长城万里长。

踵武前贤，踵事增华，新的中国在战斗之中创造。抗战八年半，流血又流汗，为的是中华民族得解放！这当然是激情岁月。没有激情，哪儿来的革命？唱歌，革命者有唱不完的歌，歌唱翻身解放的歌："东北风啊，刮呀，刮呀，刮晴天啦么晴了天；庄稼人翻身哪，翻呀么翻了身哪，唉……"这种激情具有一种天翻地覆的创世意味。这些歌给我一种决绝感。它有一种舍命争幸福的决心。不拼命、不舍命、不流血，在中国怎能更迭一个世道，创造一个新世道？

感人的歌曲会重现，感人的歌曲会让你发烧，不止一次青春的激情与美梦会一再在你的灵魂里震响。长江、黄河渴求最壮丽的音符，因为它能掀起世界最伟大、奔腾澎湃的灵魂。在抗美援朝的战场上，我们又唱起了"雄赳赳、气昂昂，跨过鸭绿江"和"后勤的运输线"，是打不烂、摧不毁的钢铁线。歌声活跃了同志们的战斗意志，克服一切困难走向胜利。用青春和热血铸造音符，用理想和信念谱写乐章。世纪风云在胸中激荡，前进的鼓点在脚下擂响，让民族之魂绚丽多彩。百万舍身的人，改变了时代。正是：

我爱你，我爱这被暴风雨所打击的土地。
我爱你，我爱这汹涌着悲愤的河流。
我是你执迷的信徒，热血忠魂魄。

（三）用音乐唱响人生

激情岁月，赋予了我们的浩然正气；金色年华，铸就我们的性情如火。青春无悔，我们是些小人物，但能展现丰富多彩的大世。河山在我心中，我们以满腔的赤诚、无悔的青春、不断的进取向祖国作奉献。我相信我和我的战友的魂魄定然满怀欣慰与自豪地相会在共同的理想家园。

人在征途阔步走，鹰怀远志凌云飞。壮志九霄越险峰，华夏英才代代红。处处红花红处处，重重绿树绿重重。岁月莫从闲里过，春光须向眼前追。

在战斗的风云中，为祖国奉献出青春和力量。生命的跳动，激情的冲刺，旋转的脚步，迎来日出日落。夜以继日地转走了春夏，又迎来了秋冬，四季如歌，生命如歌。青春的岁月像一条河，岁月的河流汇成歌，一支深情的歌，一支奋进的歌。正如冰心在诗中所写：

> 青年人！
> 信你自己吧！
> 只有你自己是真实的，
> 也只有你能创造你自己！
> 青年人呵！
> 为着后来的回忆，
> 小心着意地描你现在的图画。

宁做战死鬼，不做亡国奴。天地情怀爱无悔。传一脉，大江东去千秋万代。白马壮心奔大道，青春浩气献中华。万里骋怀舒浩气，三春悦目壮豪情。

我们人类必须歌颂一种精神，它并不产生于成熟的人群之中，而是在一代又一代青年人的热血里永恒涌动着的那种精神。生荣死哀，保卫祖国，平凡铸造了伟大，真情换来了成功。民族精神的火炬，是人民奋进的号角，而音乐表达了人民的心声。“五星红旗迎风飘扬，胜利的歌声多么嘹亮。歌唱我们亲爱的祖国，从今走向繁荣富强……”万里江山千均担，且把风流唱少年。歌声中我们创造了无数辉煌，歌声里我们经历了风浪，歌声鼓舞我们走向更加美好的未来！

“四时可爱唯春日，一事能狂便少年。”虽然路途遥远，大家一向不认识，却一见如故。国难当头，大义所取，生死考验，决不含糊。部队中经常涌现出英雄人物和英雄事迹，也忙坏了我们这些宣传队员。“生为百夫雄，死为壮士规。”活着的时候做人间的英雄，死后也要成为壮士的楷模。大家为英雄的事迹所感动，队员们的口头禅是“兄终弟及，也是份所当为”。温馨励志，其温厚矣。这是一份激情、一份激励、一声呐喊。的确，这口号给了我们很多激励。正如《抗敌军歌》的歌词：

朋友，大家奋起，我在前线等你！人生难得沙场死，成功让后人，牺牲自我始！尽忠报国志不移，誓雪重重耻。朋友，大家奋起，我在前线等你！我们死了，还有后来人，兄终弟及，继承我们未完成的事业，踏着我们的血迹继续战斗，“前仆后继人应在，如君不愧轩辕孙”！勇往直前并超越我们，使民族之魂更加绚丽。

歌词的特点是直截了当地唱出政治口号，不做艺术加工，但歌曲感情真实，大方豪迈，丰满坚定。这歌声像江里浪、海里涛，让人热血沸腾越唱越响。这歌声传遍了世界各个角落，让世界听我们的声音。

音乐对人生是生活与阳光，音乐对生活是一股博大的爱，给人力量，是奋斗是精神，让我们享受音乐，感之心声，共创未来。

人生最可佩服的是精进。人生能有几回搏，不自由，毋宁死。这些同志一旦入了朝，都是一腔热血，都表现出一派革命军人的新气象。国大家小，深明大义是很难得的啊，汉时霍去病言道：“匈奴未灭，何以家为？挺直腰背做人，乃我辈分所当为。纵万分艰难危险，也不可袖手不理。各人可稍尽绵力，说到做到。疾风知劲草，板荡识诚臣。”爱国热情，一腔热血。凌凌风骨，悃悃情怀，急公好义，功在桑梓。我们是后勤一分部的宣传队，全队共有40多人，来自全国各个省市文艺战线，基本都是科班出身。有黑龙江文工团的、吉林文工团的、长春文工团的、辽宁艺术剧院的、锦州文工团的、旅大文工团的、北京艺术剧院的、东北文化部的、第三野战军文工团的、东北林业局文工队的和沈阳市戏曲协会的。英才荟萃，五湖四海栋梁多。在战火纷飞中，我们都是炫韶年华，坦诚相待，“勇猛精进，志愿无倦”。那种热情肯干，不用扬鞭自奋蹄，唱歌不怕喉咙疼，跳舞不怕双脚肿，“一息尚存，此志不容稍懈，可谓远矣”。

一代风流人物，千秋幸福时光，轻生死重然偌的英雄本色。青年人相遇，往往一见如故，是因为青春与激情相伴。青年人热情，好动贪玩，善于说笑，相聚在一起总有说不完的话语。思想上对新事物应接不暇。凡事总有一种崇高感，不易令人厌倦，因为它总有一种纯真的现实作基础，而这一般是爽朗愉快的，成为精神的一项收获。

《易经・乾卦》中有一句话：“君子终日乾乾，与时偕行。”宣传队人的风气甚好，同志们终日勤奋努力，积极上进，把才华充分地表现出来。

大多数人员关系非常好，有教养，举止文雅，非常乐于助人。就像夏夜里那些年轻的星群，惊讶于彼此乍放的光芒，就以为世界是从这一刻开始，于是微笑地互相凝视、欢愉、幸福。诸如那些未曾说出的话语，未曾实现的许诺，彼此都流动着一种可以把任何愁闷与困难融化的激情。

开拓创新，与时俱进，神圣的事业，崇高的理想，以自强不息的强烈责任感和使命感，立足内涵求发展，创新脚步永不止。“常树凌云志，苦练揽月功。”创作组的同志废寝忘食，日夜不辍。他们分工写作，集体讨论后再进行修改。有眼高手低的现象，也有费了很大的劲写出来就夭折的。整天忙忙碌碌，非常辛苦，仿佛有无穷的力量鞭策着，欲罢不能。不知花了多少时光，共同苦思琢磨，实是呕心沥血。

音乐组的同志无论遇到什么困难，都抱定办法总比困难多的乐观心态，从不满足取得的成绩。为了使节目多样化，他们集体听唱片，只是研讨音律，记录下来再照着排练新节目。大多时候总是琴箫相和，耽于音乐。

演员组在演技上也有突破。有些人艺龄都好几年了，他们的节目还自排自练，比如杨连仲、王梦菊编排的新疆舞，很受战士的欢迎。

相声和独唱更是红火，它们打破了以往的老框框，走出古板的老模式，推出了声情并茂的表演形式。虽初步上台，但也得到官兵的认可，比如姚杰的相声，已从站着不动的说学逗唱转为跟着情节表演了。在文艺节目上，队员们风格是多彩多姿的，道路是不拘一格的，成就是各有千秋的，所以甚为自负。这使我想起苏东坡的一句诗：“腹有诗书气自华。”

我们宣传队流动性很大，很少在驻地正常生活，到处给志愿军部队演出。近处，当晚就能回驻地；远处，就带上行李和演出服，一连几天不回驻地。要是在驻地，每周都有舞会，有时在司令部，有时在政治部，都是晚上在山洞里进行。

演出场地的条件都不一样，有山洞，有广场，有室内，有炊事班的伙房；节目也根据场地更换，但不论如何更换，独唱是不可少的，李勤、王番和我都是独唱演员。那时也没有收录机、话筒，仅有二胡、三弦、手风琴、小提琴、黑管、小号（喇叭）、锣鼓等。即使这样，依然很受欢迎。有时演完节目还放映电影。

生活的时光如一条无声的河流，年复一年，浩浩荡荡地向身后延伸，而生命依然如苍穹的天空一样广阔，如春天原野中的土地一样美丽。两年来的演出，节目有限。有些基本上与战争无关，吸引人程度不够。后来小杨创作的快板《一车高粱米换了一车美国兵》，把美国兵在车内不知换了司机，因车开得快，把他们颠得东倒西歪，以至互相打骂起来的情形，加上了滑稽的表演，逗得志愿军指战员们哈哈大笑。我们在后台也拍手叫好，都说小杨真行。在我们的节目中，小杨的快板《一车高粱米换了一车美国兵》、李勤的《慰问志愿军小唱》和我的《王大妈要和平》这三个节目都是与战争环境紧密相连的，所以舞台下面的反映很好，演出时掌声不断。这使我感到我们的文艺方针是对的。大家意识到这样的节目应多创作一些。后来自己再排点舞蹈、相声、单弦，来歌颂志愿军的英雄事迹。我们到处跑、到处演，下连队、进坑道，绝大多数的时间都花在路上。因战线太长，巡回演出一遍需要很长时间。

我们宣传队的文艺方向很明确，就是要唱、要演战场上的英雄人物和英雄事迹。没有素材，编不出节目就显得被动，普遍存在着眼高手低的毛病。每当演出时，就感到想要的节目没有；即使有，也少得可怜。

我们的创作组经常夜以继日地写东西，但赶不上我们演出的需要。音乐组专门研究演奏，把唱片一遍一遍地放。大家反复练习，有时竟忘了吃饭，需炊事员一遍一遍地催促。

队员思想健康，追求进步，人人不甘落伍。对工作与生活有广泛的兴趣和强烈的求知欲，充满着热忱，富有朝气。我们这些人大部分思想政治素质都很高，有爱国热情，在工作上是没说的，一般也不用做思想工作，都非常自觉。当然也不能说没缺点，起初指导员还很客气地指出，男同志生活有些懒散，卫生较差。从此以后，任何事情只要队长、指导员说一声，大家都能自觉做好，所以队长、指导员只管照顾好同志们的生活，关心每个人的情况。“响鼓不用重锤敲”，“不用扬鞭自奋蹄”，这是同志们平日的口头禅。队员们的自觉性很强，时时鞭策自己，不断提高演出质量和水平，争取为抗美援朝多作贡献。

我们的演出受到热烈欢迎，受到这样的鼓励，我们演出时更加卖力了。每次演出不管人多人少，都一样认真。现在回想起当时的情景，我倍感亲切。同时我也认识到一个问题：受欢迎不光是我们的节目好，或是演出认真，还是我们和战士们心连心。我们本身是战士，又演战士中的英雄人物，在某种程度上也有我们自己的身影，我们心中由此充满了自豪。这难道不是台上台下的感情交流吗？难道不是我心中有他们，他们心中有我们嘛？通过歌颂英雄人物，也陶冶了我们的情操，使我们更加爱祖国、爱同胞、爱我们的战士。到现在我对军人还有着特殊的感情。

有一天，姚杰来到女宿舍找我，说有好事，叫我快跟他去。我说，直言无妨，您不要拿话诈我。再三追问，他朝我诡秘地一笑说："怎敢虚言，您且随我来瞧瞧，自见分晓……"看他风风火火、十分得意的样子，又显得神秘兮兮的，不知他在卖什么关子，藏有什么玄机。盛意难却，于是相随在后。

我跟着他来到宣传队驻地后山的小山岗，又转过山岗来到大山的空地上。两旁树林葱茏，绿荫匝地。从高处拖下来的深绿色的山坡，安闲地沐着阳光。这是多么平静的原野。山与山之下的一个狭长的大山沟。一派青翠郁绿的树丛，微风中洋溢着野花的芬芳。看见了穿碎白云的飞鸟，嗅到泥土的芳香。这里环村皆山，那山秀色青青，虽没有峥嵘挺拔的气势，但都绵延起伏得像一个任重道远的旅人迈着坚实的脚步向远方的天际走去。山中曲曲折折的蜿蜒小径，一直伸向山里，山与山之间是一片平坦的山谷。谷底一簇簇地长着柔弱的小雏菊和蒲公英，黄色的花朵夹杂在绿草中，迎风招展摇曳多姿。我深深地被大自然所震撼了，茫茫古道长，漫漫掩沧桑。正在我为四季感伤时，姚杰从草丛中拿出两支枪：一支是手枪，带着枪套；另一支是美制短小轻便的冲锋式机枪，样式精巧，好玩极了。我终于明白了他这是要教我打枪。

姚杰颇为自得地用手枪试打了两枪，我看到射击时有后坐力，心想要是手腕没劲拿不住，掉到地上就麻烦了，所以我对他说："噢，您'借花献佛'。好，手枪我不敢打，教我打冲锋枪吧。"姚杰把他的冲锋枪递给了我。我觉得站着打无把握，于是就一条腿跪在地上，一条腿躬着稳住身子，把冲锋枪支在弓着的腿上，对准半山凸处，作为鹄的开枪。子弹打出，枪声清脆，声音扩散振动的声音传得很远，山谷响应，回声清脆，绵延不断。我立即查看，但怎么也找不到子弹的落点。这时范林善跟随过来，帮我找子弹落点处，但是没找到。范林善笑着说："不但目标上无弹痕，连子弹也找不到了，打得真准。"我知道他在讽刺我，嘲笑我胆小，所以就没理他。于是他就大笑着走了，留下自己在那里发呆。我细想了一下打枪的经过，才意识到刚才扣扳机时，眼睛都闭上了，这样怎么能打中目标呢。我想再打一枪，姚杰却摇头说："没子弹了。"我真是悔之莫及，后悔死了。用纸抹拭干净交还。

这是我有生以来第一次打枪，可能也是最后一次。不过，有这一次我就很感谢姚杰了。他热爱生活，又追求多姿多彩的人生，我很佩服他。

1990 年我回家乡时，巧遇姚杰。多少年不见，他风采依然。我和他一同拜访了当年的政治部干事刘敏仁同志，见了面都执手道故。经过一段交谈之后，我了解到，原来在朝鲜时，政治部每晚都派他在我们女宿舍的门前值班。遇到敏仁，我对他说："生不用封万户侯，但愿一识韩荆州。"他俩听了哈哈笑。这件事当时我不知道，看来政治部对我们宣传队管理很严，各方面给予很多照顾，所以没有出过什么问题。宾主畅谈甚欢，凿枘相应，彼此相合，但因他有事，并未深谈。恨来逢君有尽时，有道是"桃花潭水深千尺，不及汪伦送我情"。谢了吵扰，启程车行。

"音乐是思维的声音"，"伟大的艺术都不失为民族与社会的写照"，可谓音响塑成民族意识，勾勒奋斗的梦想。那些壮志凌云的激情歌曲，是中华民族先知先觉的声音，留下了一段历史的光辉。

49.“最可爱的人”的诞生

烽火岁月，激扬得我们的热血沸腾，因为我们的生活中血与火相随、爱与恨相伴。

1952 年的秋天，队里有人从政治部拿来一份《人民日报》，头版醒目的地方登有作者魏巍的文章，标题是《谁是最可爱的人》。文章写的是志愿军在朝鲜作战的内容。有人说：“就是在我们这里住了一个星期的那个人写的。”这时大家纷至沓来，一拥而上，争抢着要看。有人说：“这么说，我们也是最可爱的人了，也有我一份，是吗?”又有人说：“当然有您一份。”大家都高兴地笑起来。通过这件事情，大家的心情得到安慰，感到很自豪。祖国人民理解我们，关怀我们，再苦再累我们也心甘情愿。

当年魏巍入朝时，曾在我们宣传队住了几天。他很年轻，也就是二十七八岁，瘦瘦的、高高的个头，不爱笑，很沉静、严肃。我们男队员发现他穿的一双白塑料底黑布帮的便鞋前面已开了口，就主动送给他我们发的军用胶鞋穿。他很固执，执意不肯，说什么也不要。大家没办法，只好由他。他穿着这双便鞋跑遍了朝鲜的山山水水，走遍了前沿阵地，采访了许多志愿军战士和当地政府，深有体会地写出了这篇文章。当文章发表后，它鼓舞了全国人民，更激励了志愿军战士保家卫国的决心和斗志。

宣传队的风气很好，全是按军人要求，服从命令，遵守纪律。大家都在钻研业务，工作任劳任怨，吃苦在前，团结友爱，从不发牢骚和惹是生非，是一个团结战斗的集体。我们的思路敏捷，感情丰富，天真活跃，是一群积极向上、朝气蓬勃的男女青年。政治部的王主任亲自管理宣传队的一切事务，不断进行教育和整顿，发现不适合队里工作和品质不好的人，立即遣送回国。从我到宣传队直到停战回国，队员们没有一个受过处分。相反，有很多同志受到嘉奖，并得到朝鲜人民政府颁发的军功章。政治部的领导十分关心我们的生活，非常爱护宣传队员们。每月派专人来询问生活情况，需要什么东西都及时回国去买，尽量满足大家的要求。

我们千里迢迢而来，带着青春的憧憬、热望和孜孜不倦的追求，带着汗水和一路风尘，追求自己的理想奔向战场。大家来到朝鲜都做好了心理准备，随时准备牺牲一切。在任何恶劣环境下，大家都谈笑风生，坦然自若，有一种大无畏的精神。这真是名副其实的“最可爱的人”。

大家每次行车过河，男同志都勇于承担重任，不辞劳苦。另外，男同志打饭、扫地，样样工作都快。生活环境虽然艰苦，但没有一个人有怕苦怕累的思想，也没有不满的语言和表示。这是很难得的。他们以苦为乐，以苦为荣，每天都抢着为朝鲜老乡打扫院子、挑水，受到朝鲜老乡的称赞。我们女同志每天行军累得勉强能照顾自己，抽不出力气干别的了。

当时还有一段“子夜惊魂”。有一天早上刚起床，李勤对张小群说，夜间她起来到厕所去小解，一出门口碰见一个人，把她吓了一跳。说至此处，面如金纸。她说：“仔细一看，穿着志愿军军装，像是自己人。”大家一听，都大惊失色。俗话说：“白天不说人，晚上不说鬼。”但当事人都是女性，初听已是惊惶，又听说穿军装，越听越惊。一时之间都鸦雀无声，各怀恐惧，都不禁大煞眉头，作声不得。有人忙疾言追问是谁，她摇摇头说：“不认识，从未见过。他站在门外，离门口不远的地方。”料想此人定是有所为而来，这一下就炸了窝。大家都大惊失色，紧张起来。于是当面言明，互相说好夜间有事就大声喊叫。我离门口还隔着二三个人，但我紧挨窗口，从窗外一伸手就能摸到我，因此我也紧张得很！

李勤向队长反映了这件事。队长和指导员却不惊奇，说他们是来办事的，你们不要怕，放心地睡觉。她回来向大家说明情况后，大家才松了口气。是呵，志愿军晚上有任务是正常的事。后来才知道，原来是上级派来做警卫工作的同志。大家很受感动，领导对我们照顾得这样周到，我们就放心了。只可惜由于我每夜卧甚甜，从不起夜，也就从未见过这些警卫人员。无名英雄，劳苦功高。

宣传队里有几名男同志每晚都要打扑克，直到天亮。起初我还认为他们是玩上瘾了，嗜赌而已。看到白天他们伸腰打呵欠，无精打采的样子，我们女同志都忍不住说：“天早已亮了，你这懒虫，晚上不好好睡觉，为什么打扑克？别在这里弄这个样子，让人替你们难受！”他们只是笑笑不作声。

达旦不寝以为常，时间长了才知道，队长带着他们玩扑克是夜间值班，担任警卫任务的。日夜操守连轴转，夜间不睡，怕时间长难熬，只好打扑克提神。除了他们担任警卫外，女宿舍门口还有宣传科的同志站岗，异常辛苦。

他们夜以继日地警卫、放哨，困了就坐着伏桌而睡，白天照常工作，演出任务样样不落。我深受感动，他们几年如一日不待扬鞭自奋蹄。“子规啼血，辛苦于心。”他们苦中作乐，埋头实干，默默奉献。

有一次，我到队部正碰见范林善凭几假寐，以手支额，坐着打盹。正待转身，他发觉了，睡眼惺忪，张着口打呵欠，伸懒腰。我笑着对他沉声说道：“你不解背包，不伸铺，也不用打背包了，你真懒，背包是给你做样子的。”他听了只是咧着嘴笑，眼波转动，突然严肃地说：“换洗衣服时得打开。”说完，我俩四目交投，凝视良久，都忍不住哈哈大笑起来。我和他是同门绪缡，老战友。战地邂逅相逢，实为幸事，万分喜悦。

苦中作乐，以苦为乐，正是最可爱的人的美好品格，也是人类的美好品格之一。唯心怀远大理想抱负，不以物喜，不以己悲的人能享受这种美好的生活。

我们创作组有位女同志小韩，为了体验生活，跟汽车连生活了一段时间。她事先和司机商量好，按约定俗成的规矩当助手。其实司机谁也不愿带着文工团的人出车，都嫌碍手碍脚，帮不上忙，尤其是女同志。每次执行任务，路途都很长，几天几夜，风餐露宿，不太方便。给汽车司机当助手要做很多事，发动汽车要用摇把用力地摇，途中要加水。有时还要让司机休息一会儿，替换开车。可这位女同志早就有思想准备，事先已在教练的指导下学习了多日。汽车连的领导都笑了，见她这样坚决，便给她派了个技术好的司机，并交代执行任务时要照顾好这位女同志。

李勤的《慰问志愿军小唱》每次都让在场的战士们流下眼泪；当唱到“同志们吃不饱来穿不暖，坚守阵地，勇敢杀敌在前线”时，台下很多同志都止不住地流下眼泪；当唱到“我代表祖国人民向你们表示慰问”，并以手加额、举手齐帽行军礼时，全场起立，掌声雷动。李勤的节目只有一个敬礼动作，其他都是站着唱的。我想要是随着歌词加上一些动作就好了，又活泼又激发观众的情绪，这样就能声情并茂，吸引观众。独唱要打破站着不动的唱法，就需要动作和歌词内容自然协调，这主要是看演唱者的艺术修养。唱词配合适当的动作表演，能够打动观众的心才算是成功的演唱。

后来我在《王大妈要和平》的独唱中加了动作。当唱到“不怕它，咱们不怕它，中国志愿军和朝鲜人民军狠狠打，打得它落花流水，打得它稀里哗啦”时，我加了拳头猛然向下砸的动作，情感激越豪放。当唱到“让大家都来签名，大家要和平，反对战争”时，唱腔高亢，感情转为喜悦和骄傲、胜利的口吻和手势，三者协调地融为一体，得到了观众的好评。下台后，范林善向我祝贺，指导员和队长向我点头微笑，宣传队的同志们都给予了好的评价。

有一天，我和王番正在排练新疆舞，一个教得用心，一个学得起劲，竟不知斗转星移。忽见她语言冷淡，两眼发直，似乎心思不属。原来他看到几个同志捧着王某的骨灰走过，回归故土。可叹，未雪国耻身先去。王番见他以身殉国，泫然欲涕，随即渐是。她对我说：“小队长，我们休息一下吧。”我见她哽咽不得语，无法再排练下去，也就随口答应。这时，我脑里浮现出同入朝时一个个活生生的人的脸，如今一下子人就不存在了，叫人如何接受得了！

王某和我同时入朝，当时见他二十七八岁年纪，长得英俊挺拔，细高个，白净的脸，举止斯文，不太爱说话。没承想入朝不久就献出了年轻的生命，留下了爱人和3岁的孩子。“执意朝鲜境，遇难成永诀。”他和王番都是锦州文工团来的，在王番心目中，他就是自己的亲兄弟。看到王番哭，我也不知说些什么好，心中也为战友的逝去而哀伤……

人事遭逢多苦难，不过生离死别时。为一个美好而又速逝的生命而哭泣，为青春的生命而哭泣，为战友而哭泣。王某是下连队放映电影途中碰上定时炸弹而被炸死的。他就这样走了，走完了他的一生。他的人生道路上留下了光荣的足迹。我想人总是要死的，能这样为国尽忠，也是一种安慰。我们有个共同的梦聚集在一起，那个梦萦绕在我们的心中——那就是共同期待的一个永恒的春天！

晚清女革命家秋瑾有联曰：“如斯巾帼女儿，有志复仇能动石，多少须眉男子，无人倡议敢排金。”抒发了巾帼不让须眉的豪情壮志。

吴芝瑛的一联曰：“今日何年，共诸君几许头颅，来此一堂痛饮；万方多难，与四海同胞手足，竞雄世纪新元。”

我边哭边劝，她哀哭良久，心方定下，继续为了“最可爱的人”努力排练。

50. 被虱虮骚扰的那段日子

“天下之水，莫大于海，万川归之，不知何时止而不盈。然而大海却并不骄傲，只说：‘吾在于天地之间，犹小石小木之在大山也。’”庄子真是了不起，胸襟如此博大！“夫千里之远，不足以举其大，千仞之高，不足以极其深。夫子步亦步，夫子趋亦趋，夫子驰亦驰；夫子奔逸绝尘，而回瞠若乎后矣。”穷日累夜，许多时候，我们的生活很苦很累，但大家心怀理想。随便一个地方，都可以当成自己的安乐窝。

我们的伙食总的来说不错，平时都是吃高粱米和苞米馇子加两菜一汤，很少吃大米饭和馒头。宣传队的人大都来自东北，这些大家都喜欢吃。每当过年过节才能见到肉，也许是 4 个菜，也许 6 个菜。有一段时间换了炊事员，他会炸大果子，还会做豆汁，我们的早餐也随之有所改善。过年时我们才能吃上一顿饺子，大家还得下厨房帮厨。吃饭以小队为单位围着吃，全队 40 多人分成三个小队。我是歌舞演员队小队长；另外两个小队，一个是乐队，一个是创作组与放映队。

生活环境艰苦，一年四季吃不到新鲜蔬菜，大多数蔬菜都是国内送来的干菜。我们女同志最爱吃的是四川榨菜。每个人都说好吃，可惜我不敢多吃，怕弄坏了嗓子，影响唱歌。一年到头根本吃不到水果，我和姚杰下连队时才在集市上买了一次朝鲜苹果吃。

歌唱演员要忌口，糖不能吃，醋不能喝，辣椒不能吃，酒不能喝，烟也不能抽，凡是有刺激性的东西都不能用，以达到保护嗓子的目的。还有就是要防止感冒、伤风，平时要坚持练声，因此是很辛苦的。

我们宣传队有个女同志肚子特别娇气，只要吃高粱米就拉肚子。她是第三野战军文工团来的，才 19 岁，自理能力差，行动不麻利，平日比较邋遢。每次紧急集合，她都掉在后面。她也不好意思，把身子扭个麻花似的，逗得大家忍不住哄堂大笑。有人皱眉喃喃道：“到底是个娇生惯养的千金小姐。”我担心大家过多指责，平日里多加爱护与帮助。这么小的年龄，能够来到朝鲜战场实为不易。她的心是爱国的，是值得称赞的，所以一些小事应包容，不要苛求。

“长发飘飘百媚生，不与风花斗色新。”不知是谁的决定，给我们三个女独唱演员给了两份补品，每天早上两个鸡蛋。粥少僧多，不够分配。念及我是党员又是小队长，又比他们年龄也大，就把鸡蛋让给了李勤和王番。毕竟连生命都可以牺牲，还有什么私利可言？“无欲自然心如水，有营何止事如毛。”过去在文化部我的工资很高，买什么都行。来到朝鲜就是要吃苦的，自己应该有这个觉悟。我非常安心，情绪一点也不受影响。可见，人一旦被赋予责任，就会马上注意自己的形象，开始变得伟大和神圣起来。然而，曾几何时，情况变了，大约过了三个月就取消了这一待遇。不知为什么，我也没有过问。

那时我们不仅要忍受处处的蚊子咬，还要在虱子满身爬的情况下坚持工作。

一个冬天不能洗头，白天晚上都戴着帽子，馊味熏人。日复一日，头上出现了虱子，不久虮子也出来了。时近岁晚，我勉强洗了一次头，结果害了一场病，所以再也不敢洗头了。因为冬天冷，大家睡觉的时候愿意挤在一起。起初虱子是在李予身上发现的，不多日子我的身上也有了，先在头上而后又爬到衣服里。同志们先是用手挠痒，逐渐公开相互抓头上的虱子。李予性情斯文和顺，是乐队的小提琴手，每日去男宿舍排练，由她传入女宿舍，可见男同志是全有的了。不过他们从来不说，我们也不问，因为在这样的环境里长虱子不足为奇。大家嘴上不说，身上痒得难受。

我有一件蓝色纯毛毛衣，是1951年冬天在文化部工作时买的。1952年入朝时我带着它，在两个冬季里一刻也没离开我的身。后来毛衣上长了虱子和虮子，虱子还可以捉一下，虮子却拿不下来，因为它贴在毛衣上又紧又结实，根本无法清除。时间一长，虮越来越多，白花花的，看得很清楚。我心里很着急，可又没办法。我在回国学习时想趁机消灭一下毛衣上的虱子，抽空找到附近的老乡，托她把毛衣用开水放入碱粉煮烫。我想这样总可以把虮煮死了吧。当我拿回毛衣一看，毛衣全部变了样，绒毛全无，光秃秃的像绳子一样，又轻又薄。我自叹自己无知，真是应了一个古人的笑话：“有一个人想消灭棉袄上的虱子，竟把棉袄烧了。”自己就是这样一个笨人。

1953年9月末，快国庆节了，天气突然转冷，大家需要穿棉衣了。因演出经常不在家，棉衣统一打包保管在队部。当从队部取回自己的棉衣时，拿回来打开一看，整个衣服全长了绿毛，霉气熏人，嗅之叫人呕吐。经过春夏秋三季，从未打开晾晒过，又积压在一起，再加上每人的棉衣都浸满过汗水，所以绿毛非常浓厚。不管我干擦或湿擦都不会全掉，而霉味更是除不掉的。日久气味渐渐轻些，但始终跟了我一冬。我和战友们说这霉味不亚于毒瓦斯！他们听了，只是笑笑没说什么。我奇怪，我为什么对它反映这么强烈，可能是自己的体质不佳，没有别人强壮吧。

冬天来了，上级领导关怀大家冬天的冷暖，发给宣传队10条军用被。我们的被子本来都很薄，又经过两年日夜滚爬，别说棉花七少八缩，就是好好的过冬也很冷。特别是女同志在当时的战地环境中比男同志难处多：第一，每月有例假甚至痛经，尤其是过河后特别怕冷；第二，头发长的较多，要经常洗，洗了发后需保暖才行。但大家领被子的时候都很自觉，无人主动去领。

在齐齐哈尔市文工团时，除了发外衣，还发衬衣、衬裤。在朝鲜，除发外衣，并不发衬衣、衬裤。在冬季，我上身棉衣里边就是自带的毛衣和衬衣，还勉强过冬；下边的裤子却不行了，里面没有衬裤，寒风一吹，满裤筒都是凉风。隆冬季节，苦寒之地，滴水成冰，稍一防护欠周，鼻子、耳朵就会冻伤，手脚冻裂。凛冽的寒风刮起来，卷起尘土，吹得人们睁不开眼睛。风似刀割，刺到脸上、手上，马上感到疼痛。但这吓不倒我们，因为我们有一颗火热的心。整个冬天，我们都在河里洗脸，有时手红肿得发亮，奇痒难耐。整天野外奔忙，满身的尘土、汗渍、污垢等。女性素来爱洁，几欲作呕，衣服脏得不得了。不能洗澡，就是衣服也很少洗，时间长了头发有虱子又有虮。别的女同志洗头都是跑到河里用冷水。开始我怕头痛，不敢洗，因痒得难受，也就顾不上那么多了，决心到河的泉眼处去洗。泉眼水虽不上冻，但等洗完头，一见风头发很快就结冰。我就用木梳敲打，冰打下来，头发也干了，却把长发打碎打掉不少。小风吹来冷飕飕，彻骨得凉，我开始头痛起来，全身颤抖，头感到眩晕，胃在痉挛，并伴有呕吐。泉眼洗头，也非善策，从此不敢冒险了，任其自然罢，让虱子和虮随便好了。日月如梭，天寒岁暮，一年快完了。闻说茂马苦，今来到始知。

听老队员们讲，刚入朝时生活上更艰难，没有炊事员，自己做饭吃。每日吃饭也很不定时，因为飞机轰炸太频，整日在头顶上飞来飞去，生火做饭，炊烟上升，很容易暴露目标；夜里做饭，挖坑架锅，还得把烟道弄成四面八方出火冒烟。

虽然驻地条件不好，但还是要美化一下。有一次我想在墙上砸个钉子挂些东西，但找不到锤子。一个老队员对我说："这种地方哪有锤子，您找块石头不就解决了。我听了恍然大悟，要别的没有，山沟里石头到处都是。这时正是夏天，蚊子特别多，虽然每人都有蚊帐，但弄不好，让蚊子进去，一宿就别想睡好觉，因怕空袭不让点灯，所以无法消灭它。战争中，生活虽苦，却也其乐无穷。穷当益坚，人间只是黄金贵，不向天公买少年。

因为我学过戏剧导演，队里领导分配我给姚杰排单口相声。姚杰洒脱不羁，不拘小节。他对我调侃说："不吝指教，愿听教言，以开茅塞。"我哈哈大笑，说道："怎么跟我闹起虚文来啦？打住，别巴结我了，糖衣炮弹我吃得太多了。在下才疏学浅，岂敢班门弄斧，我们共勉吧！"我接着开玩笑似地说："混沌初分张果老，还同小辈并称仙。学无前后达为先，我是无佛处称尊。敝人天赋不够，浅陋得很，就像南郭先生，滥竽充数，只是三脚猫的工夫。"我们都直肠直肚，有啥说啥。他听了也不生气，万事不萦于怀。在具体排练中，我们有过不少分歧。我反对他在表演过程中常有过激的动作，如：在感情激动时大喊大叫，捋胳膊挽袖子，拽开四平拳，踢起双飞肢，抡拳踢腿等。拳足相加，就像半夜不是打钟时、清晨不是吹笛时那样有些不伦不类。

我认为，相声，尤其是单口相声，要以说、学、逗、唱为主，幽默为辅，那些大的动作也就是花拳绣腿啊。就像要铁匠用画笔打铁，书生用铁锤作画，有了远不如没有的好。他眨了眨眼睛，道有借鉴之处，但他依然坚持己见。我感觉，他是永远扶不起的阿斗。我是老牛追兔子——有劲使不出。若胶柱而鼓瑟，不能合变也。《魏书·李崇传》："今国子虽有学官之名，而无教授之实，何异兔丝燕麦，南箕北斗哉！""自惜袖短，内手知寒。"不能责人，亦毋庸自责，所谓"胜固欣然败亦喜"。咬着嘴唇道："世上只有没有教好的老师，没有学不好的学生。可能是我保守，我是学舞台戏剧导演的，没学过电影导演，更没学过相声导演，但是无论什么戏都有合情合理的情节跟着。"

是啊，我也知道，"胸中有山水，何处不风光"。因为我曾在文联工作过，所以宣传科想调我，让我写个东西。这真是让我为难，我以前曾有几次调出文工团，我不甘心又想法调回，大费周折。因为我爱文艺这一行，不愿做其他方面的工作。于是我想躲过去，开始说不会写；后来催得急，就随便写了一下，用笔颇为草草。虽然每一个都识得，但全然不成文理，东一句西一句，心下也不禁惴惴不安。范林善一见笑开了，说："您是文化部的，应该能写。"我正色道："那未必尽然，文化部写材料有秘书，我从不写。器小盛大，绠短汲深，难胜繁任。"这样推诿了，我过了关，不再调我走了，真是谢天谢地。

天地之间时光最霸道，能够坚持最后回国、完成任务的男女青年，都是好样的，也都是好汉。在中华民族的历史上，第一次以如此巨大的规模、如此巨大的牺牲和如此巨大的热忱，投入抗美援朝战争和争取民主自由新生活的洪流中。

51. 火辣辣的青春

闲暇时我们盛情隆谊，一表一去取笑相嬉，舌战不休，笑倒一片。这样一群常葆童心的人，往往外秀内慧，聪明伶俐，笑口常开，平日的笑话真乃笑谈不俗，乐在其中。欢乐时光，爆笑连连，豪情比天高。自表功绩油滑嘴，背地人称巧嘴舌。大话冠军，相互趣乐，斗嘴冤家终是好兄弟，贫嘴也是润滑剂。

有一天，队里领导有意垂顾，当着大家的面问李勤："早起你为什么不练声？你看小苏每天都坚持早起练声。""要把握当下，珍惜寸阴，不要时作时辍。"这几句话说得斩钉截铁，竟不留半分余地。李勤眉头微皱，沉吟不语，仍是镇定如恒，微微一笑。崔立中说："当瘸子不说短话。"王宏木情不自禁地马上接口拐弯抹角旁敲侧击地说："君子之过如日月之食，人所共知，知过能改，善莫大焉。"崔立中说："春眠不觉晓。她觉还不够睡呢，来如春梦几多时，去似朝云无觅处，岂不可惜？哪儿有精神练声。"王宏木随口朗道："春天不是读书天，夏日炎炎最好眠，等到秋来冬又至，不如等待到来年。"他俩眼光中有一副顽皮轻佻的嬉笑面孔，顽皮地戏谑，引起大家一片笑声。其实，崔、王二人是好意，想帮衬着解释一下。然而李勤神色木然并不置答，也不出言反驳，只是斜眼而睨，一脸不屑，对他们的玩笑颇不以为然。眉间微有恼色，小声嘟囔说："狗嘴吐不出象牙来，你们嚼什么舌根子？"王宏木看李勤不高兴，随即歉意地说："人不知而不愠，不亦君子乎？童言无忌！所谓炒面捏娃娃——不知者不罪。"随后有点自嘲地调侃道："您没听说过'千臭万臭，只有马屁不臭'吗？大丈夫何事空啸傲？有人的地方，就有马屁拍。诸葛亮激老黄忠——拍马也追不上。"崔中立道："别套近乎，马屁少拍，哈巴狗舔脚后跟——你舔错地方了。"唐代杨敬之有诗："平生不解藏人善，到处逢人说项斯。"同志们之间用歇后语相互调侃，并没有什么恶意。这种同志间的友情，犹如一杯香酪，初入口有一股苦味，苦味过后便是淡淡的清香。

白水一冲生异色，清茶三品有余香。笑尝龙井杯中月，喜饮碧螺盏底春。雀舌龙团皆上品，山泉雪水助清香。君子之交茶作酒，哲贤者论语如金。

友情犹如一幅意境深远的中国画，它所追求的不是华丽，而是真诚。友情总需要用热情去浇灌，用原则去培养，用谅解去护理，一定要学着去容纳他人。

大家本是友情甚笃的斗气冤家，虽空话连篇，夸耀卖弄，但说起俏皮话来，却顿显机智，越说越开心。上至国家大事，下至黎民小事，无不可入题。诸如：

老虎掉在井里——有劲使不出
天老大，地老二，我老三——你算老几
胸能撑船，见人就笑——好好先生
哥俩坐班房——难兄难弟
鼓上安电扇——吹牛皮
老虎拉大车——谁敢（赶）
一双筷子夹骨头——三条光棍
大姑娘做媒——先人后己
山顶上唱歌——高调
死了猴子破了锣——没戏了
给聋子吹笛——白费工夫
马背上钉掌子——离题（蹄）太远
关公斗李逵——大刀阔斧
关公打喷嚏——自我吹嘘（须）
高射炮打坦克——水平太低
电影里谈恋爱——假情假意
癞蛤蟆垫桌腿——有口力气
翘屁股看人——有眼无珠
雨打过的沙滩——麻子
大块投河，玉珠击鼓——不通，不通

随形附影，而能自出奇态以争妍。彼此钻空子，抠字眼儿，互相捉弄，打趣为乐。这些人，粘上毛个个比猴精，矢口成言，下笔也能成文。他们博闻强识，有质有文，陈言大去，新意迭见，各抒性灵，说得活灵活现，皆似亲眼目睹一般。更是匪夷所思，毫无酸腐之气，随口而出，不禁十分佩服。津津有味，欣慰的目光，很少沉闷之感。这不是谈话，而是艺术了。一个个妙语连珠，小常识里蕴含着大智慧。非但不俗，而且很有趣。

佛经有云："无量有四，一慈、二悲、三喜、四舍"这四无量，与乐之心为慈，拔苦之心为悲，喜众生离苦获乐之心曰喜，于一切众生舍怨亲之念而平等一如曰舍。无量寿佛者，阿弥陀佛也。他们这几个人，冰雪聪明，机智过人，见面就聊，本来就是信口开河、东拉西扯、言不及义的特点。你说前门楼子，他说热炕头子，这是一种无生掺水强调口腔快感的语言风格。他们时而一唱一和、对联凑句，附庸风雅；时而反唇相讥，你来我往，卖弄口才，十分诙谐。笑语千出，弄得一些人目瞪口呆，跟着傻笑。他们不但善对，还很敏捷。这要求说者必须智商高，反应快，拥有的文化资源多，而且具有幽默感的才能在信口开河时常常都会丢掉思维逻辑，成了"相声"段子。崔立中、王宏木成了队里的活宝贝。只要他们一讲笑话，特别在吃饭的时候，准有人把饭喷出来。有一次，我不知怎么腹泻拉起肚子，一天跑厕所几次，见饭不香，不想吃。崔立中见了我，咧咧嘴，笑嘻嘻地说："吃了萝卜喝热茶——气得大夫满地爬！"明明在搞笑，他还故意摆出一副一本正经的样子，令人忍俊不禁。邹智华一笑，被嘴里的饭呛得咳嗽起来，直流泪。我们哀求他们，让我们安静地把饭吃完。他们却眨着眼睛，若无其事慢慢地说："不管我们的事，谁让你们不把嘴闭紧。"又惹得大家一阵大笑，王番哎哟一声说："狗腿子进村——四邻不安。"崔立中接着耍贫嘴说："狗熊耍门棍——人熊家伙笨。笑比哭好，当个开心果，总比当烦恼树好吧！笑一笑十年少。"王宏木笑着接腔说："好哇！你今年 20 岁，我叫你笑两次，你就得去你妈怀中吃奶去！"连连鼓掌，说道："好，就这么办"。崔立中忙说："南辕北辙，人说东门楼，他在扯屁股猴。"说完，回头冲姚厚臣挤眼睛，意思叫他也来帮腔。姚厚臣是个不善辞令、嘴慢的人，就显得口拙词穷，急了就口吃。他呆了一呆，苦思良久，还没张嘴光挤眼睛，得求助于帮腔。这可把我们乐坏了。看到这三人大放厥词的表演，笑得我们女同志气都喘不过来了。他们都表现出行若无事的样子，逗的人又是笑。故事天天有，生活大不同。

在吃饭时也不知什么事引起，王宏木慷慨地诵诗："生命诚可贵，爱情价更高。若为自由故，两者皆可抛。”奋发鹰扬，大丈夫生在世间，百年之期，倏忽而过，如不建功立业转眼与草木同朽。意兴甚豪，言语之中，颇有正气，行事大有古人遗风。崔立中抢着说：“胸中有志休言志，腹中怀才莫论才。”王宏木又接着说：“大丈夫生此七尺之躯，非忠即孝，须做一个奇男子，留取丹心照汗青。”说的诚挚已极，直如赌咒发誓。崔立中大笑说：“闪烁其词，口说不足为凭。‘好汉子’三字，我是不敢当，总还算是个言行如一的真小人。”他那挑逗的滑稽相，逗得大家笑起来。当时宣传队的同志绝大部分是未婚男女，他们都有理想，也有追求，整日价诗云子曰听得多了，自是心高气傲，谁也不肯饶谁。众人听了自是腻烦，王番吃吃地笑道：“喂！我们的诗人快吃饭吧！你们还不知道‘十岁的神童，二十岁的才子，三十岁的庸人，四十岁的老而不死’吗?”接着崔中立给大家出了个字谜。他说欧阳修曾写过一首咏物诗：“一人一口一星丁，竹林有寺却无僧。巧妇怀中抱骄子，二十一日酉时生。”谜底是“醋”。大家见他酸气冲天，肚里暗笑，相互取笑，可谓“西北风吹蒺藜——连讽（风）带刺”。

有一天晌午吃饭，当哨声一响，大家都忙拿着自己的缸子、勺子到院内去吃饭，没想到男同志早把饭菜打来了。一看有四川榨菜，这可是我们女同志最喜欢吃的菜。好香的榨菜，麻得爽心，辣得开胃。食蔬如许瘦，食肉未须肥。面对美味，崔立中又活跃起来，他笑嘻嘻地朗声念道：“烤鸭鲜鱼宜小酌，生姜老蒜可清淡。触目闻香馋涎欲滴，吃得腰喘气饱嗝连声。大家在旁只是笑，他接着唱道：“正月里来是新春，赶着那猪羊出了门……”在场的同志们开始笑着心领神会地捧场，不约而同地一起接唱：“猪啊、羊啊，送到哪里去？送给那英勇的八路军。”有人唱：“送给那作战的志愿军。”同志们边唱边扭起了秧歌，同时敲打自己的瓷缸打着拍子伴奏，纵情高歌把歌词改了。此情此景，引得大家哄堂大笑。这些人都有随物赋形，因宜应变的能力，“飞机上挂暖壶——都是高水平（瓶）”。这首歌是塞克和安波两位同志在抗日时期的作品《拥军秧歌》，很是流行。都很好，击节不已，心中的痛快无可言喻。顺口改词这本事，并不费劲。真正是顺口溜，从嘴角顺口就溜出来了。这一闹，大家确实饿了，顿时胃口大开。我也举箸大嚼，吃掉了两个馒头，逗得大家只是笑。崔立中笑着冲女同志说：“好哇，吃不了兜着走。”因为我们常把剩下的四川榨菜拿回宿舍慢慢吃。但听他起哄，言语引人发笑，令人喷饭。像这样各式各样的小片段、小插曲，妙趣横生的小笑话、小故事常使你笑中带泪，泪中带笑。有时讲到最精彩的地方，他们也会戛然而止，并说欲知后事如何，且听下回分解。故弄玄虚，吊着大家的胃口发噱，又引起一阵哄堂大笑。妙语如珠，诙谐百出，时而轻嗔薄怒，时而柔语浅笑。大家在这种笑话奇谈中，不知不觉又多了几分亲近之意。

有一天，也不知是谁讲了一个故事，逗得大家好笑，给我印象颇深。故事说两个旅行的人住在旅店里，相互认识了，闲谈中都夸耀自己家乡的高楼。一个说，我们家乡有座楼，楼顶上有个麻雀窝，窝里有几个麻雀蛋。有一天，不知怎么，窝破了。这些蛋在半空中孵化，幼雀破壳而出。新生的麻雀，还没等落到地上就翅膀硬了，可以飞了。所以那些麻雀一个也没摔死，都贴地飞行，然后一飞冲天。您想那座高楼有多高？另一个旅客笑了笑，不愠不火，我们家乡也有一座高楼。有一次，有个小女孩从楼顶上掉下来。到了地面上，她已变成一个老太太。我们这座楼比你们那一座，怎么样？

林语堂说，幽默本是人生一部分，所以一国文化到了相当程度，必有幽默的文学出现。人之智慧已启，对付各种问题尚有余力，从容出之，遂有幽默；或者一旦聪明起来，对人之智慧本身发生疑惑，处处发现人类的愚笨、矛盾、偏执、自大，幽默也就跟着出现。我们都是 20 岁左右的年轻人，平时比较活泼，相聚一起，依然顽皮如故，熙熙攘攘玩笑连天。但有时工作忙得很，睡觉特别少，稍懒一下，自己的事就没空做了。有时我值班（小队长以上的干部都值班），连午觉都不能睡，到处走动，检查情况，要对全队的安全负责。

逸情谈志，希望和期待是青春的好朋友。吃饭时，言笑晏晏，王宏木说：“红袖添香夜读书，姿容清丽，花容月貌，娥眉绝世，才有情趣可言。人生在世，夫复何求？”又感叹地说：“婚姻好似皆前定，但得多情自有缘。”立刻打住，不禁失笑，传扬出去会不会显得我轻佻巧诈？逗得大家都开口大笑。过去，偶尔有人吐露此意必遭嘲讽，今天却一反常态。崔立中踌躇满志地接着说：“我也想看来我只得空将此情付流水，纵有买花意，却无戴花人，那不过是遥远的梦境罢了。”两人相顾开心的大笑，听得他俩人打哑谜般的互答。突然有人插嘴说：“唉，天上柳绵吹又少，天涯何处无芳草，寻春须是先春早，看花莫待花枝老。”姚杰眼睛一亮，伸手在大腿上一拍，说道：“千金挥手美人轻，自古英雄多落魄，且借壶中阵香酒，还我男儿真颜色，风景总是在别处。”崔立中将手挥了挥，抿嘴笑，叫他们别打断自己的话头，笑着慢条斯理地叹道：“老冉冉其将至今，恐美人之迟暮。何处无奇才，只是不相识。丈夫不得志，漂泊似雪泥。白云在青天，可望而不可即。我是个倒霉蛋，卖面粉碰见大风，卖盐遇见大雨，我是水中捞月——一场空。”清茶淡话难逢友，浊酒狂歌易得朋，千古名言。他说这话是另一番意思。他显出无可奈何的表情，又在装腔作势演戏了。姚杰说：“那倒也未必尽然，生年不满百，何必长怀千岁忧。只可惜我不知你爹爹生得是何模样，否则我可要变作他老人家来教训教训你这不肖之子。嘿嘿，不如顺坡下驴，以是明知。”王宏木接腔说：“你就像猴子穿龙袍，望之也不似人君。百岁开怀能几日，一生知己不多人。”姚厚臣心不在焉，突然冒出一句：“他是两头抓瞎，你少捧我，我还没有你肩膀那么高，怎么能算高人?”日有所思，夜有所梦。等他明白过来，顾左右而言他。大家听了，都大笑起来，可是妙语如珠，庄谐并作，或讽或嘲，听了也不禁暗自钦佩。周围的女同志听了低着头边吃，边偷着笑，都没搭腔，都明白其是醉翁之意不在酒，言外有意，话外有音。少年情怀总是诗，人不痴情枉少年！但愿人长久，千里共婵娟。得成比目何辞死，原作鸳鸯不羡仙。崔立中自嘲地说：“佳人已属沙咤利，义士今无古押衙。”再回头是百年身，大家听了哄堂大笑。他们都兴致勃勃地公开谈论爱情，感想那位多情的朝鲜女子，羡慕那位有福气的文书，全然被朝鲜爱情故事中恋人的那种依依不舍感染了。罗曼史和恋爱差不多是寰宇类同的，但每人一生之中，初次知好色而慕少女，无不神魂颠倒，目眩神驰，难描难画。插科打诨，全是茶余饭后的逸闻。性格潇洒，语句俊爽，语言精彩飞扬，字里行间透出浓郁的书卷气。

花一样的年华，正朝气蓬勃活泼，充满活力和激情，有点忘乎所以，又蹦又跳。放言无忌的青年朝气使大家的生活显得特别活跃，简直就像只会趴在地上玩弹珠的孩子。

惊才绝艳，所学之杂，涉猎之广，在人群中就像是鸡群中的鹤，所说滑稽风趣。滑稽在何处？在形体、在眉眼、在声调、在用词。综合在一起，自然显得潇洒幽默。讲笑话、幽默，常常妙语惊人，没有一个不笑的。有轻轻地微笑、哈哈地大笑、格格地狂笑；有的人甚至笑弯了腰，站立不稳，嘴都咧到后脑勺去了。和他们相处日久，自也不以为异。

他们文思敏捷，脸上一副傲气，童心未眠，嘻嘻哈哈，鼓嘴挠腮，说大话，显口舌之利。即兴发挥，穿凿附会，生拉硬扯，胡乱联系。越是信口雌黄、驴唇不对马口的胡诌越是出逗乐的效果。有时又故意前言不搭后语，双眸闪闪，添油加醋，说得有鼻子有眼，好像真有其事。这种例子俯拾即是，诙谐百出，引人大笑，令人绝倒。行乐万千般，只博一笑欢。这些都使我顶礼膜拜，佩服不已。他们那种微妙、敏捷的思绪，如同颤动着的曲线和抒情的乐音，生出了另一番韵味和意境，美妙极了。把听者牵动得忽忽悠悠，又是嘻嘻哈哈，给同志们带来许多生活上的乐趣。幽默所表示的是心灵的光辉与智慧的丰富。幽默的情境是深远超脱的，所以不会怒只会笑；而且幽默是基于明理之参透，它所表示的是心灵的光辉与智慧的丰富。文采风流，密如连珠，突如其来，迅疾无伦，是要有一定的文化底蕴为基础的。语言里包括历史、地理、文学、艺术多种方面综合性的知识，涉及的知识面很广，上下五千年，纵横八万里。在青年人来说，也算是学识渊博了。幽默是一种文化、精神、学问、道德长期积累的结果，是一种境界、意趣、品位、见识的综合素质的表现。他们言谈幽默，议论、讽刺的不曾有，而闲适怡情的却不绝，显得既洒脱又风趣。

52. 学朝鲜话趣味横生

宣传队的同志不但有高度的爱国热情，也有不断学习上进的进取精神。我们乍一入朝时，都感到来到异国他乡语言不通是个障碍，情感无法交流，他国的风俗、民情体会了解也差，要不虚此行，就得在语言上有所收获。

在学朝鲜语演唱《春耕谣》时，可谓一听钟情，再唱难舍，三唱灵魂已经被震撼了。好在队里也有朝鲜族的同志，随时可以请教。她字正腔圆，口舌利索，清清楚楚地给我示范。我暗自记忆，抽空就问就背，但在发音上总是不准确，画虎类狗。比如，我们跟队里朝鲜族同志学朝鲜歌《春耕谣》，歌词中有"我们在春天里耕种，多么自由自在"，发出的声音有些像中文。崔中立倒是学得挺快，而我总是记不住，于是向他求教。没想到，他顽皮性起，调皮地说："你要是记不住，就记偷人家的东西，放在自己的屋里怕人看见。"荒腔走板，放出迷人声态。大家一听笑成一团，真让我笑得喘不过气来。这个活宝，能使你哭笑不得。虽似浅显，却含至理，也以笑容相披。搞文艺的人都有一种天赋，尽管不懂外国语言，只要记下曲谱，再代以和外语近似的汉语拼音，便可以唱任何国家的任何歌曲。崔中立就特别善于照猫画虎，每次听了都忍俊不禁。几乎没他不懂的，什么旁门左道都知道，有鼻子有眼儿，诙谐得一塌糊涂，那真是能把人笑得摔一边去。

朝鲜民间传说：布谷鸟不安家，没有自己的巢穴，它把自己的鸟蛋放在芦苇丛中别的鸟窝里。因为没有家，所以经常留恋与徘徊在芦苇塘的天空中。《春耕谣》歌词里有这几句："布谷鸟叫，春天已来到。它在祖国的原野里布谷，啊，啊，嘿哟，嘿，嘿哟嘿，唤醒人们春耕哟，春耕的季节已来到。"

大家开始学朝鲜语时，闹出了许多笑话。有时见了老奶奶，管她叫

“嫂子”，叫得人微微一怔；见了大嫂又叫“老奶奶”，叫得大嫂红了脸，笑着转身跑开了。而这位同志发了呆，不觉伸伸舌头，搔搔头皮……回来请教朝鲜族同志，才知道弄颠倒了，还好没惹出祸来。

还有一次，一位同志向朝鲜老乡借淘米用的瓢，但说了半天对方也不懂。这位同志想起了朝鲜语，但是说完，这个朝鲜妇女，顿时红了脸，把眼一瞪，门一摔就走了。原来按朝鲜风俗是不能说借瓢的，这样说就是要和她发生性关系的意思。这位同志知道真情后，非常后悔，第二天就带着翻译，亲自登门道歉。我们听了，人人都目瞪口呆，真是“秀才遇到兵，有理说不清”，不是说不清而是“说不通”了。千里不同风，百里不同俗，各有各的风俗习惯。这样一来，我们就不敢轻易说朝鲜语了，怕招来不必要的麻烦。日子长了，工作忙起来，我也不想学了，但是姚杰的朝鲜语曾救了我一命，我非常感激他。

53. 干干净净过春节

一个人的心里若是觉得很温暖，即使置身隆冬，也会像是在煦暖的春天。

怕暴露目标引来敌机轰炸，驻地附近不许晒衣物。我们洗了衣服，就在小河边的草丛上晾晒。发现敌机来了，不论衣服干不干，收起来就跑。没法子只能在屋内晾干，这样屋子里就显得很乱。在这样的环境中生活，没法讲究整洁，不论春夏秋冬都是如此。

我们的棉衣已经穿了两年了。在战争的环境里，大家整天整夜不脱衣服，都是和衣而卧，就是再爱干净的人也免不了穿脏的。就拿我来说吧，平时我穿衣裳是比较整洁的，但入朝时间久了也特别脏，尤其是不宜换的棉衣。有一次，我回国到东北文化部招收文艺兵。和文化部的老熟人见面时，看到自己衣服太脏，我立即用湿毛巾擦，李金兰（文化部艺术处指导科的工作人员）对我说："别擦了，那是您的光荣。"我听了很不好意思。

那时，我们一个冬天都无处洗澡，就是洗头也是有数的。有时在小河里洗头发刚洗完就结了冰。因为演出需要，我们女同志都得留着长辫子，有的生了虱子，并且还长了虮。

政治部王主任提醒我们：快过年了，而你们的棉衣太脏了。现在给你们几天假，好好拆洗一下；男女同志要互相帮助，过几天进行检查。同时，还配发了针和线。这一声令下，大家全行动起来。女同志凑到一起议论，行军过河他们帮我们，这回可有机会帮帮他们了，毕竟做针线活是女同志的优势。我把棉衣翻来覆去看了几遍，终于看出窍门来了，从里面袖口处拆开线，把外面的布扯下来，这样布和棉花分了家；把外罩拿到小河里洗干净，在岸上晒干，然后缝上就行了。等我做完想去帮助男同志时，没想到他们已经洗完了。我很奇怪，约着几个女同志想看一下他们到底是怎么洗的。进屋一瞧，当即笑得我直不起腰来。原来姚厚臣、王宏木、姚杰等几个男同志把棉衣整个洗了，棉花见水后很硬，直挺挺竖在地上等干。上衣在地上站着，裤腰坐地，裤角朝天，就像高射炮的炮筒。几个人的棉衣在地上摆着，那个阵势就像秦始皇的兵马俑。先是吃惊，后是哄笑，再就是跑进跑出、大喊大叫，弄得所有人都跑去看究竟。弄得几个男同志很不好意思，把棉衣藏了起来，不让大家看。崔立中向同伙们挤眉弄眼，还风趣地说："贵客枉顾蜗居，不知有何见教，要看拿钱来。"这一下大家更笑得前仰后合，一片喧哗。有的女同志不甘心，找了半天也没找到。有人笑着说："谁稀罕看，叫人见了连隔夜饭都要吐出来。"然后都嘻嘻哈哈地笑着走了。

54. 战地书信（三）

新春的祝福

先生：

别来无恙！

现在称呼“先生”却含有别的意思。古人称先生是师长，20 世纪 30 年代称先生是丈夫，现代人流行的叫法是“爱人”或者“对象”。真是花样翻新，将来还不知叫什么呢。这也是时代潮流的特点吧。

这两天都在盼信，我以为昨天或者今天会接到您的信。但是到现在也未见信的踪影，也许路上受阻，希望不要遇上敌机而车毁人亡的事发生。

今天过春节，战友们都特别高兴，气氛也异常热闹。开饭时以小队为一桌，每桌六菜一汤，每人面前半碗白酒，说说笑笑，别有情趣。男同志带头举杯祝贺祖国繁荣昌盛、国泰民安，并纷纷表示要立功，以回报祖国人民的关怀。邹智华和张小群不甘落后，抢着说：“你们男同志能喝酒，我们女同志也能喝，不信比试一下。”说完举起酒碗就是一大口，结果呛得连续剧烈咳嗽，眼泪鼻涕一齐流，逗得全屋人笑得东倒西歪。

吃饭时，大家边吃边议论。有人说，来到朝鲜两年了，一次功也没有立，回国后不好交代。他的话引起了大家的共鸣，好多人都说：“在宣传队立功很难，还是上前线好，就是流血牺牲也是非常光荣的。”最后，大家还是自我安慰，认为必须把本职工作做好，争取立功，不能泄气。起码我们没有虚度年华，在祖国最需要的时候，能够挺身而出，是对国家尽了忠的。

以上是战地春节宣传队会餐的一幕，不知先生有何感受？自己心里猜测着将来多变化的命运，无论任何一种都会比枯坐在办公室里好多了。

“行万里路，胜读万卷书”，真是“仰慕比暗恋还苦”。不知此话是否正确，这是我的感受。

战争环境使人生活节奏加快，新鲜事物应接不暇，感受颇多，总想写下来。关于灵感，苏轼曰：“作诗火急追亡逋，情景一失后难摹。”梅圣俞诗云：“作诗无今古，欲造平淡难。”王安石也说：“看似寻常最奇崛，成如容易却艰辛。”这类诗是寻常口头语言，一经诗人说出来，即觉别有风韵，似乎诗人真别有一付齿牙，真的可以随风生珠玉似的。大抵自然平淡之诗，首先一个条件还是在于真情实感，独有兴会而又用语贴切通俗。因此，司空图在《诗品》里论自然的风格时说：“俯拾即是，不取诸邻。”“笔落惊风雨，诗成泣鬼神。”“为求一字稳，耐得半宵寒。”“吟安一个字，捻断数茎须。”……这些都描写了诗人作诗的艰苦，但也意趣无限。

得诵比诗，必浮大白。今天也许比明天更重要，因为每个今天，她都在生长着、变化着。时过境迁，许多事情是不能替代的，许多感情更是不能替代的，这些都是时刻鼓励自己要记载的理由。

有人说，童年是一场梦，少年是一幅画，青年是一首诗，壮年是一部小说，中年是一篇散文，老年是一套哲学。人生各个阶段都有特殊的意境，构成整个人生多彩多姿的心身历程。其中，如诗如画的青少年时期孕育着最纯真的感情。不知是否说得有理，想听听你的看法。

年轻的您，有足够的理由相信：您将会得到这世间最幸福的一份爱。在这安安静静的黄昏，带着缠缠绵绵的思绪，托付给飘飘漾漾的云，知音隔不断天各一方月共一轮，让平安和祝福永伴我们。

因此，我也有足够的理由劝告您，要耐心地等待。果实要成熟了以后才会香甜，幸福也是一样。

您知道，我把这世界说得太理想化了。可是，我并没有错，如果没有理想，这世界将会是一种什么样的面貌呢？

理想，在实现以前，有很多名字，它们是幻想、妄想、白日梦和不可能。

可是，就是它，使得志愿军在武器装备差了不知多少倍的情况下，打败了敌人。他们成功是因为他们有理想和责任，并且坚定不移。

我们走过了多少朦胧的星辰，抖落了一遍又一遍的灰尘。我们满怀痴情追求理想！

一年三百六十五日，越过春夏秋冬。

一年三百六十五日，岂能让它虚度。

先生，今天是农历小年，应是团圆的日子，但海内存知己，天涯若比邻。现附上一副金圣叹于中秋写的上联和年关写的下联，谨表我对战争胜利、我们团聚的渴望及新春的祝福吧！

上联：天上月圆，人间月半，月月月圆逢月半。

下联：今夜年尾，明日年头，年年年尾接年头。

苏寄

1953 年 2 月 6 日

55. 军事训练时我出了笑话

虽然我们是宣传队员，但我们毕竟是军人，也要进行必要的军事训练。一次在军事训练中，要求跑步到一个地方去。由于我是小队长，便承担起带队的任务。

我站在院子里向大家喊："集合!"大家迅速来到我的对面列队集合，我又喊道："立正，向右看齐，向前看!"我的声音响亮，每个口令喊得都很正规，像个军人的样子。大家也都很认真，做得也很好。

当我准备领队出发时却喊错了口令，当时我喊道："跑步跟我来!"大家立刻哄然大笑，而且笑个不停。本来很正规、很严肃的事被我这一句弄砸了。大家边跑边嘻嘻哈哈地笑着说："实是天上掉下来的元宝，不捡都不行。"话中含带戏谑意味，你一句我一句吵着，东跳西蹿，不亦乐乎。看到这种局面，我茫然失措，自己也不知如何是好，又不能力排众议、贻人口实。这些人都是爱说、爱闹、爱开玩笑的人，有了笑话决不肯轻易放过的。张晓群笑着说："别理他们，小孩口没遮挡。"我自己点头含笑，窘迫地说："他们就是喜欢作怪，也不故意让人难堪。"看来我还要认真地学习、进行磨炼，才不至于出现类似的笑话。

在书里我读过这样的话，高深的理论、玄妙的概念，其实是从生活中升华出来的，而琐碎的日常生活里包含着许许多多深刻的道理、有趣的知识和令人豁然贯通的启发。生活啊，生活，它是那丰富，那么深不可测。

56. 不是亲人胜似亲人

房东主人的丈夫当兵去了，所以我们这些女同志有时借住到她家里，感到生活非常方便。她对我们也很热情，但我们尽量不给她增添麻烦，彼此相处得很好。

女主人独身一人，没有孩子，年龄30多岁。她纯朴、善良，为人和气，作风正派。家中缺乏劳动力，没有耕牛，也没有家禽，每天下坡种地，生活比较贫寒。“纵有健妇把锄犁，禾生陇庙无东西。”战争使当地百姓生活贫困，可谓“千村万落生荆杞”。大家都很敬重她，经常送给他一些衣服、肥皂等，余下的饭菜也常送给她。相处长了，感情很深，但是语言不通，思想交流是个大障碍，起初都不敢交流，怕引起不必要的误会。她讲朝鲜语，我们讲中国话，再加上面部表情和手势表示，大致意思彼此明白就达到了目的。有时实在讲不明白，只好相互笑笑了事。

在一次谈笑中，我们请女主人唱一首歌。她很高兴地为我们唱了一首《春耕谣》。大家都认为她唱得很好，音质圆润、清脆、嘹亮，有朝鲜民歌的味道。大家都惊叹不已，一个农村妇女能唱得这样好，真是了不起。可见，朝鲜这个民族是能歌善舞的民族。

有一次，我们演员组的几个同志正在房东家里聊天，当时有王宏木、姚厚臣、姚杰、崔立中、李勤、张晓群、王番等。大家见女主人进来，忙起身让座。而后，我们就用半生不熟的朝鲜话和她交谈。可是我们的朝鲜话实在不怎么样，说着说着就冒出了中国话，这一上来就撞到了死角。语言不通，她不懂中国语，我们不会朝鲜话，有人急中生智打起了手势。

真正的哑语手势，我们谁也不会，都是根据自己的想法来比画。彼此寻找最简单的字句努力了很久，都感到遗憾，无法交流，但仍然在滔滔不绝地讲着，都不愿相信完全听不懂。大家比画来，比画去，在语言不够而热情足够的情况下，唯一的办法就是糊里糊涂地随顺对方。非要把事情解释明白那是很困难的，关键是别扫大家的兴。后来也不知有哪个男同志突然间冒出一句日语来，使大家吃惊的是这位女主人居然懂日语。这样我们又有一种语言可以交流了。女主人解释说，她在念书时学过日语，那是日本侵略朝鲜的时候。同样，我们这些人也是在伪满洲国时的学生，也学过日语。于是大家你一言我一语地交谈起来，特别是男同志见日语能派上用场，便搜肠刮肚东一句西一句地说起来。谁说得好，表达意思准确，我们就给他鼓掌；说得不好的，大家就起哄。一时间满屋子热热闹闹，一片笑声。我们女同志没那么勇敢，不成熟或没把握的话是不敢说的，只是在一边看男同志们出洋相。虽然有些同志学过日语，但毕竟不够熟练，只是记住一些单词而已，因而出了很多笑话。如有的同志问女主人："你的先生在哪里当兵?"前面"你的先生"用日语，后面"在哪当兵"却用中文，一句话用两国语言让人感到特别滑稽可笑。还有人用日语问："你几岁?"女同志们立即插话说："又不是问小孩，怎能这样问？应该问多大岁数。"这位男同志又不会用日语讲了，寻思半晌就向大家做了个鬼脸，逗得大家又笑了一阵。东拉西扯，不着边际。一直谈到吃晚饭的时间。大家欢笑着，恋恋不舍地像一群叽叽喳喳的小鸟，各自离开飞散了。在很多情况下，兴致比真实更重要，语言不畅而兴致勃勃。就这样，双方都做到了超越语言障碍的心灵交会。

有一次，宣传队的同志都下连队工作去了，我提前归队一步。由于是独身女同志，队里为了我的安全不让我单独住，就安排我到房东家暂住两日，等队员们回来再搬出来住。在房东家的第二天，她家来了一位客人，是个中年妇女，穿着朝鲜服装。她和女主人面对面坐在炕上的小桌前亲热地交谈着，因我不会朝鲜话，只是和她俩招手笑笑，打个招呼，然后就整理我的书和笔记本。她们谈了很长时间，我发现这位妇女很有气质，说话稳重大方，很有干部的风度。客人说的话比较多，女主人不断地点头答应，看来像是给女主人嘱咐什么事。

客人起身走了，女主人送客人返回屋里时，非常高兴。只因言语不通，她用手比画着，用半生不熟的中国话和我讲着什么，我费了好大劲才弄明白她说的话。

女主人用很生硬的中国话说："这位女客人是本地区的委员长。她来此的目的是了解一下生活情况，特别嘱咐我要好好照顾好志愿军同志，说你们出国作战非常不容易，生活上要尽量帮助，提供一些方便。"听了她的一番话，我内心十分感动，深切体会到中朝人民的友谊真是用鲜血凝成的，真是"海内存知己，天涯若比邻"。

57. 风狂雨骤争饭局

进入七月以来，暴雨、洪水、高温、干旱、雷电，极端天气频频发作。朝鲜的天气就像孩子脸一样变化无常，一会儿大雨纷纷，一会儿露出鲜艳红太阳；又像沙漠上的刮风，倏然而来，卷起一片黄沙，倏然之间又过去了。夏天的雨来得快，去得也快。暮雨迎，朝云送，暮雨朝云去无踪。尤其是山沟中的雨，来势凶猛，劈头盖脸；一阵风雨过后，云开雾散，一切如初。

一次，我们宣传队正在院子里吃午饭时，蓦然间寒意迫人，乌云密布，很快就把太阳遮住了，并有大风吹来。周围的小草、树木都随风颤动、飞扬。这是暴风雨来临的征兆。姚厚臣笑眯眯地说："来去如风，挡者披靡，吃饭的时候要来雨，真不是时候。"崔立中调皮地撩拨一句戏言，随口问道："老天也没问问你，什么时候才该下雨?"……众人七嘴八舌地插嘴说笑，也有几个人围在一起蹲下吃饭。性之所喜，当下只微微一笑，并不接口。阴晴风雨，风雨无情，是自然现象。大家都有忍耐风吹、日晒、雨淋的精神，对天气也没放心上，都相互笑着指对方说："大头大头，下雨不愁，人有雨伞，你有大头。"话未说完，这时风越来越大，顷刻之间狂风大作，空中划起一道龙卷风，将那路面上的尘土扬溅在半空。霎时，遮天蔽日，天昏地暗。我们身上的衣襟都被风吹起，有的帽子被吹走，想笑又笑不出来。怪雾迷天，山摇岳动。乌云涌现，云深深、雾沉沉，遮天盖地地卷了过来。山谷的天空传来了让人心惊的雷声，尘土漫天，树叶乱舞。月晕而风，础润而雨。看这架势，雨一定不小。狂风卷起泥沙撞击着房屋门窗，把破屋子上的茅草大把大把地撕下来抛向空中，旋转着腾上天空遮住了太阳。接踵而来的是急遽的旋风，它卷起一股股沙尘，使人睁不开眼，只听得树叶被风吹得哗哗作响，夹杂着树枝折断的劈劈啪啪的声音。举步难行，只等风停，但它就是不停。旋风把黄沙抛到天上，像千万条翼龙在天上翻滚，抓起屋顶的稻草抛向天空，空中立即出现稻草、沙粒、树叶和折断的细树枝在空中打着旋，夹着狂风抽打在我们脸上、头上、身上。疾风挡住了我们的脚步，顶住了我们的胸膛。我们一张嘴，它就往我们喉咙里钻，使得我们喘不过气来。远山被雨雾遮掩，不但刮风而且还洒下了蒙蒙细雨。雨点由小变大，再由大而变成极大的暴风雨。狂风夹着暴雨，一阵阵打来。雨横风狂泥，沙土劈头盖脸地打来，把菜盆和瓷缸打得噼噼啪啪直响。我顺口念了一句王羲之的诗："山雨欲来风满楼，多少楼台烟雨中。"天突然黑了，又夹着大雨瓢泼一样下起来，加上大风肆虐，雨势逼人，直向人们身上射来。大家七手八脚地把饭菜收拾到伙房，然后跑回住房。这时才看到屋里更惨，因为没有门窗，骤雨似琼珠般乱撒。雨水被风吹到屋内，劈里啪啦！大家的行李和衣被被弄湿了，大家赶紧收拾。大雨如注，泥水满地，茅檐下水流如注，雨丝如帘，土阶边的水泡儿泛来泛去地乱溅乱转，"雷填填兮雨冥冥，风飒飒兮木萧萧"。这时有个女同志用一块雨布挡在门口，但是风仍把雨布吹起来。我看到后忙上前帮助他按住雨布，但仍然挡不严实。雷声连鸣，闪电破空，雨珠如帘，雨点不断地潲进来。雨声渐渐地住了，雨尚未全歇，但已成为丝丝小雨。等到风散雨收、雾轻云薄时，我俩已然全身尽湿，彼此看看都大笑起来。当我转身看我的床铺时，已经全被雨潲湿了，因为我的铺位在窗下，只忙着堵门，忘了窗户。小雨牵肠挂肚地下着，这顿饭吃得实在狼狈，自然也别有风味。看这时的窗外，暴风雨来也匆匆，去也匆匆。黄昏时分，雨已停，风亦渐和缓。晴风雨气收，满眼山光秀。青山霁后云犹在，画出西南四五峰。

暴雨惊雷，风又飘飘，雨又萧萧。云消雾散，那风雨、雷电天然的美感，在我的脑海中形成一缕缕的合成琴弦，奏出缥缈神奇的音乐。

大风歌

大风呼啦啦，暴雨倾盆下，
不早也不晚，吃饭它来啦。
大风呼啦啦，风雨是一家，
风来啦、雨来啦，无处躲、无处藏，
慌了你我他。
大风呼啦啦，卷起土和沙。
风卷雨，雨裹沙。

饭盆叮当响，菜盆响叮当，
房草满天飞，树叶随风摇，
沙粒满菜盆，天知有多少？
风儿无情沙有意，人人见了成傻瓜。
大风呼啦啦，沙土上下打，
柱天又柱地，漫天卷狂沙，
不管三七二十一，铺天盖地打，
风沙过去后，人人都惊讶。

我记得杜甫的《茅屋为秋风所破歌》云：“八月秋高风怒号，卷我屋上三重茅。茅飞渡江洒江郊，高者挂罥长林梢，下者飘转沉塘坳。”诗人栖身于一座最简陋、最普通的茅屋，凭借这茅屋遮风挡雨，可上苍连这一点怜悯也不肯给他。秋风怒号，大雨滂沱，把草堂的屋顶席卷而去。面对茅草飞散和群童抢夺，瘦骨嶙峋的诗人在唇焦口燥、倚仗叹息之余，却由“吾庐独破”推及到“天下寒士”，以他博大的爱国爱民之心，发出了“安得广厦千万间，大庇天下寒士俱欢颜”的千古绝响。

岑参诗中曰：“轮台九月风夜吼，一川碎石大如斗，随风满地石乱走。”沙飞石走，大风弥空漫野，山鸣谷应的吼声。“南山万树高十丈，一一拔去如秋蒿，眼见室庐作飞瓦，窃恐性命隋鸿毛。”诗人只能惊恐地哀鸣，更不必说那造物者施风“造沙”时形成的那种沙霾蒙天覆地、移山填海的可怕场面了。

我生长在干旱多风的北方，可能是这个缘故，在自然界的各种气象中，我最讨厌风天。北方的大风，可以从秋初刮起，断断续续地一直刮到来年夏初。往往严冬刚过，几场大风便吹来炎热的夏天；而炎热刚过，几场大风便又把寒冷的冬天送到。那春天和秋天既短暂而且很少无风之日，当你想要享受一下一年当中难得的春光和秋色时，那大风却早已把它们吹得荡然无迹。还有一首李峤的《风》诗曰：“解落三秋叶，能开二月花。过江千尺浪，入竹万竿斜。”另一首贺知章的《咏柳》：“碧玉妆成一树高，万条垂下绿丝绦。不知细叶谁裁出，二月春风似剪刀。”这些诗又使人形象地感受到风在自然界中的另一种作用。

58. 姚厚臣的吃米饭表演

朝鲜每逢秋末初春，地净土干，经常平地起旋风。忽见败叶尘土离地旋转，知是旋风来矣。初形成时为尘柱，越来越大，越来越高。有时众多尘柱一起旋，且旋且移动，正如庄子所说，扶摇直上若羊角，高与天齐。有的乡亲迷信说，旋风为妖魔或鬼魂所聚，既要现形，又要隐形。风小者为小鬼、小妖，风大者为大鬼、大妖。恶者见美女旋之而去，所以人遇旋风都视为恶者。

记得有一年春天，风沙特别大。由于我们都是在露天吃饭，有时来不及躲闪突如其来的风沙，兜头盖脸地打一阵，免不了让饭碗和菜盆刮进沙子。即使刮进沙子也不能扔，因为大家知道粮食从后方运到前线确实不易。在女同志当中，我的饭量是比较大的。若不吃饱，排节目和演出时就难受（肚子饿得咕咕叫）。因此，我对饭菜不敢苛求，虽然有沙土也要把饭咽到肚子里。一次，我们正在一起吃高粱米饭，只听到“咯吱”一声。大家不约而同地看着姚厚臣，见他黑黝黝一张脸，有着异样的表情，知道他吃到沙子了，接着就见他把嘴里的饭吐在手上。这时，崔立中和王宏木正站在姚厚臣的身边，忙对他说：“不能暴殄天物，任意糟蹋东西。粮食可来之不易啊，别浪费。”我说：“在小学时老师教唱一首歌，歌词是：‘身穿粗布衣，吃的是家常饭，腰里别着旱烟袋儿，头带草帽圈，手拿农作具。日在田野间，受其劳苦风雨寒，功大过于天……’”王宏木喜笑颜开，接着就背了一首《惜农》的唐诗，朗诵到“锄禾日当午，汗滴禾下土”时，周围的同志不约而同地捧场助威，齐背：“谁知盘中餐，粒粒皆辛苦。”姚厚臣天性淳厚，是个拙于言辞之人。一看大家起哄，又是振振有词地合起伙来向他攻击，这位好好先生居然一点愠意都没有。他突然纵声大笑，而后忽闪着眼睛，憨态可掬，目光数转，接着就开始演戏了。只见他左顾右盼，拿腔作势，夸张地把手中的饭左看看、右看看，用手指拨动饭粒找沙子，把沙子扔掉，不知是否找到沙子了。然后扬起脖颈，举起手中的饭，嘴巴一张，一口吞掉。然后摇头晃脑地说：“风扬沙粒争为饭，热血青年视等闲。”他那豪气，他那取乐的神态，极为有趣。一句戏言，当不得真。要是馒头，除沙很容易，剥皮或去掉表面的一层就行。高粱米饭却不容易，饭粒小，沙一贴上就是用水冲也冲不掉，这使我们非常头疼。这时邹智华和李勤眸光似水，俏眉一紧，用自己的小匙敲着饭缸转身往宿舍屋里走去，“且袖渔人手，由他鹬蚌争”。小邹外貌娇媚，言语可喜，爱笑，一点小事就招得她咭咭咯咯地笑上半天。她走起路来总是蹦蹦跳跳的，喉咙里好像有个上了弦的发条，人到哪儿，歌声就飘到哪儿……在场地不知绕了多少转，最后绘声绘色地模仿着抗日时期日寇军曹的语气，高声喊着：“拿回去研究研究，数数有多少沙粒。”带着诡异的微笑，随之而去。颇叫人啼笑皆非，而后大家洋相百出，最后是笑着一哄而散。到了宿舍，邹智华问李勤这碗饭怎么办？李勤说：“好人做到底，送佛送到西，别叫人看见，埋了就是。”邹智华转眸一笑，照办去了。

物质生活的丰富并不是人的唯一追求，而反过来，精神生活的充实和活跃确实会弥补物质上的不足，特别是对于那些要求上进的青年来说，更是如此。高粱米饭、大碴子（玉米）、土豆丝、大咸菜是我们的经常伙食。一年四季吃不到新鲜蔬菜，逢年过节吃的是从祖国运来的干菜，如晒干的茄子、豆角等，但没有任何人叫苦。这种乐观的精神正像《黄土高坡》所唱的那样：

> 我家住在黄土高坡，大风从坡上走过，不管是西北风还是东南风都是我的歌我的歌，我家住在黄土高坡，日头从坡上走过，照着我窑洞，晒着我的胳膊，还有我……

59. 一碗病号饭的尴尬

有一次，我病了，头痛、呕吐，冷热交替，反反复复，一点力气也没有。都说“梦乃心头想”，我看未必，我什么梦都做，醒来什么都忘了，只觉头痛、呕心。

正如白居易《花非花》诗中的梦境：“花非花，雾非雾，夜半来，天明去。来如春梦几多时？去似朝云无觅处。”良夜寂寂，花香幽幽，树巅蝉声鸣响。炊事员听说我两天没有吃饭，做了一碗鸡蛋挂面送到我的宿舍。面条散发着扑鼻的香味，但我却不想吃。经他再三催促，我只好试着吃。没想到这一小碗面条让我吃了半个小时。吃着吃着，身上开始出汗了，渐渐发展到大汗淋漓，立刻感到浑身轻松了许多，觉得病好了一大半。炊事员见我吃完，显出高兴的样子，对我说：“锅里还有一点，你还吃吗?”我觉得胃口大开，想吃东西，就说：“如有，我再吃些。”他急忙回去又端来了半碗。我看了一眼，里面只是可怜的几根面条。吃完这半碗面条，我全身出了汗，脸上的汗水不断往下淌，精神好多了。炊事员坐在我旁边，一直望着我，见我吃完后对我说：“你不是别的病，是馋病。”我本来心怀感激，可听了这话，却愀然不乐，冷冷地盯住了他，心想：这么不尊重人，你是从门缝里看人，把人都看扁了。想反驳几句，转念一想，无论怎么说，人家也是好意，还专门送来了病号饭，而且我的病确实好多了。当下心念稍敛，见他拿着碗要走，我一字字低沉地就对他说：“以后不要送病号饭了，我能和同志们一起吃饭了。”话声虽低，却难掩心中愤怒之意。病情初愈，自是乏力，眼望屋外，呆呆地出神。这种不快，却让我坐在房间发闷难受了好几天。随后我跟队长说：“战地环境这样，这已是罕有的奢侈，我已心满意足，焉敢妄求？以后不要为我做病号饭，做了我也不吃。”

每当想起这段往事，总有颇多感慨。后来，在徐志摩《在病中》这首诗中找寻到类似的心境，于是挑选出其中的关键句组成了下面这首小诗：

在病中

我病了，恹恹地倦卧，
看屋外云天，听木叶在风中……
看那山中的明月，有弯，也有环。
在病中的心情，一瞬瞬的回忆，
瞥见时似有，转眼又复消散，
如同远寺的钟声，随风吹送。

60. 全队训练紧急集合

这年冬天，滴水成冰，大地都冻裂了缝，北风像刀子似地猛刮，大雪满天飞，“秋风扫落叶，严寒飞雪花”。时间的脚步匆匆而过，一眨眼，冬尽春来。

有一天，在全队就寝之前，上级来了通知，让大家做好准备，夜间组织紧急集合。接到通知以后，我们都做了一些准备，防止措手不及。我把棉衣脱下盖在被子上，穿着棉裤倒下，把棉鞋放在头前地上，以便随时摸到。劳累了一天，我们睡得都很香。忽然听到集合的哨音，大家不约而同地喊着：“快，紧急集合。”因有规定不许打手电，顿时屋里就乱套了。有人摸不着衣服，到处乱抓乱摸。我忙着找自己的衣服穿，也听不到别人在说什么。衣服穿好了，但是鞋却找不到了，原来大家在忙乱中走动，把我的鞋踢得不知去向。这时，有人跑出去了。看到这种情况，不知哪位急了眼，把手电筒打开了。我借着光线，看到了我的鞋，已被她们踢得很远，急忙穿上跑出去站队。出去一看，我来的还不算晚，全队还有一半人未到。过了15分钟，差不多全到齐了。大家互相看看知道还少人，等了半天才见到邹智华走出女生宿舍。她脚步趔趄，摇摆着身子姗姗而来。只见她歪戴着帽子，把鞋后帮踩在脚后跟下，趿拉着鞋，鞋子还是左穿右；边走边扣扣子，衣钮不但没扣完，就是扣上的也是错了位。她这狼狈相逗得大家都忍不住哄堂大笑。她绯红了脸，低眉噘嘴，不好意思，忸怩起来，两只手不停地摸着腰带，憨憨地摇了摇头，左右扭动腰肢……害羞实在是一种美态，脸红的她越发显得婀娜多姿、亭亭玉立，自然更增添了她的魅力。一双明亮清澈的大眼睛，带几分羞涩、几分真挚，显得清丽文秀，恰应一句：“玉容寂寞泪阑干，一枝梨花春带雨。”我们个个捧腹不已，大笑良久方止。有的女同志乐不可支，双手捂着肚子，蹲在地上笑得喘不过气来。她这种姿态乐得我肠子搅得痛，不敢喘气，一边揉着肚子，又笑得快断了气。邹智华平日做事也是磨磨蹭蹭，不拘小节；今天当着大家的面，出够了洋相。这时天已渐亮，彼此间也看得比较清楚了。突然间热闹起来，很多同志都出了笑话，衣扣错位，帽檐朝后，鞋带没系，洋相百出，众人尽皆绝倒。大家都一边笑，一边整理。队长先是强忍着笑，后来也忍不住了跟着大笑起来。

大家边走边笑，七嘴八舌地议论着。这次训练教人深思，作为一名军人我们真是不够格。大家知道，自身还有很多不足，还不适应战争环境的要求，有待于加强磨炼，提高自己的军事素质和应变能力。

紧急集合

夜半睡声鼾，哨急惊梦醒。全屋慌忙乱，瞎摸团团转。
颠倒穿衣裳，衣扣扣错位。鞋子左穿右，鞋带忘了拴。
奔跑来站队，东方鱼肚白。彼此相互看，肚皮笑腰弯。

61. 我和张小群一个被窝

冬季，雪夜，又是一个夜寒露重的晚上。我们顶着凛冽的寒风，从外地巡回演出回来。虽然人们的脸上都带着风尘之色，但眸子仍然和平时一般的明亮快活。由于回来得突然，住处来不及清理和安排，只好将就住一宿。我们住的是土屋，条件极其简陋，门和窗都没有遮挡，风一吹雪花都能飘进来。同志们把雨布挂在门和窗子上挡风。准备睡觉时，大家你看看我，我看看你，夜里太冷，不知如何睡好。夜寒露重，除穿了两年的棉衣外，没添任何防寒的物品。这时，我大声说："谁愿意和我睡一个被窝?"无人答话，大家都在思考。半晌，张小群说："我们睡在一起吧?"于是，两个人的被子铺一床盖一床，再把棉大衣盖在上边。我把军用大头棉鞋脱下，穿着棉裤和袜子倒下。土地又凉又硬，寒气侵身，但一倒下便什么也不知道了。月圆如洗，晶亮清澈，冷风却凉，透骨生寒。不知十冬腊月寒气重，陡觉三更布被轻。正如徐志摩在《盖上几张油纸》中所写：

> 一片、一片，半空里掉下雪片……
> 虎虎的，虎虎的，风响在树林间……
> 今天果然下大雪，屋檐前望得见冰条。

"已讶衾枕冷，复见窗户明。夜深知雪重，时闻折枝声。"我一抬头发现李勤、王番、邹智华等几个女同志，都穿着棉大衣，戴着棉帽，坐在自己的背包上依墙而睡。唉，这一冬，可有坐头了。古人有"映雪读书，食雪炼志"的说法，正所谓"宝剑锋从磨砺出，梅花香自苦寒来"。古圣贤，尚勤学，光于前，裕于后。

62. 朝鲜政府颁发军功章

我们宣传队有几名同志得到了朝鲜政府颁发的银质军功章。非常荣幸，我也是其中的一个。

政治部王主任代表全军首长，代表朝鲜政府为我们颁发奖章。那是在驻地的院内，全队同志列队站着。大家的心情都很激动，也非常严肃。

王主任先简单介绍了朝鲜战场的形势，又讲了朝鲜政府对志愿军同志们的关怀和感激。他一字千钧地说："你们宣传队有几位同志在宣传工作中做出了很大成绩，应该给予奖励。"然后他就念受奖人员名单，念到谁的名字，谁就出列领奖。当我上前领奖时，内心十分激动，忍不住流下了幸福的泪水。这时，只听王主任继续讲："希望受到奖励的同志继续努力，以更大的成绩报效祖国，报效朝鲜人民。没有受到奖励的同志不要气馁，今后要努力争取，以后机会还会有的。"讲话结束后，大家报以热烈的掌声。我们共同经过生与死的考验，由死的绝谷里逃命，忍受由心头淌血的痛苦与折磨，才有今天荣誉的收获。同志们深知奖章来之不易，日晒夜寒，风里雨里，多少日日夜夜，真所谓"家有敝帚，享之千金"。

英雄不矜功，仁人凯昧德，同志自合肝胆镂，肯同作战心悠悠。柳含金粟拂征者，草吐青芽媚远滩，春气着山象秀色，和风沾水弄微澜。

军功章的样式很好看，上面有五色的横牌，下面是银质奖章，图像是朝鲜人民军持枪站立，还有朝鲜文字。我至今还保存着在朝鲜佩带此奖章的照片，以为他日之思。这将成为我永久的纪念。

过了几天，政治部派来人，给大家拍照片。每个人都全副武装，一张笑脸带春风。淡妆浓抹且随意，深描浅画都入时，巧妙梳妆增丽色，自然粉饰出风姿。及时留倩影，来日忆佳期。人会有许许多多的想法：好的叫志向，坏的叫野心，长的叫愿望，短的叫念头。正是由于这点点滴滴，才铸就了一个人的一生。正是：

> 大地会知道我们如何走过，
> 星辰也知道我们共同的心愿。
> 千山万水印着我们的足迹，
> 高山小河听过我们的颂歌。
> 战友们同台演出的日子里，
> 我们共同携手分担苦与乐。
> 青春同在，又逢战争洗礼，
> 美丽的梦啊，
> 遐想使我们欢笑，
> 异国风光使我们永世难忘。

63. 祝大捷乐极生悲

横戈顿令烽烟熄，金镫频敲唱凯歌
忽听春雷一声响，却喜遍地梨花开。

庆祝大捷之表，源源而来。朝鲜人民为了庆祝胜利，用木头和松枝在一些主要路口扎了彩门，上面写着朝鲜文字。我不认识朝鲜文，但心里明白，一定是庆祝胜利的意思。

抗美援朝战争中，前方战火急，后方运输忙。白天敌机不停地骚扰，如果白天活动非遭敌机轰炸不可，一旦被敌机跟踪，就会带来很大麻烦。因此，所有后勤部门的同志们都要学会夜间工作。天越黑，越是忙得不可开交。汽车奔跑着，时而开灯，时而闭灯，在夜幕中穿梭，犹如到处跑着的龙灯。一听到防空兵的枪响，车灯全灭了，有时停车，有时摸着黑前进。

经过三年多残酷的较量，参战各方终于签署了停战协议。多少个日日夜夜盼望这一天到来，多少个日日夜夜的斗争都为了这一天到来。现在，这一天终于到了，怎不叫人欢欣鼓舞？怎不叫人高兴得流泪？这是个历史性的日子，是用极大牺牲和痛苦换来的日子。恩格斯曾指出："没有哪一次巨大的历史灾难不是以历史的进步为补偿的。"

停战以后，大家为庆祝胜利高兴得不得了。有位志愿军战士第一次能在白天坐在车上，感到很新鲜。为了欣赏朝鲜的山山水水，他感觉坐在车里不过瘾，索性坐在驾驶室顶上，头朝后观看景色。但不幸的是，他只顾高兴着瞧，忘了身后，身体撞在彩门上跌落下来。活生生的小伙子，就这么一下与世长辞了，呜呼哀哉！瞬间变为永恒。

就这样，这位志愿军同志的生命画上了永远的句号。消息传来，我们宣传队大为震惊，都替这位同志惋惜。真是乐极生悲，堂堂七尺男儿却死于非命。真是祸从天降！战争结束了他却没了性命；看到了战争胜利，却没能够活着回国，而是永眠异国。真令人恻然动心，痛惜嗟叹，只可惜天下本少有能让人如愿的事……

64. 我回国的经过

花开花落，花落花开，春来秋往，斗转星移，情深意亦深。

深情款款，满怀别绪，在每一段美梦中，有我们多少豪情相伴。

满载着沧桑和喜悦，朝鲜战争已经进行了三年。三年来，一千多个日日夜夜，我军经历了多少艰难困苦。海阔山长，屡变星霜，漫长的岁月，痛苦的煎熬。如今，人们可以大胆地在田间劳作和自由地做自己愿意做的事。战争的阴云终于被驱散了。

停战后，志愿军开始分期分批地回国。对我们宣传队的人来说，也可以说完成了使命。我们怀着对未来的希望，又都满怀辛酸的离别。政治部派人给我们每个人照了相，大家又照了集体相。这些照片我现在依然保存着，把它看作是一生中最珍贵的财富。

有一天，上级突然下来一个通知，叫我立即到政治部去。来到政治部，王主任先开口说："停战了，我们都要回国，你们全队 40 多人，后政文工团只留下两名，你和史介锦（原鲁艺音工团合唱队的女指挥）。现在征求你个人的意见，是回国还是到后政去。我个人希望你能到后政，但最后由你决定。"事发突然，我不知所措，一时为之语塞，半天也回答不出。是以心中好生委决不下，选爱情就不能选事业。我在心里喊："不要这样绝对吧!"这不是个简单的问题，是关系到我的事业、人生的大事。到底孰重孰轻？自己也不知道。考虑再三，一切以事业为重。军人的天职就是服从命令，领导不会误我。因此，我斩钉截铁地说："坚决服从上级的安排。"李政委一听笑起来说："她好滑头，我们是要听听您的意见。"他转身对王主任说："她对象在东北人民政府文化部工作，已经提出请求，叫她回国结婚。他们的年龄已经不小了，叫她回国团圆吧。"王主任一听，叹了口气，什么也没说就出去了。

百遍盘算，一直犹豫难决。随后李政委对我说："您不要回宣传队了。”我一怔说：“我的东西还没拿来。”李政委说：“您放心吧，派人取回来就是。你先住在招待所，随时待命回国。”归国别意，我心头装满了别离的情绪，噙泪点首。

在招待所住了三天，我的东西被通讯员送来。见到我的随身物品，不由地想起与宣传队的同志们共同战斗生活的日日夜夜，从入朝时互不相识，直到无话不谈。我们朝夕相处，冬雪露营，秋水淌河。敌机轰炸下拼命逃窜，蹿出山峰找隐蔽。快乐大家分享，困难一起担当。这一切都那么值得回味，是那样的刻骨铭心。自古人生多别离，战友们再见了！那种失落感，叫我有说不出的悲伤。然而更让我伤心的是，我将从此诀别军旅生涯，离开军队这个大家庭。一别心知两地秋，寒鸦飞尽水悠悠。“无穷无尽是离愁，天涯地解寻思遍。”离愁正引千丝乱，一寸已成千万缕，又如席慕容《咏叹调》所云：

不管我是要哭泣着
或是　微笑着与你道别
人生原是一场难分悲喜的
演出　而当灯光照过来时
我就必须要唱出那
最最艰难的一幕
请你屏息静听　然后
再热烈地为我喝彩

我终生所爱慕的人啊
曲终人散后
不管我是要哭泣着
或是　微笑着与你道别
我都会庆幸曾与你同台

“愿得此身长报国，何须生入玉门关！”再见，军旅生活，我会永远把您记在心里！正如《走过我自己》的歌词所言：

一条路落叶无迹，走过我走过你。我想问你的足迹，山无言水无语。走过春天，走过四季。走过春天，走过我自己。悄悄地，我从过去走到了这里。我双肩驮着风雨，想知道我的目的。走过春天，走过四季，走过春天，走过我自己。

军队有我永远的亲情，在我记忆深处珍藏。

回头红日晚，满目青山矸。朝鲜的这块热土，留下了我真实的情感，留下了我青春的光辉和梦想。山高水长，后会有期。

到第六天，我搭乘李政委的吉普车踏上了归程，回到了祖国的怀抱。

当日晚 10 点半，我到达沈阳志愿军后勤招待所，第二天就到文化部报到了。

出征时是春天，回来时是冬天。应了一句诗："昔我往矣，杨柳依依，今我来兮，雨雪霏霏。"但霏霏的雨雪所包裹的是一颗豪情万丈的赤子之心。

65. 官兵情深

秉公办事，克己待人，两袖青风，一身正气。

负责管理我们宣传队的是政治部的王主任，他躬身勤政，办事公正，知情明理，嘉言懿行，奖掖后进。对这群天真活泼的女孩子特别关心爱护，温言相呵，眷顾有加，从工作到生活都安排得非常周到。如果没有他的含辛茹苦、热心周到，我们不知要死多少次。我们每次行动，他都费尽脑汁、精心安排，比如指挥、调度，从出发时间、行军路线，到演出、吃饭、休息样样都想到。刚入朝时，战友们都把个人的生死置之度外。时间长了才懂得，只有用最小的代价赢得最大的收获才真正称得上勇敢；没有相当的战争经验往往是要吃大亏的。

在我们外出执行任务时，王主任细心地呵护。生怕出意外，总是安排最好的车、最优秀的司机。司机不但车要开得好，还要熟悉周围的地形，了解周围敌人活动情况。有一次，英雄司机刘班长驾车同我们一起执行任务，路上他说他本来已奉命执行其他任务，领导临时把他抽调回来。有些人插嘴说："这是你们领导对您的信任，您应当感到高兴。"这些话都是实话，从这一点上我们深深地体会到领导对我们的关怀和爱护。我们之所以顺利地完成一个又一个的任务，取得了一定的成绩，是与各级领导多次重复嘱咐和正确的指挥和决策分不开的。

人的财富不是金钱，而是思想、精神、人品。

王主任表面陈和，内心严正，对队里情况也知之甚详。不过大树总有枯枝，中国人有隐恶扬善的美德。作为领导，不愿让任何一个队员犯错误。言近旨远，彰善瘅恶，做到防微杜渐。如发现不好的苗头，立即采取措施，妥善处理。领导们向来见事及明，依情依理，三思以后，再定行止，采取"兼收并蓄"、"激浊扬清"的政策。真是用心良苦，令人好生相敬，实是恩德匪浅。

我们营地周围有许多敌特活动，所以保卫营房的安全，特别是保卫我们女队员的安全是领导最重视的事。王主任几乎每夜都要亲自查岗巡视。有一天，我突然拉肚子，一天上了十几次厕所，夜里就更不方便了。王主任为此专门派了两名宣传队的女同志，在我夜里上厕所时陪伴我，并派人到几十里之外的卫生所取回药给我吃，还为我订了病号饭。在领导和同志们的精心护理下，几天后我就恢复了健康，好生感激。

众所周知，朝鲜战场是非常残酷的。那些艰苦的岁月里，如果没有像王主任那些爱护士兵的领导，后果真是不堪设想。临回国时，队里有很多人受到嘉奖。大家都在说，这里面有一半功劳归领导。如果不是领导教育有方，我们怎能取得这些成绩？思同再造。

求才，聚才，用才，护才。昔有“萧何月下追韩信”，而今类似的故事却被同样生动地演绎着。他把爱心献给社会，孝心献给父母，责任留给自己，可谓“两袖清风身欲飘，杖藜随月步长桥”。为了抗美援朝的神圣事业而呕心沥血，鞠躬尽瘁，令人致佩。祝他福寿康宁。

我用《零赞》一首诗来赞美他以仁爱之心待下属，以公正之心对工作。是为：

零　赞

你自己两袖清风，
却成十倍地赐予别人。
难怪你这样美，
像中秋夜的一轮明月。

66. 战地书信（四）

相逢有期

先生：

您好！

屡来信问讯停战消息，终不能定。现在可以肯定地说："我—们—胜—利—了！"停战了，我们相聚的日子就在眼前！当这个消息一传下来，宣传队员的思想波动都很大。当值班小队长的哨子一响，喊着："吃午饭了！"所有排练节目的同志都各自回宿舍取来瓷缸，围在院内准备吃饭。正在这时，忽然有人喊："来了，我们的灵通人士来了。"我们抬头一看，原来是姚杰从小山坡上走过来，他是去政治部办事刚刚回来。一看他的脸色，就知道准是有什么好消息。有些快嘴的同志问他："有好消息吗？快告诉我们。"大家赶紧让个空给他，而他却笑而不答，故意卖个关子。我知道大家都是关心战局，尤其爱听好消息，可能战场上的人都有这种心理吧。

这时，姚杰突然提高了嗓门，大声说："告诉大家一个特大的好消息，要停战了。"这下把大家的精神都振奋起来了。姚厚臣说："怪不得前几天打了几场恶仗，看来他们支撑不住了，不得不谈判了。"

饭后回到宿舍，大家都在谈论停战的事。虽然我们是后勤，但同志们对前线战事太关心了。来自前线的所有消息，大家都挂在心上，有空就谈论。

战地所有的事都是瞬息万变的。生活紧张，工作繁忙，没有很多的时间，所以利用中午休息的一点时间给你写信，告诉你这个好消息。我真的盼望着这消息是真的，这样我们都可以回国了。这也是大家都盼望的事情。

不几天，停战真的实现了。政治部来人正式传达了这个消息。大家都无比高兴，跳着、蹦着，在一起握手、拥抱着。大家可等到这一天了，能不欣喜若狂吗？

男宿舍和女宿舍都沸腾了。大家相互往来，大家从停战话题又谈到每个人的去向问题。有人问我有什么打算，我说上级的政策很明确，宣传队人员从哪里来回到哪里去，我当然要回文化部了。山河依旧，山南海北，您看我的思想多么简单，来去都高兴。当然这个高兴是有理由的，为国为家都是驳不倒的理由。您看呢？

高兴之余，又有很多同志内心苦恼，因为没有在朝鲜战场上立功。原先以为还有立功机会，现在看来一切都晚了。我很理解他们的想法，但也深知，立功并不容易，也不是一朝一夕的事情。没有坚强的毅力，没有决心是办不到的。

这几天没有演出任务，总算抽点时间给您写信。不知您有什么感想，来信说说。您的工作情况如何，来信也讲一下。

您来信跟我说，“在天愿作比翼鸟，在地愿为连理枝”。您说“悠悠生死别经年，魂魄不曾来入梦”。我深思良久，“久别的人谁不盼重逢”。西方有一句格言：“为爱而爱是神，为被爱而爱是人。”我的爱在你的爱里。您思念的泪滴使我心碎，爱到深处方知苦。从别后，忆相逢，几回魂梦与君同，天涯海角有穷时，只有相思无尽处！古语说的好，“两情若是久长时，又岂在朝朝暮暮”，深知身在情常在。看到您赠送之物，见物思人，想起一句诗：“青青子衿，悠悠我心；青青子佩，悠悠我思。”眷恋那温柔的笑脸，想念那热情的话语。慢脸笑盈盈，相看无限情。细数您眼中的情意，愿我如星君如月，夜夜流光相皎洁。“海上生明月，天涯共此时。情人怨遥夜，竟夕起相思。”但愿君心似我心，不负相思意。我寄心意与明月，随君直到夜郎西。正如《教我如何不想他》这首歌所唱的那样：“天上飘着微云，地上吹着些微风。啊，微风吹动了我头发，教我如何不想他？月光恋爱着海洋，海洋恋爱着月光。啊，这般蜜也似的银夜，教我如何不想他？水面落花慢慢流，水底鱼儿慢慢游。啊，燕子，您说些什么话，教我如何不想他？枯树在冷风里摇，野火在暮色中烧。啊，西天还有些儿残霞，教我如何不想他？”

当我接到回信时，连忙展开来看。信里无它字，里面有一首歌：

黄昏时候旧地又重游，太阳才下山，夜柳下月梢头。想起当年别离我而去哟。我的姑娘，我怎么能够舍得让您走，留下孤单单的一个我，姑娘啊！叫我如何泪不流？

寥寥数语，不尽思念，声气神韵尽现纸上，在我眼前，心上滋润我。

我也大惊失色，眼前出现的完全不是我平日见过的字迹，而是满篇烟云，潦草恣肆，涂涂改改，极不规整。我真是满眼疑问，随即回信："新月在天，欢乐更炽，歌声在耳，深情款款，真诚见爱，情醉于心，芳心可可，由怜生爱，由感生情，芳心大慰，心下甚喜，情苗暗茁，笔致遒劲。"

这首歌是20世纪30年代电影《人约黄昏后》的插曲，很是流行，人人会唱。睹物思人，但他的眼底柔情，眉间爱意，习惯性动作浮现眼前。

如果在离别之后，一切的记忆更加清晰，在相聚时被忽略了的细节也都一一想起。当所说的每一句话回溯时都有了一层更深的含意，每一段景物的变化在回首之时也都有了一层更温柔的光泽，那么离别又有什么不好呢？

"山有木兮木有枝，心悦君兮君不知。"有缘相聚，又何必常相欺；到无缘时，又何必常相忆。想起一首歌，歌词是："爱到心碎也别去怪谁，只因为相遇太美，就算流干泪伤到底心成灰也无所谓。我破茧成蝶，愿和你双飞，最怕你会一去不回，虽然爱过我给过我想过我就是安慰。嗨！我向您飞雨温柔地坠，像您的拥抱把我包围，我向您飞多远都不累，虽然旅途中有过痛和累，我向你追风温柔地吹，只要您无怨我也无悔，挚爱一生，相伴永远。爱是那么美，我心陶醉被爱的感觉。"

巧乘七夕私盟，有双星证明。亲恩须慰缔良缘。我像那一只火鸡，无声地燃烧，我要唱一首歌谣伴我天涯海角。

祝您笑口常开！

苏寄

1953年8月1日

67. 抗美援朝给我的洗礼

面对一株野草，有人看到了柔弱，有人看到了绿色，有人看到了无用，而鲁迅看到了生命和抗争。他从“野火烧不尽，春风吹又生”的品格中看到了野草的坚韧，从吸取露、吸取水中看到了野草的平凡，又从将在被地火吞噬中看到了野草的坦然。而这一切对野草的赞美，都是这位时代斗士对恶势力的诅咒，对光明的期盼，对牺牲的大无畏。

多少往事，几许痴迷，在每段美梦中，都充满豪情。

当兵体会有三：一是青年人在一起生活，热闹、活泼、有趣、有苦、有乐。二是当兵本身就是奉献，自己强烈地感到保家卫国既是责任，又是骄傲。三是在战场上亲眼看到同胞们为国立功时，那种骄傲高兴之心，实难以形容。当看到他们为国牺牲时，就会痛哭流泪，那是又敬、又爱、又疼的滋味，感情上也是难以形容的。

在朝鲜战场的一段日子里，我更进一步理解了人生的价值和意义，感悟人生爱国激情的壮丽和难解难分的悲欢。认识不到战争的残酷，就意识不到和平的美好与珍贵。

中华民族历史上经历了很多苦难。历史告诉我们落后就要挨打。只有国家富强起来，才能够让人民过上幸福的生活。经过战争的人，深刻体会到和平是多么令人渴望。

我出生在东北，读小学和中学时，日本侵占了东北三省。我亲眼见到中国人受日本人的欺压和奴役。有时看到日本人把中国人打得鼻青脸肿，满嘴是血，然后哈哈大笑，扬长而去。无能的伪满洲政府竟然充耳不闻，熟视无睹。默认既成事实，老百姓只能忍气吞声地承受着这种屈辱的亡国奴生活。

东北物产丰富，但是大批的物资和粮食都被抢掳到日本去了，中国人只能供应吃了拉不出屎来的橡子面和更生布。我小的时候，家里给我买了一件衣服，穿上根本不保暖；经过一次雨水，用手指一捅就破了几个窟窿，这就是更生布。我心疼得哭起来，家里好不容易给我买件衣服，不几天就破了，真让人伤心。

有个中国人因吃大米，被日本人抓起来用蘸水的皮鞭打得皮开肉绽，再用马靴踢，直打得昏死过去，原因就是中国人不应该吃大米，大米应送给日本人吃。我们放学的时候，经常遇见日本小孩放出狼狗咬人。有个女同学被狗咬破小腿，流血不止，吓得她惊叫着逃跑，日本小孩却在哈哈大笑。我看到这种情况真是心惊肉跳。从此，放学时我便远远躲着走。日本男孩在放学的路上专门以踢女同学的屁股为乐。有一次我发现一个日本男孩走近我。由于我早有防备，日本男孩踢了个空，差点倒在地上。他立即红着脸，瞪着眼一边追我，一边骂着："八格牙鲁!"但我早已跑远了。这是袭击，也是侮辱，于是有了迫切的国家之念。

日本人还抓了大量的中国劳工为他们干活。中国劳工在大兴安岭为日本人开战准备山洞，死者无数，其中有我的一个亲戚。他们拿中国人的生命当儿戏，随意残杀，甚至拿中国人当医学试验品。真是惨无人道，疯狂至极。

1946 年，在中国共产党的领导下，中国人民解放军解放了齐齐哈尔市。在党的领导下，学校教给我们大量的日本侵略中国史，告诉我们日本是怎样打进中国来的。这时作报告的人总是激情澎湃地谈"爱国主义"，谈得声泪俱下。我一次又一次地被这样的场面所感动，一次又一次地接受爱国主义教育。我们都成了爱国青年。当时齐齐哈尔市没有大学，只有个师范和几所中学。在市区西郊西大桥有国立三高（一高工、二高农、三高商），市内有私立龙高，以上几处都是男校；女校有国立女高、私立龙女高。这 6 处中学是齐市的最高学府。1946 年齐城解放后，中国共产党把最优秀的干部派到这几所学校当教员，其目的是发展革命队伍。不久，这几所学校就涌现出许多爱国青年，每周全校师生就要听一至两次政治报告。作报告的都是些知名人士，有黑龙江省主席于天放、左翼作家萧军等。报告内容主要是时事政治、革命形势等，同时还解答学生提出的问题。一系列的政治学习，唤醒了同学们对日本侵略者的仇恨、对民族危亡的痛心。他们深知国家兴亡，匹夫有责，"之乎者也"救不了中国，于是大部分学生投笔从戎，我就是其中一个。我们把求学的理想全都抛弃了，把我们的聪明才智全部贡献给了中国共产党的事业。

苏联歌曲《我的祖国多么辽阔广大》其中有两句歌词："我们骄傲地

称呼着同志，它比一切尊称都光荣。有这称呼到处都是家庭，无非人种黑白棕黄红……”我明白了，我要爱国，必须从此全身心跟着共产党走。我觉得共产党不顾一切苦干，为祖国而牺牲一切，这是值得我一生永远跟随的。人能够如此，这才是真正的光荣，才能真正实现人的价值。解放初期，大家因为刚刚摆脱日本和伪满洲国的统治，感到如沐初升的太阳，也立志要做一个正直的、有尊严的人的选择。

当时，齐齐哈尔市中学开不了课，成为齐市一大新闻，原因是学生们都参加了革命，跟着共产党走了。他们接受新生事物快，觉醒也快，革命意志坚决，是党的新鲜血液，是革命的栋梁。几十年后，很多当年的热血青年都担任了各级党政要职。

说到这里，我要多谈一些感受，就是在解放战争时期一些革命先烈和仁人志士，为人类解放和新中国的建立抛头颅、洒热血，建立了不朽的功勋，他们的英名永远刻在我的心中。正如电视剧《汉武大帝》片头曲所唱的：

在滔滔的长河中你是一朵浪花，
在绵绵的山脉里你是一座奇峰，
你燃烧自己温暖大地，
任自己成为灰烬……
让一缕缕火焰翩翩起舞，
那就是你最后的倾诉。

“大江东去，浪淘尽，千古风流人物……”足以扬名立万，也是寥寥无几。我文章里提到的主人公，虽不是伟人，也没有轰轰烈烈的惊人事迹，但给我一种启迪，使我一生敬仰。我愿介绍给读者，倘若收到一定的效果，对他们中活着的或死去的都是一种安慰。

他们没有大海的雄壮，可以有小溪的优雅；没有高山的险峻，可以有土地的平旷；没有原野的芬芳，可以有小草的碧绿……

他们那极平凡而又不平凡的高尚人品，留给我心中一片碧绿。

68. 漫谈宣传队演出节目

战争条件下很多事不是想如何就如何，还存在诸多局限：一是环境恶劣，没有安全的场所（如敌机轰炸），没有固定的演出场地（如剧院等）。队员们跋山涉水，风尘仆仆，风餐露宿，到处游动不定。二是演出场地大小不一，大型剧目根本无法上演。三是演出时间受到限制，指定一个多小时，最长不得超过两小时。四是题材应多样化、艺术民意化。剧目受限制，沿袭陈规，艺术性不够。五是写作人员少，供不应求。懂战争的不会写剧本，会写剧本的不懂战争，陷入了“剧本荒”的局面。不能及时写出剧本供演员用，不能充分发挥所有人的作用与才能。

搞舞台演出的人不像拍电影，录制下来就另排别的内容，因为拍下的影片可以制成很多拷贝，到处放映。舞台演员首先要用一段时间去排练一个或几个节目，等排好了就到处演出。战线长了演出的地方也多了，一次巡回几个月就过去了，所以我队演出的节目不算多，但也不少。

演出时间一般为一个多小时，一方面敌特活动很猖狂，时间长了敌机会来轰炸，大家不安全；另一方面，要是节目少了，也不好兴师动众一回。

那些热烈的场面、激动人心的时刻都随着时光流走了，因为全队人员无一人有录音机、照相机。无法留下永久的纪念，只有留在脑海里残缺不全的回忆。

在轰轰烈烈的抗美援朝历史进程中，有无数的中华英雄儿女，为了保家卫国，奔赴朝鲜战场。他们抛头颅洒热血，前仆后继，英勇作战，事迹可歌可泣。说起朝鲜战场上的英雄事迹之多，可谓前所未有，大大小小是数不尽的故事。那脍炙人口的影片《上甘岭》英雄事迹已是家喻户晓。影片《英雄儿女》中有一段女宣传队员王芳的唱段：“说老李，唱老赵，老李老赵有功劳。”事情是真实的，姓不一定是真的，因为百家姓开头是赵钱孙李，演唱时容易上口。这个真实故事是说两名炊事员在夜间外出打水，迎面撞上两个美国兵，躲闪已经来不及了。两人急中生智，一人用手电筒随手向敌人扔去。电光一闪，敌人不知何物，以为是新式武器，忙喊投降。两人一听，信心倍增，勇敢地举起手中的扁担大喝一声："举起手来，缴枪不杀。"美国兵不知扁担是何种武器，又是在夜间看不清对方的虚实，只好乖乖地缴械投降。这样两个炊事员在不带武器的情况下缴了敌人的枪，并活捉了两个美国兵。这件事当时都当作笑话来谈论，从而大长了我军的士气，增强了战胜敌人的信心和勇气。

在朝鲜没把战地演出的情景和歌声留下来实为遗憾。从前我认为唱歌是时间艺术，因为每场演出，你的歌声在一瞬间进行，过了这一瞬间一切都消逝得无影无踪。现在科学发展了，有了录音机和录像机，可以把任何声音和活动录制下来，进行永久性保存。

我们在朝鲜战场上的演出和生活都没有录音和录像，当年的情景只有印在我们每个人的记忆之中。如果把这一切留在胶片上，年老时经常拿出来看看自己青春年少时的生活，会给晚年生活增添不少的乐趣，也能做个永久性的纪念。

我们在那个年代生活条件很有限，宣传队四五十个人中没有一人带照相机，录音录像机就更不用说了。以后虽然有了电影，但毕竟不是当时的真实场景。有几部反映抗美援朝的影片，如：《上甘岭》是描写前沿阵地坑道中志愿军战斗与生活的；《英雄儿女》描写了两代人为国尽忠效力，在朝鲜战场相逢的故事。片内虽然有文艺工作者的形象，但只是一点小插曲。还有一个描写供应前沿阵地炮弹，夜间抢渡"临津江"的影片，但没有专门描写文艺工作者的影片。我自叹不是一位多情的诗人，不能用漂亮的诗句讴歌我们的事迹；我感喟不是一位睿智的哲人，不能用深邃的哲理体现我们的价值。我——是一名普通的文艺工作者。

我所写的抗美援朝文艺兵，是后勤一分部宣传队的点点滴滴，有如"通过密叶投射在莓苔上面的月光，只看到点点的碎影"，也算留下点史实于后人。若说"涂饰太厚"倒没有，"废话太多"我承认。归根结底，是由这个"真实"生活而来，是我秉笔直书的依据。我本着把记忆钉死、努力记述的原则，把它如实地反映出来。

说不完的故事，写不完的细节。这种"讲史"传统，是和我们这个民族容易沉湎于往事的国民性相关联的。比如，南宋陆游的那首小诗："斜阳古柳赵家庄，负鼓盲翁正作场。身后是非谁管得？满村听说蔡中郎。"

可见这种偏爱往回看的受众意向，是中国人性格的特点。

振奋也罢，伤感也罢。革命胜利之前，先驱者奋斗的足迹遍及荆棘丛生的崎岖之路，也昭示后人：和平生活须珍惜，才子锻炼方能成。

69. 无字碑歌

（一）英雄的坟墓

大声呼喊，
我的战友何时归，
穿过天涯，声逐海天远。

磊落一身碑无字，
“爱国者”是你们的名字，
埋骨名山，以了夙愿。
摇曳夜空，
荡漾万里之外。

千秋遗爱在人间，赤子丹心照后人。
美丽无声，万世流芳。
国家英雄，虎威在世，胸怀永爱永恒不息。
长风万里，浩气长存。
山水驻地，没有人会忘记英雄。

一段波澜壮阔的中华史诗，一曲悲壮恢弘的浩然长歌。燃一炷心香，望着遥远的星空，对着伟大的爱国者长长地呼唤一声：魂兮归来，归故国！采三秀兮于山间，石磊磊兮葛蔓蔓。表独立兮山之上，云容容兮而在下。若有人兮山之阿，留灵修兮瞻望归。千秋遗爱在人间，世界有爱才永恒，生生不息，我要用心灵为您歌唱。

忠臣烈士，遗爱自在。

有的人活着，等同死去；有的人长眠九泉，却永远活在我们的心中。

上下五千年，纵横一万里，在中国这块古老的土地上，奔驰过多少忠臣义士，披肝沥胆、爱国爱民的英雄好汉！

戎马关山报国志，魂牵梦绕儿女情。你燃烧自己，温暖大地，任自己成为灰烬。千秋有壮士，不惭世上英。铁血丹主，爱心永远，你为人民立了不朽的丰碑！

你像料峭春寒中一丝娇嫩的绿色，你像郁闷燥热中一缕凉爽的清风，你像茫茫迷雾中一束强烈的阳光，你是惊喜，是希望，是清醒，是振奋！

在这乱云飞渡的世界，你从容如暮色苍茫中的一棵劲松，有禀心智之灵气！那时候你仁侠厚道，四海之内皆兄弟。

三江春秀风帆举，万里云飞海鸟鸣。近海岱宗先映日，涧水长流富庶村。春风杨柳千村笑，丽日桃花万户歌。君去九泉容独在，名在人间草木香。送上一副追悼挽联，以表哀恸之忱。“正气传千古，忠魂上九霄，山耸北郊埋忠骨，泽留乡里仰英明。”

在朝鲜战场，我亲眼见到志愿军战士出生入死，英勇杀敌，涌现出许多英雄事迹和英雄人物。他们的事迹感人肺腑，使我深刻体会到中华民族觉醒后的强大力量。我十分敬佩这些英雄们，十分怀念那些牺牲的烈士们，更深刻地体会到国家和土地对我们每个人的意义。在战场上，有的人可能很快成为英雄，有的人可能随时会成为烈士，长眠在异国他乡。想想牺牲的战士，难道我们不应好好珍惜同志间的那份友情？难道不应该从大局出发，以革命事业为重？实践证明，战场是锻炼人、教育人最深刻的地方。我身边的这些真人真事，是那么实实在在。他们的举止行动，唤醒了多少情，唤醒了多少义，唤起了强烈的民族自尊和对国家、民族的爱。

每次政治部王主任来宣传队看望大家，都要问大家有什么要求。生活能不能适应。这时，同志们都异口同声地说：“没问题，一切都好。”大家都明白，在战争条件下，艰苦的生活是正常的，就是再苦也不会有人提什么要求。每个同志都很满足现状，并且工作热情高涨，特别是一些男同志，他们就像有使不完的劲，从不知疲倦。

当我面对战斗英雄时，那内心的激情就无法控制，甚至忘记了男女有别，激动地与他们握手、拥抱！英雄们的事迹是感人的，当他勇敢机智地在敌机的追踪扫射下，拼命甩掉敌机，使全车人安全无恙时，你会无动于衷吗？当看到自己的同胞在各个战线涌现出英雄事迹的时候，我们能不为他们感到自豪和骄傲吗？当看到祖国派来的慰问团赴朝慰问的时候，我们的内心能不感到温暖吗？当受到奖励的时候，我们能不高兴得掉下热泪吗？在朝鲜战场上，我们每个人都尝尽了酸甜苦辣。战争能锻炼人、考验人，经过战斗的洗礼，我好像也成熟了许多。看到的、听到的远比坐在办公室里要丰富得多，而刻骨铭心的感受更是无法相比的。可以说，这段经历真是一生难得，用语言和文字很难表达我的思想感受。可是，能够真正属于历史而不朽者，复有几何？

他们爱国胜过自己的生命，我称他（她）们是“爱国者”。碑上无字，但他们爱国的精神将永刻我们的心中。

忆战友

忆当年，恰是风华正茂；回首望，已是两鬓如霜。
常思念，总是情深意长；永难忘；生死与共岁月。

古诗说：“醉卧沙场君莫笑，古人征战几人回。”宣传队员都是小人物，不能比名人，更比不得古代的名人，但他们是乐观的、积极向上的。有人问我，你的记忆为什么这样好，把 50 年前经历的事记得这样清楚。我说，不光是 50 年前的事记得。从我童年记事时起，所有的事一般都记得，比如小时父母、姊妹、念书时的老师、同学们的很多事我都不忘。有人看了我写的回忆录后，认为我把过去经历的事，尤其是对话也写得那么清楚不太可能，是否有编的成分。我可以坦白地说，这绝对不是，有些内容可能前后颠倒，原话意思是没错的。我也弄不明白，脑子怎么会有这样的功能，别人是否这样我不知道。离休在家，真正静下心来才四五年时间。闲来无事常回顾自己的过去，往事像电影画面一样浮现在眼前。“追忆栖宿时，音容满心耳。”所结识的同事、战友的言谈、相貌、举止历历在目，感怀万千。这促使我下决心写这个回忆录，对一些已经离世的战友们寄托我的哀思和怀念。

（二）不倒的尸体

我在这里写一位我不知姓名的英雄烈士，他的家庭如何，是何方人士，我全然不知。然而他的事迹在我年幼的心灵上留下了不可磨灭的印象，使我一生难忘，也使我衷心地敬佩。

这件事情发生在 1946 年的春天，我的老家黑龙江省齐齐哈尔市，那时正是风云多变、时局动荡的时期。1945 年 8 月，苏联红军解放了东北，迫使日寇投降。

当时，国民党的军队都在关内，一时来不及接收，只派了几名专员坐飞机前来接收。为了补充军队，就在当地招兵买马，拉出伪满洲国的官吏、土匪、地主、闲杂人员等，而这些人摇身一变就成了国民党的军人，名为光复军，而真正的国民党正规军根本未见到人影。

国民党和共产党的军队发生了冲突。战斗打了一夜，我记得晚10时起，大炮轰鸣。我们根本无法入睡，炮声震得房子、窗户呼呼地响。我很担心，因为我家住的是三间土屋，又是多年的老房子，真怕房顶一下子塌下来把我们全家人扣在屋里。哥哥们不时跑到院子里看看。全院的住户都没有睡，他们彼此议论着，听枪炮声最密和激烈的地方是东面，可能是东大营。等到早晨三四点钟天将放亮时，枪炮声渐渐稀少了。我们同院住着一个亲戚，他是个叫忠子的青年人。他听到炮声不响了，好奇地要出去看看。大家说："别出去，太危险，人家打仗，你看什么，弄不好，把你当成敌人白白送命。"这时，我有个表姐夫叫王树芳的，也要跟着去。于是他们两人作伴，跑了出去，谁知道一去就不见人回来。全院的人都急得不得了，怕出了什么事。我的父亲也批评我的表姐为什么不阻拦，说年轻人一时心血来潮不想后果。表姐哭丧着脸不作声。当大家吃过早饭不多时，这两人兴高采烈地进了院。大家一见忙迎上去，七嘴八舌地问长问短。两人一五一十地把所见的事详细地讲述，讲得很真切。大家听了都目瞪口呆。

原来他们出去后，一路通过大街，到了城墙下，又直奔东大营（伪满军队驻地），发现到处是东倒西歪的尸体，有光复军，也有八路军。当时天刚发亮，战斗结束后还未来得及打扫战场。据他们的描述，死者无数，到处是尸体，血流满地。感受最深的是在城门上的一个八路军的军官，他倚靠在城墙的青砖上，尸体已硬了，却站着不倒。军帽盖在脸上，穿一身半旧的草绿色军装，左胳膊系着白毛巾。据他们判断，夜间打仗，这样好分敌我，不会让随军抬担架的老乡伤自己人。过几天后，证实这个判断是正确的。

为什么死尸不倒？据分析，是战斗中受了重伤的八路军军官，为了稳定军心、鼓舞士气，不让战士们知道他负伤了。他坚持倚墙站着，不惊动人，至死不倒，叫别人不知他已死了。全院子的人听了述说都在叹息。老百姓是善良的，他们都被这位军官的举动感动了。古往今来，有多少爱国人士抛头颅洒热血，拼杀在疆场上，怎不叫人赞美感叹？

（三）赤手空拳夺敌枪

事情发生在 1946 年的春天，共产党的军队还未进入齐市之前，一位八路军的青年赤手去夺光复军岗哨的枪。当时吓得我们全院子里的人胆战心惊。

这一天，天刚放亮，我二嫂起来到后院抱草做早饭，全家还都在梦中。我在蒙眬之中听见院里有人跑，脚步非常急促。随后又有人追来，一面跑一面喊叫着来到院子里。我急忙爬起来向窗外看，因窗外有遮挡物看不清，又不敢出去。这时哥哥和父亲都听到了，他们都起来走到院子里要看个究竟。同院里的人也都起来了，跑出来问什么事。我听到有人问："哪里跑了？"两个光复军手持大枪，满院子跑着搜查，并问我二嫂："你看见夺枪的那个人往哪儿跑了？"把二嫂吓得直摇头，话都说不出来了。他们跑到后院寻找，看看墙很高，又加上一米多的铁蒺藜。这两个兵就要搜查各屋，这时同院的男人们一起说："各屋的老老少少，姑娘媳妇都在睡觉，不能进去。"他俩没办法，只好回去了。

等他俩走了以后，我二嫂才定下心来，说起刚才看见的事。她正要去抱草，这时迎面跑来一个穿短袖、手提枪的青年。他跑得脸煞白，喘着气问我二嫂有无出去的路。二嫂吓了一跳，只是摇摇头。这个青年急得不得了，不知如何是好，站着想了一会儿，然后对二嫂说："要是有人问你，你就说什么也没看见。"说完就见他对墙倒退了几步，猛地跳上墙，跨过铁蒺藜跳了下去。听了这番话，大家都吓坏了，都替这位青年人捏了一把汗，纷纷说："这青年人好大胆，真是不要命了，要被光复军抓住，不死也得扒层皮。"隔了几个月，八路军就攻城了。大家想起那个青年人夺枪的事又议论了一番，发人深省，令人赞叹。

（四）烈士遗孀刘志英

刘志英是我在鲁艺学院上学时戏剧系的一个同学，学的是表演艺术。她有一米五六的个头，短发，圆圆的脸形，明眸皓齿，端庄秀丽。她善于表演，歌唱得也不错。她的身世和婚姻使我们非常同情。她是河北保定人，满嘴的河北乡土口音，很爱笑，活泼开朗，但因受丧偶的打击，精神有些不太正常。

据她讲述，父母早亡，跟着奶奶长大。在她19岁那年，在村里当妇女队长。当时八路军住在村子里，她跟八路军的年轻团长相爱，并结了婚，组织上给了她丈夫一个月的假期。说是婚假。这位团长每日照常办公，她也不知他忙些什么，自己也不过问。据说部队休整，暂停作战行动。

可还不到一个月，部队突然接到命令要全体开拔，出发打仗。她听了整日哭，丈夫安慰着，答应一有机会就捎信给她，不要忧虑，别弄坏了身体。她丈夫临出发前，要求当地政府照顾她们老少祖孙二人。

这一去就是几个月无消息。她整日盼望，时而高兴，时而哭泣。有一天，突然来了一个骑马的八路军打听她家的住址。她急忙跑出来把来人接到家里，急切地问丈夫的情况。来人半天才开口告诉她，替团长捎来了大衣和军帽。来人见她还不明白，就告诉她，团长战斗中牺牲了。她懵了，不相信这会是真的。来人放下烈士遗物，说部队正在前进，就转身告辞了。等这位八路军骑上马飞快地走了，她还没有转过弯来，怔了半天，突然明白过来，一下跌倒在地上，号啕大哭。她在地上打滚，抓自己的头发，恨自己为什么当时不跟着去，同他一起打仗，一同死在战场上。由于受到强烈的刺激，她从此一病不起，时而明白，时而糊涂，乱叫乱喊，急得她奶奶抱着她放声大哭。这一病就是几个月，人也瘦了许多，身体虚弱得走路直打晃，头发也脱落了。这位团长为国尽忠连后代也没有留下。可谓：

生命诚可贵，爱情价更高。
若为自由故，两者皆可抛。

1950年3月，东北鲁迅文艺学院在沈阳开学时，我穿的是当地政府发的黑棉衣，刘志英来报到时穿的是八路军女兵的服装。当时我以为她是军人。据她讲是当地政府发给她的衣服。她大病初愈，政府送她来学习的。同学们对她都很好。我问她校方要你考试了吗，她说考了。我追问考的什么，她说演戏。大家要求她来一段，她就连唱带表演地来了一段。好极了，大家都给她鼓掌。在鲁艺上学，不管什么关系，一律考试入学，像刘志英这样的也不例外。

我从鲁艺毕业分配到东北文化部，刘志英就留在鲁艺了。我为她庆幸，有个好的工作单位。事隔50年，现在写她的事，我心情还很难过并情不自禁地流下了泪水。

（五）刚强的女性

马仲媛是1948年10月我在齐齐哈尔市电台工作时的台长，又是党支部书记，健朗豪迈，内刚外柔。

她有一头长发，白嫩红润的圆脸，双眼皮、杏核眼，薄薄的嘴唇，笑起来有酒窝。她27岁，天生一张孩儿脸，一米六几的身材，走起路来又轻盈又好看。她见我注意她，俊目流眄，樱唇含笑，就走到我面前拍拍我的肩，然后笑嘻嘻地翩然而去。我还经常到她的宿舍做客和请教。那时我很天真，对她讲话直爽，有时不讲礼节。有一次，我单刀直入地对她说："我很敬佩您，您那么自强，是女性中难得的人物。"她听了大笑起来，向我抿抿嘴、眨眨眼，故意逗趣地说："我就那么吸引您，您要和我谈恋爱吗？"这一下逗得我俩哈哈大笑起来。我对她不但钦仰敬佩，更是觉得亲近之极。

我俩都是文工团出身，说笑话是常有的事，都不放在心上，也不足为奇。我听人说过她的历史，曾在上饶集中营受过难，工作上勤勤恳恳，对同志和蔼可亲。1947～1948年，解放区生活非常艰难。为了减轻国家负担，她自愿打胎，并坚持正常上班，同志们都很喜欢她。她已有一个3岁男孩，所以不再要孩子。

她的屋里很简陋，一张大床，一个写字台，一把椅子，一个木衣架，这是全部的家当。有时把椅子给我坐，她就站在屋当中；有时她坐着，我就站在她旁边。有一次，我好奇地说："听说您在上饶集中营受过难。"她听了我的话，沉默了许久，然后站起，先把上衣脱掉，只见她的左臂上方有一块大疤痕。我吃惊地问："这是受刑留下的吗？"她说这是在集中营留下的纪念。她是新四军军部文工团的团员，跟其他同志一起被关在上饶集中营。因她的年龄小，只有14岁，长得比实际年龄还小，敌人对她管得不太严。有一次，来了两个人把她架了出去，她挣扎着边走边喊叫。到了一个屋里几个人把她按住，往她的胳膊上刺字，当时她用脚踢，用牙咬，但无济于事。敌人给她刺完字后把她送回牢房，她爬到光亮处看到自己的胳膊上刺着一个红色的"赤"字。于是她用手指甲挖，让肉溃烂，使胳膊肿得抬不起来。之后又发烧，她也不看医生，偷着用盐水洗，渐渐地好了，却留下了一片疤痕。她见我听得入迷，对我说："满足您的好奇心了吧。"我低头不语，心里感到很难受。

一天，因为有事我早上去敲她的门。当我推门一脚迈进时，马上又缩回脚，只见床上半坐半卧着一个男人，手里拿着一个笔记本在看。马仲媛正坐在桌前梳她的长辫子。见我想走，她就哈哈大笑起来，忙站起来对我说："来，我给您介绍一下，这是我的丈夫，他有两天假来看我。"我们彼此礼貌地点了下头。我调来这么长时间从来未见过她的丈夫。这个男人非常漂亮，白白净净，文质彬彬，显得干净利落，真是少见的美男子。年龄又和马仲媛相仿，正是一对璧人。

她向我介绍了她丈夫的工作单位等情况。我根本没听见她在说什么，一直在集中精力观察她的丈夫。出来后，我笑自己，她的丈夫和我有什么关系，让我这么关注。说实在的，我对马台长的敬佩已达到极点。她积极上进，成了家还住单身宿舍，除了睡觉整日都在工作、开会、写文章、自修。我见到她屋里的灯很晚才关闭，正是："三更灯火，五更鸡，正是男儿读书时。黑发不知勤学早，白首方悔读书迟。"她是我心目中的偶像。她那自强不息的精神，不但让我佩服，连同楼办公的黑龙江日报社的同志也给予了很高的评价。

古往今来，爱情永远是诗词中的领衔主题。可是，有哪一首对爱情的吟咏像白居易的《长恨歌》回响得这样悠远、这样撩人心魄呢?《长恨歌》无疑是中国爱情经典长廊里的一个奇迹。"苦酒又添豪杰泪，春波未逝故人情。"旧人去，回声萦绕，又晰又长……想起冯玉祥的一句诗："民主新伴侣，自由两先锋。"他们以革命事业为重，为争取民主自由而冲锋陷阵，我也借此抒发我的敬仰之意。

一个民族能够昂首屹立在人类文明之林，他的脚下必定有奔流不息、万世不竭的民族文化的滋养。这条文化长河，从远古奔向未来，从洪荒奔向文明，带着一路欢歌，也带着一路血泪、一路呐喊，留下了诸多硕果和丰碑，也记下了诸多辛酸和遗恨。星河耿耿，银汉迢迢，浩浩五千年的文明，摇曳多姿，辉煌巍峨，浸润和滋养着中华民族。嶙嶙风骨，巍巍气象，咚咚咚地击鼓，猎猎旗卷楼兰。古人的一座巍巍丰碑，功绩光照古今，历万古而不朽。下面是我们经常唱的"流行"歌曲：

马队歌

抗战八年半哟，
流血又流汗哟，
"九一八"那一天哟，

小日本开了战！
蒋介石不抵抗，
东北四省被侵占。
卢沟桥，起事变，
小日本，打进关。
国民政府逃四川，
丢下人民受苦难。
共产党，八路军，
为国又为民。
我们坚持抗战八年半。
谁人还能没看见？
南有太行山。
北有松江岸。
我们打得小日本心胆寒！

八路军拉大拴

一九三七年哪，
日本鬼子进了中原，
先打开了卢沟桥，
后进了山海关，
奸淫又烧杀，
简直是翻了天！
无数的中国人呐，
死在了刀下面。
中国共产党，
领导咱们全面抗战。
全国上下齐上阵，
把鬼子赶出家园。

一九三七年哪，
小日本就进了中原，
先打开了卢沟桥哇，
后进了山海关，

那火车道就修到了济南哎咳哟。
鬼子就放大炮哇，
八路军就拉大拴，
瞄了一瞄准，巴勾！
打死个小日本呀，
它两眼一瞪就上了西天呐哎咳哟。

70. 走出校园

身在校园，读书知天下，壮志在我胸。

走出校园，参加革命，走出一片蓝天。

追寻我的梦想，追寻我永远的光明。豪情尽往前，一段美丽的梦境。幸福来临，梦开始的地方。圆一个梦想，燃一个希望。

“情依依，意绵绵，多少往事在心头。”1947 年 12 月的一天，我怀着异常激动的心情，走进齐齐哈尔市龙沙公园前面的一座二层大楼，这里就是齐齐哈尔市文工团所在地。

一进大厅就听到琴声响起，接着一阵阵歌声飘来，歌声与琴声时而慷慨激昂，时而温柔雅致，时而琴韵渐缓。这声音使我振奋，给了我勇气和力量，也使我对这里有了一种亲切感。我循声寻去，从楼梯至二楼走廊，见不到一个人，只好朝前走，来到一个既像办公室又像卧室的房间门口。我敲了几下门，里面应声：“进来!”我推门走了进去，见是一位女干部。她年龄不大，也许比我大几岁，短发，中等身材，穿一身八路军的二尺半黑棉袄。床上躺着一个两三个月的婴儿。她问我有什么事，我直截了当地说想参加文工团。她看了看我，问道：“您是哪儿的？叫什么名字？哪个学校毕业的?”我如实作了回答，随后补充说：“这个文工团有我很多同学。”她问我都有谁，我说了几个同班人的名字。她让人把王慧娟找来。不一会王慧娟来了，这位女干部问她：“您认识她吗?”（指我），王慧娟点点头说：“认识，我们是同学。”这位女干部说：“好了，没您的事了，回去吧。”王慧娟转身走了。后来才知道这位女干部叫丁炬，是文工团的副团长，主持全团政治思想和行政工作。

这位女干部有事出去了，不一会儿进来一位男青年。他身材稍高一些，瘦瘦的脸，声音洪亮，穿着八路军式的黑棉袄，显得棉袄太肥大，很不合体。他颧骨高高的，深陷的一双明亮的眼睛显得仁亮而发光，看起来似不健康，但却文质彬彬，毫无架子。他就是徐徐同志，文工团的团长。见到他，我忙站起来，在我的眼中已是老一辈的长者了。他点头示意让我坐下，态度十分温和，使我紧张的心渐渐松弛下来。他坐在我的对面问："您为什么要参加文工团?"我说我喜欢唱歌、演戏。他又问："您为什么要参加革命?"我说为人民服务。他又接着问："怎样为人民服务呢?"我半天答不出，这使我非常尴尬，想了想说："政府号召要为人民服务的。"他没有再问下去，低头思索着。我两只眼睛盯着他，观察他的表情，琢磨他的想法。可他脸上什么也看不出来，很是沉静，不露声色。不一会他抬起头问我会唱歌吗，不等我回答他接着说："唱一支我听听。"我脸腾地一下红了，心也在跳，咬着嘴唇半天开不了口。他看出我不好意思的样子，微笑着说："唱吧，随便唱什么都行。"我鼓了鼓勇气，唱了一首流行歌《想你我当初是好朋友》。唱完，他又要求再唱一个。我知道第一首歌由于紧张唱得声调很低，第二首《相国夫人到虎丘》，我放开喉咙，壮着胆子唱。他听完歌，又让我打鼓点、扭秧歌。虽然鼓点我打得不太好，但秧歌扭得却不错。他又让我表演一下，于是我就表演了两个小哑剧：一个是《扑蝴蝶》，一个是《捉蚂蚱》。最后，他把手伸进桌边的碗里蘸了下水，在桌子上写了2345等字码，然后问我这是什么。我不假思索，脱口而出："阿拉伯数字。"他听了我的回答笑了，原来他是在问我懂不懂简谱，我忙作了纠正。他微笑了一下，没有再问下去，只是说："我们商量一下，您等通知吧。"

他的举止是那样的文雅，态度是那样的和蔼，可见他有着良好的修养，这不禁让人肃然起敬。

1947年12月27日，团里下了通知让我报到。当时我不在家，一个叫杨慧芬的同学知道我家，告诉我于1948年1月3日带着行李、牙具、脸盆到团里报到。从此，我告别了学校，离开了家庭，投入到革命的大家庭中，走进了轰轰烈烈的战斗生涯。

梦想飞扬，睁着眼触摸阳光。快乐时刻，快乐生活，彼此都能切磋琢磨。高高兴兴地跑龙套，踏踏实实地学技术。从此，我的生活充满了阳光，乘着歌声的翅膀飞翔前进！一到团里，只见全团正忙着排戏，戏的名字叫《火》，这是配合东北地区土改、描写阶级斗争的大戏。徐徐同志正在给演员说戏，一般导演排戏时都是大呼小叫的，徐徐则不。他站在演员前面，先是说戏，后让演员按他指点的去做，发现问题总是笑着说重来一遍。他的语言、态度都很客气，和他一起排戏真是心情舒畅。一般情况下排戏时，都有场记和提示，徐徐排戏全不用，他的脑子就是场记，他自己就是提示。等演员一着急忘了台词，徐徐在一旁给演员提示，弄得大家很不好意思，想笑不敢笑。《火》剧里有个场面，就是地主被斗争后，怀恨在心，酒后到农会主席家里放火，被农会主席的老婆发现了。她大呼大叫，叫着地主的名字。地主一见有人认出他来，又急又恨，心一横把她杀了。这时群众闻声赶来，把杀人的地主当场抓住，大家都来看被杀的农会主席老婆，发现她已经倒在血泊中死了。这时排戏的演员都笑出了声，因倒在地上的死人胸部一起一伏地直喘气。徐徐见了也不生气，索性让大家笑个够，等笑完了，又开始排戏。但在正式演出时他下了禁令，谁也不准违反戏里的要求，要认真对待演出，如有违犯给予纪律处分。他还抽出时间指导乐队排练，总排、换景、大小道具穿插登台，安排周密，件件做得细心，忙得不可开交。他本身是搞音乐专业的，这么多的工作，都他一人承担。由于演出效果很好，领导表扬，群众欢迎，声名极响。

《火》的歌剧里使我印象最深的是：妇女主任的丈夫范大成上台唱道："严霜单打独根草，破船偏碰上顶头风。"唱得凄凉悲切。从那时候起，我开始喜欢文学，因为文学语言魅力无穷："书卷多情似故人，晨昏忧乐每相亲。""吟诗不睡月满船，清寒入骨我欲仙。""有梅无雪不精神，有雪无诗俗了人。"

徐徐还经常给我们上课，我们每天上午都听他讲政治经济学，下午有时讲音乐课。有一次很多人坐在一起聊天，徐徐也在场。他能背出每一个人的履历，说了一个又一个，逗得大家很开心。大家都佩服他的记忆，我也感到很惊奇，从心里对这位领导感到敬佩。

有一天，丁炬找我，在她的办公室跟我谈话。徐徐进来了，受冻的样子，不停地擦鼻、搓手。丁炬望着他问："您的围巾呢？"他笑着说："不知怎么没有了。"丁炬很着急地说："我给您织得很厚（毛线的），怕您感冒，您为什么不注意？"丁炬显得又疼又爱的样子，看看他们那亲热劲，我转身走了。

1948年，正是我军节节胜利的一年，像花儿一样开心。因军队打了胜仗，团里开庆祝会，从大家伙食费里拿出点钱买来葵花子。桌子并起来，长连椅围着作为会场。因我去得晚，坐在最边上，庆祝会上人人都有节目。大家都很有兴趣，集体击鼓传花，传到谁谁表演节目。每个人心情都很激动，一人开了头，大家都来和，成了大合唱。当击鼓传花落到演地主的李万程手里时，他一着急把演地主的台词念了出来，接着扮演地主婆的接上台词，逗得大家大笑一阵。

接着又有人唱了戏中地主婆讨饭时唱的歌：“拄着棍，端着瓢，肚子饿得把腰弯，几天没吃一顿饭……”地主的女儿说：“妈，刚才我已吃过饭了。”地主婆说：“傻孩子，我们这不是装穷来要饭的吗?”大家又是一阵笑。接着又唱：“唢呐吹起来呀，翻身的秧歌闹，红旗挂在高空中，照得大家脸通红，一个乐呀，乐得乐呵呵，唉咳哟……”就这样，大家在一起有说有笑，非常热闹。这时徐徐来了，他看看没有地方坐，就坐在了我的身旁。我往里挤挤，好让出更大的地方让他坐。我很拘谨，和徐徐没有说上几句话。徐徐坐了一会儿，始终微笑着，没有半小时他就站起来走了。徐徐同志为人谦虚，待人和蔼，作风正派，这是我深有感受的。对全体男女团员一视同仁，他从不找女团员谈话，更不和我们打闹、开玩笑，给我的感觉只知道勤勤恳恳、任劳任怨地工作，对什么也不计较，也不知道计较。

在团里实行的是供给制，都吃一样的饭，穿一样的衣。每月发一小块肥皂，女同志每月多发几张草纸，三个月发一条毛巾、一筒牙膏、一把牙刷。革命形势发展很快，前方打胜仗，军工厂赶不出衣服来，我们团所有的夏衣也无着落。团领导再三请示上级，上面才批下几卷黑布，让团里自己解决。徐徐、丁炬再三向我们解释，叫同志们理解地方政府的困难。有位副团长是搞美术的，设计好样子，找裁缝来做。矮领、前开襟，大家穿起来比较好看。我现在还保存着穿这件衣服的照片。

生活方面，每日三餐高粱米粥，三分之一的饭是自己种的土豆。全团十七八岁男女青年占绝大多数，正是能吃的年龄。每人都咬紧牙关，一声不吭，但生病的人越来越多。徐徐病了，打针吃药不见效，最后大小针一齐打，又注射葡萄糖。像麻秆一样的身体，怎能抵抗病魔的折腾。大家很担心，他自己并不在乎，从医院打针回来，照样工作，可是他的眼睛却陷得更深了。

文工团有位叫张蕴文的小同志病了。屋里冷，我们都睡在木板搭成的通铺上。她得了关节炎，疼痛难忍，哭了起来。大家劝她也劝不住。那时正演戏，她还担当一个角色。团里规定演戏期间不放假，不准回家。别人都忙去了，我抽空来劝她。她就给我讲起母亲如何爱她，自己病了，如何地想她。屋里没别人，她说完后放声大哭起来，嘴里不停地喊“妈妈”。经她这一刺激，我也忍不住哭了，比她哭得还伤心，一时间俩人成了泪人。我心想，她想母亲还能回家看看，而我却永远也见不到我的母亲了（我 7 岁时母亲就生病去世了）。

丁炬和同志们闻声赶来，见我俩都在哭。问明情况后，丁炬长叹了一声，很怜惜地安慰说："等演完戏，放假几天，你们回家看看。"从此全团再没有人在我面前提母亲的事，我知道他们是怕我伤心。

文工团生活方面由丁炬负责管理。她对女团员格外操心，每天从工作到生活都细心关照。每天晚睡早起，又自己带孩子，甚是不易。我们中间无论出现什么问题，她都能及时了解，及时处理。她要求我们很严，总是一本正经的，从不开玩笑。

一年后，因工作需要，我被调到广播电台工作（齐齐哈尔广播电台）。后来我在电台光荣地加入了中国共产党。在我进步的道路上，丁炬起了很大的作用。对她的感激之情，我一辈子也忘不了！

经过 53 年变化，原来文工团的人员如今分布在全国各地，有的成为歌唱家、演员、导演、女作家、女将军、女学者，还有一大批成为音乐创作和指挥、制片、教育、出版、党政各界领导人。他们都为国家做出了卓越贡献，在各自的工作岗位上都是中流砥柱，但是他们今天的成就和徐徐同志当年的辛勤培育是分不开的。这是你我永远的眷恋。

已是耄耋之年，余日不多。自古美人如名诗，就怕人间见白头。少壮几时兮奈老何！未见功名已白头。抚今追昔，不胜唏嘘。这匆忙流逝的岁月，使当年风华正茂的我们已迈进花甲之年，年齿衰迈，行将就木。离休在家，蜗居斗屋，深居浅出，屋外朔风大雪，斗室内却是融融春暖。对外面的世界，视而不见，听若不闻。幽闭斗室之中，投闲置散，埋头读书，安心写回忆札记。苏轼诗曰："少年辛苦真食蓼，老景清闲如啖蔗。"我时常想起 53 年前的一幕幕，想起与我同吃、同住、同演戏，又一同种地的那些朝夕相处的战友和领导，以及培养和帮助过我的许多同志。在生活艰难困苦而且工作紧张的岁月里，即使各方面条件差，可是我们的精神却是非常坚强和乐观的，生活也丰富多彩。虽已事隔数十年，仍不禁心中恻恻。

古人云："衣不如新人，人不如故。"1995 年 9 月，访寻旧友，故地重游。我专程赶赴长春、哈尔滨、北京，迂道看望久别的老同志和老领导。老友相见，丰彩如昔，仍以厚情慰我，待我如姐妹。等闲惊地喜相逢，明月清风都有诗。经过数十年的岁月，昔日的垂髫幼女，如今也许已嫁作人妇；昔日的恩爱夫妻，如今也许已归于黄土。

在长春看望了潘德民、刘玉蕴、汪文旋、张蕴文、齐兴家、马玉成，他们都在长春电影制片厂工作。在哈尔滨看望郁红、赵龙宣、玉中灵、关世勋（报社工作）。在北京见到了李万里、吴素琴、孙凤琴、葛存壮、陈瑞琴等人，他们都在北京电影制片厂工作；又见到了乔佩娟（总政歌舞团工作）、崔甲煜和老领导丁炬。丁炬，离休在家纳福。相聚尽欢，格外亲切。当下不住地说，这多年来无日不在思念。说着握住了右手连连摇晃，欢喜之情，甚是真诚。浮云一别后，流水数十年。欢笑情如旧，萧疏鬓已斑。望千秋长乐，彼此以故直叙其事，尽情倾吐。说到此处，壮年时的豪情不禁又勃然而兴。他们非常高兴，都抢着做东道主。席上热情款待，觥筹交错，嘘寒问暖，夹菜添饭。在京的人都来了，传酒呼菜，上言长相思，下言加餐饭。一声问候，一份关怀，天上美丽的是星星，地上美丽的是朋友。“老去悲秋强自宽，兴来今日尽君欢。羞将短发还吹帽，笑倩旁人为正冠。”“人生必有死，有聚必有散。今朝有酒今朝醉，不管何日君再来。”筵席之间，言笑晏晏，亲如家人。为感谢大家的款待，我唱了一首东北民歌《月牙五更》：

一更里，月牙没有出来。全体会员（那）你要听是白呀，压迫受了几千年，要诉苦（那个）在今天，哎呀哎呀，哎呀。我说（那个）苦哇，苦哇，苦那个诉不完，哎呀，哎亥，哎亥呀。

二更里，月牙升在正东。斗争大会开得正威风，口号喊得正凶啊，要有怨（那个）就诉怨，与坏蛋（那个）扯破脸。哎哟我说那个来呀来呀来呀，来和他把账算。

三更里，月牙升在正南。斗争大地主哇，就把那照来献，那吓得他心胆寒那阿，他低下头（那个）不发言，不知道（那个）有今天。哎呀我说（那个）他呀他呀暗地里打算盘，那个哎亥哎亥哎亥呀。

四更里，月牙偏到了正西。会员联合起呀，不分你我，与大家抱住了团，入农会那个不受罪，自卫队（那个）保护咱。哎呀我说那个翻呀翻呀翻呀，（那个）翻了身哪，哎咳哎咳哎咳呀。

五更里，月牙落了下来呀。啊哈，散了会呀，回到家里来呀，心里真喜欢那啊哈。诉了苦那个伸了怨，分了地（那个）得了田。哎呀我说（那个）乐呀乐呀乐呀那个乐不完那，哎咳哎咳哎咳呀。

同席人一齐惊讶，他们听了我的歌，都很高兴，当时谢冰（副团长）跟我说：“这么多年您一定是当音乐教师啦。”我笑着说：“您猜错了，我是教政治课的。”他们惊讶又叹息地哈哈笑。亲密战友来相聚，座上嘉宾对酒歌，兴尽席散，同丁炬回府，盘桓小住。故友几十年未见，话匣子一打开，哪里还收得住？这些年来各人所受的遭遇，生生死死，直谈到东方泛白还只说了个大概。

俯仰之间已是陈迹，但亦不禁感慨系之。有过多少往事仿佛就在昨天，有过多少朋友仿佛还在身边。青春年少昨日事，梦加校园忆相知。一声长叹千行泪，面对战友理情丝……真是“天若有情天亦老，月如无恨月光圆”。但人生没有不散的筵席。马犹惜别，人何以堪！祖席高歌长亭别宴，一别心知两地秋，寒鸦飞尽水悠悠。相见时难别亦难，今日一别，何时相见？“天涯流落思无穷，既相逢，却匆匆。”相逢情无限，沾襟比散丝。一隔顿万里，徘徊烟雾里。寄怀中山旧，举酒莫相忘。正是：

远书珍重何由达，旧事凄凉不可听。
去日少青皆亦老，昔年战友半凋零。

实是不虚此行，几十年未能共度沧桑，再见时已大不同了，每个人的人生经历都隐隐约约地写在了脸上。原来岁月并不是真的逝去，它只是从我们的眼前消失，却转过来躲在我们的心里，然后再慢慢地改变我们的容貌。

71. 从电影迷成为文艺爱好者

20 世纪 30 年代末刚出有声电影，我们院子里有人在影院做勤杂工。我和她的女儿同龄，整天在一起玩。有时她女儿给父亲送饭，我们就去看电影。什么片子都有，武打的有《荒江女侠》、《十三妹》、《铁扇公主》，爱情的有《渔家女》、《凤凰于飞》、《梅花落》、《天上人间》，还有很多不知名的片子和许多奇奇怪怪的片子。不花钱看电影，每次新片不落，老片子不放过，我成了电影迷。实际上，自己也不甚了解，稀里糊涂地看，看完就拉倒。因为看得多了，无形中给了我很多启蒙，接受了人类最伟大的思想：一是博爱，二是平等。不知不觉有了幻想，说好听点就是有了理想，愿做什么样的人，做什么样的事。姊妹们说我有主意，任何事都有自己的看法。自从我念书以后，自己能看小说了，渐渐地思想更开阔，觉得文艺深深地吸引了我。

天上有片云彩，我有一个梦。那时的歌星、影星成了我崇拜的偶像。同情受苦受难的弱者，恨那些依势欺人的财主，钦佩侠骨丹心的勇者，欣赏众生平等的博爱思想。学会做人，学会思考，追求知识和技能，希望通过学习而成为有用的人。一首《救亡进行曲》使我思想起变化，歌词写道：

> 工农兵学商，一起来救亡。拿起我们的铁锤刀枪，走出工厂、田庄、课堂。到前线去吧！走上民族解放的战场。脚步合着脚步，臂膀挽着臂膀，我们的队伍广大强壮。全世界被压迫兄弟的斗争，是朝着一个方向。千万人高呼着反抗，千万人为革命斗争而歌唱。我们要建设大众的国防，大家起来武装，打倒汉奸走狗，枪口朝外响！要收复失地，打倒日本帝国主义，把旧世界的强盗杀光！

有国才有家，当时学生爱国心高扬，纷纷放下书包，投笔从戎，走出学校，投身革命。

斯事已矣，但我把抗美援朝的经历写成书的事，还是对家人产生了一定的影响。我姐姐的大女儿最近给我的来信，摘录一段："…… 您说写书，写得怎么样了？若出版给我看看，我非常想看您的书。因为在我幼小的心灵中，您是了不起的人，是有学问的人，我小时就立志一定要向你学习。我今天走到这一步，是老姨您给我的力量。回想起来我们这一代人对您的印象最深，感情也最深，不时地想念您……"我的这个外甥女是化工学院的毕业生，还是工程师。她代表了下一代人对我的看法，我成了姊妹们和下一代人心中的偶像。

我给嫂子讲书中的故事，给哥哥、姐姐唱歌听。我唱得好，哥哥就向我学。我们对唱《扁舟情侣》，他唱得不准，我就给予指导，时常引得全家人哈哈大笑。我有一副好嗓子，又喜欢唱。学所有的流行歌曲，学得又快又好，模仿很像。就是事隔几十年回家探亲，他们的孩子们也围着我叫我唱歌给他们听，听了都赞不绝口地说："这么大岁数了，嗓子还这样好！"孩子们和我一起唱，不是高不上去就是低不下来。除了嗓子本身的因素，也和没受过训练有关。

听老人说我一生下来就扯着大嗓门哇哇地哭，听的人以为是小子，没想到是个姑娘，如此大喊大叫来到人世。老人边说边笑，我也随着笑，全屋的人也跟着笑，父亲又说："没想到生了个爱唱歌的丫头。"

我从小就喜欢唱歌。说也奇怪，小学二年级教的几首儿歌，到现在也忘不了：

雁群飞

晴天高，远树稀，西风起，雁群飞。
排成一字一行兮，飞来飞去不分离。
好像我哥哥弟弟，手拉手儿向前行。

晚　霞

夕阳倦了，慢吞吞地下西山。
天无涯远，地无垠宽，
几只绵羊咩咩叫，
西北山反映着灿烂的晚霞。

浪淘沙

山湖岸，古道边，芳草碧连天。
晚风呼呼的山林，夕阳山外山。
草编裙，皮做衣，哪怕风雪雨。
露侵豺虎海战交，杀兽有宝刀。

也许由于我从幼年就看了无数不同内容的电影，再加上一副好嗓子，从小爱唱歌。或许，正是这些孕育了我的艺术细胞，才促使我逐渐走上了文艺道路的吧。

音乐是人类最古老、最具普遍性和感染力的艺术形式之一，蕴涵着丰富的文化和历史。高山流水、余音绕梁，皆是音乐之妙的称赞。

你可知道，钢琴家伊坦莎经常应列宁之邀去演奏钢琴。每当伊坦莎坐在琴凳上，从不询问列宁便会演奏贝多芬的《热情奏鸣曲》。因为列宁对这首乐曲爱之颇深。列宁曾经说过："我不知道有没有比《热情》更好的东西了，我简直每天都想听它。这真是奇妙而非凡的音乐，我常常用自豪的，也许是幼稚的心情想：人能创造出什么样的奇迹啊！"一个伟大的无产阶级革命家，为什么会对音乐爱之如痴？

音乐是一种语言，它能确切地反映个人和人民的精神品质。

——［罗］埃内斯库

歌曲对于革命，犹如盐对于人类，有同样重要的作用。盐能增加人类的体力，歌曲能增加革命的力量。

——冼星海

了解古往今来事情的前因后果，"读史者考实录，通古今，若亲目。"我写的《烽火硝烟中的英雄乐章》，所记载的历史也无法全面"考世系，知终始"。

诸多往事恍如梦，重寻梦境何处求。在轰轰烈烈的抗美援朝的历史进程中，有无数的中华英雄儿女为了保家卫国，奔赴朝鲜战场。他（她）们抛头颅，洒热血，前仆后继，英勇作战，事迹可歌可泣。我不能全写出来，只写宣传队的工作与生活。古人云："作中庸，子思笔，中不偏，庸不易。"有一写一，有二写二，如实地写出来，聊尽人事而已。

后 记

我写本书的目的是记录最可爱的人在那个年代、那个特定的历史环境中饱含着满腔苦与乐、浸透了笑与泪的故事。自那而今已是半个世纪有余，他们中的很多人与世长辞，留下的唯有我头脑中鲜活的记忆。

限于才力，有些好的故事写得并不好，也不感人，但点点滴滴都跳动着英雄们爱国的脉搏。这几十年来他们的壮志雄心感染着我，他们的澎湃激情激励着我，使我夜以继日地在案前灯下细思苦索。我希望把他们的形象刻画出来，把他们的精神表现出来，安慰我心，勖勉后人。

我作为新中国成立前的初中生，凭一腔热情，为平复自己的心情断断续续地写了十年之久，写得那么艰苦。有时为了寻求灵感，也曾翻阅文学经典，力求将其引用或化用到书中。尽管进行了无数次修改，还是不甚满意。写此书，已属小马拉大车。而昼夜看书、写书、修改，累得得了白内障，几乎双眼失明，手术后已不能看书写字。写完书的初稿，两眼做了手术。手术后左眼0.5，右眼0.3。双眼手术后，视力只能看人看物，再不能如从前一样看书写作。写出初稿，无法修改整理，我焦急万分，可万般无奈，只有放弃。十年苦功付之东流，心中滋味怎一个“愁”字了得？有幸碰见了两位语文老师：周村实验中学的王芳老师和周村二中成艳霞老师。两位老师帮忙理顺修改，对本书出版付出了很多的心血。两位老师也是出于对志愿军缅怀之情，毅然帮我，又怜我十年桌前灯下的辛苦，救我于危难之中。非常感谢两位老师的热心帮助。历经二度春秋，两位老师为本书倾心尽力。今天，本书终于付梓，在兴奋与欣慰之余，更对两位老师表示深深敬意和衷心的谢意。

本书还没有出，就有许多热心人向我要书，包括淄博市民政局的领导同志们。我很尴尬，也有些窘迫。我书写得不好，但我知道大家缅怀先烈、敬佩中华儿女英雄事迹，追寻“最可爱的人”的英雄形象，想了解那场战争的全貌。我慌了，忙着声明我是文艺兵，对抗美援朝真正的战争接触甚少。我这本书只是从文艺兵的生活和工作的一角，感性地展现那一段生活。这本书不能满足大家对抗美援朝这场伟大战争的全部期待，我深感歉意。

我今年八十有六，有心写写过去与现在的生活。但精神不能集中，思路常常凝滞，思想也颠颠倒倒，精神恍惚，如驾云一般。女儿笑我说："变成幼稚儿童了。"匆匆岁月，把当年的青年带入老年。我在感慨的同时，仍难以忘怀在朝鲜的那段岁月，难以忘记烽火硝烟中的英雄乐章，更难以忘记那些可爱和可敬的人，那些为国家、为民族舍生忘死的中华民族不朽精神。

赴朝的志愿军的爱国精神和英勇气概是我们中华民族的骄傲，是我们永远的榜样。我永远缅怀那段岁月、那些人、那些事、那些精神和气概……

苏文琴

2014 年元月